阳光文库

风过无痕

漠 月 —— 著

黄河出版传媒集团
阳光出版社

图书在版编目（CIP）数据

风过无痕 / 漠月著. -- 银川：阳光出版社，
2019.11
（阳光文库）
ISBN 978-7-5525-5130-3

Ⅰ.①风… Ⅱ.①漠… Ⅲ.①中篇小说－小说集－中
国－当代②短篇小说－小说集－中国－当代 Ⅳ.
①I247.7

中国版本图书馆CIP数据核字(2019)第259676号

风过无痕

漠月 著

责任编辑　申　佳
封面设计　晨　皓
责任印制　岳建宁

黄河出版传媒集团
阳 光 出 版 社　出版发行

出 版 人　薛文斌
地　　址　宁夏银川市北京东路139号出版大厦（750001）
网　　址　http://www.ygchbs.com
网上书店　http://shop129132959.taobao.com
电子信箱　yangguangchubanshe@163.com
邮购电话　0951-5014139
经　　销　全国新华书店
印刷装订　宁夏凤鸣彩印广告有限公司
印刷委托书号　（宁）0015623

开　　本　720mm×980mm　1/16
印　　张　14
字　　数　170千字
版　　次　2019年11月第1版
印　　次　2020年1月第1次印刷
书　　号　ISBN 978-7-5525-5130-3
定　　价　36.00元

目录/CONTENTS

（带★篇目为朗读篇目）

雪　夜

那辆汽车出现的时候，漠野已经处在晚暮到来之前的黄昏里了。

因为是深冬，也因为天上布满一层厚厚的阴云，漠野显得寂寥而肃穆，并且隐隐地透着一种峻烈。地面是黄色的，沙梁也是黄色的。草滩上，挺立着一片片羊啃剩下的草根。草根齐刷刷的，刀割过一般，风吹不动。

轰隆，轰隆。

轰轰轰，隆隆隆……

这声音起先是微弱的，是断续的。过了一阵后，便变得清晰了，也连贯了。紧接着，就十分难得地出现了一辆汽车，一辆墨绿色的解放牌大卡车。这辆汽车如果照直开下去，就不会有这个故事——一个小小的故事。汽车却停了，像人一样，吱的一声，放了一个长长的响屁后，稳稳地站住了。楼门子哐当一声打开，队长从车楼楼（当地牧民对汽车驾驶室的称呼）里弹跳出来。队长弹跳出来的样子，像一条鱼。队长是个长相英俊而高挑的年轻人，牧民们都叫他后生队长。后生队长的两只手从袖筒里伸出来，围成个肉喇叭对在嘴上，然后粗声大气地，显然也是很得意很自豪地喊：

看——电影儿——喽——看——电影儿——喽——

电影后面捎个"儿"，也是当地牧民的叫法，如呼唤自家的娃儿伴儿，格外亲切。

不远处有一座黄泥土屋，一门一窗。土屋的下半截埋进了沙子里，让原本就低矮的土屋显得更加萎靡。后生队长喊过那一声之后，静等了一小会儿，就从那座土屋里闪出了两个不大的人影儿。人影儿蹿上土屋旁边的一道沙梁，然后凭借下坡的惯性，像两朵小小的黑云飘了下来。伴随着一路欢快的笑声，两朵黑云就飘到了汽车旁边。

这时候，天也黑了。

汽车司机打开了车灯。哗的一声，仿佛带着响动，雪亮的车灯像一把锋利的剪子，将夜幕剪出一道醒目而豁长的口子，看上去怪吓人的。车灯一亮，坐在车楼楼里的人反而模糊不清，分不出眉眼了，就连站在车头旁边的后生队长的身影也隐进黑暗里，像是蓄意的一个阴谋。只是后生队长的声音熟，每逢开会他都要旁若无人般地讲话，扯长扯长的。

在车灯的照耀下，两朵黑云倒是无遮无拦，还原成两个真实的小小少年。两个牧家娃，哥哥和弟弟。哥哥和弟弟并排站定，胸脯一起一伏的，气还没喘匀称，目光却异常明亮，满脸惊喜。弟弟忍不住，怯怯地问：今个夜里就演吗？

后生队长笑一笑，肯定地说，今个夜里就演。

弟弟看着哥哥，哥哥看着弟弟，兄弟俩相互交换着眼神。他们知道大队部正准备开会呢，已经聚齐了所有牧点主事的人。兄弟俩的父亲，现在就在大队部。因此，后生队长专程去公社请来了电影儿。公社有一个电影队。说是电影队，其实就一台小放映机、一台不大的发电机、两个放映员。这两个放映员还是一对夫妻，彼此配合默契，女的放映电影胶片，男的守护发电机。发电机安放在大队部院子外面的一堵土墙下，用一根很长的黑色电线连着架在会议室的放映机。如果发电机离得太近，就会影响电影里的声音。这些情况兄弟俩都知道，也很羡慕这一对夫妻电影放映员。大队部年年腊月里都开会，而且要开好几天。问题是演不演电影儿却不一定，这才是兄弟俩最关心的事情。去年就没演，说是公社的电影队让别的牧业大队请走了，开会的牧民便不高兴，在背后议论说后生队长毕竟年轻了些，嘴上没毛办事不牢。他们听后生队长讲话时，个个无精打采的，总觉得少了一项重要的内容。后生队长接受教训，再不敢怠慢，今年早早下了手，亲自出马，顺顺当当地请来了电影儿。还有谁不高兴呢？谁都高兴，跟过大年似的。

啥电影儿？哥哥问。

后生队长故意卖个关子，声音悠长地说，打仗的电影儿。

说罢，后生队长两手揣进袖筒里跳跳脚，又嘶嘶哈哈地咧嘴。三九四九，冻破壶口，大漠冬日到了最寒冷的节气。车楼楼里的其他人下车，走进黑暗里撒完尿，说话的声音有些侉，是外地人。司机不耐烦了，催得紧，还叽叽咕咕地说了句不干不净的什么话。后生队长便不再吭声，赶紧钻进车楼楼里。楼门子哐当一声关上，车灯很轻地晃了几下，汽车就轰隆轰隆地开走了。汽车屁股后面也有两盏灯，虽然小了许多，却红得耀眼，老远都能够看见，还留下一股缥缥缈缈的白雾，久久不散。白雾里有稠稠的汽油味，很特别，也很好闻。兄弟俩就站在那里闻，鼻翼一张一阖的，肚子一鼓一瘪的，像两只青蛙，要把那辆已经开走的汽车吸进肚子里去似的。

等到兄弟俩回过神来，才知道他们误了大事。

啥大事？把汽车给放跑了！他们怎么去大队部啊？此时此刻把汽车给放跑了，就等于把电影儿给放跑了。把一年才演一回的电影儿给放跑了，这是比天还大的事情啊。先是哥哥一个蹦子跳得老高，埋怨弟弟不顶事，就知道闻那股汽油味儿。弟弟委屈至极，眼里顿时汪了一层泪水。弟弟稍微有点结巴，心里一着急，说话就不那么连贯了，现在更是一句话也说不出来，只能干瞪眼。哥哥看弟弟那可怜的样子，心软了，就不埋怨弟弟了，开始骂那个牛皮哄哄的汽车司机，即便连那个司机长什么样子都没有看清楚；也骂年轻的后生队长，光顾了自己得意，不给他们兄弟俩提个醒。骂的时候义愤填膺，唾沫星子乱溅。然而骂归骂，还是把电影儿给耽误了。

这时候，天已经黑透了，像一口大得无边的锅倒扣着，周围的一道道沙梁和一团团白茨都扣进了锅里。就连井边那根高挑的打水的卧杆儿也不见了，像是栽进井里去了。黑透了的天空，将整个世界都笼罩着。

兄弟俩骂罢了，开始犹犹豫豫地往回走，神情十分沮丧。蹚上那一道沙梁时，他们不约而同地停下了脚步。土屋的窗户上映出一抹昏黄的光亮，是母亲把放在炕桌上的煤油灯点着了。那是他们的家，尽管低矮窄小，但是很温暖。黑暗中，那一抹灯光似近似远、半明半暗，像茫茫深海中的一盏桅灯，召唤着他们。兄弟俩迎着灯光，一前一后地向着土屋走去，却又走得那么迟疑、那么沉重，步履蹒跚。

兄弟俩进屋的时候，母亲已经睡下了。母亲枯瘦的身子裹进被子里，花白的头发散乱在枕头上，像一个被遗弃的鸟窝，看上去让人于心不忍，甚至惊心动魄。母亲有严重的气喘病，夏天还好一些，到了冬天就不行了，屋里屋外吭吭吭地咳嗽个不停，吃药都不顶用。父亲去大队部开会了，家里少了一个主事的人。父亲不在家，驼群就必须依仗兄弟俩操心。早晨上井饮驼出牧，中午清扫驼圈，晚间收拢驼群，还要挤十几峰母驼的奶，一天到晚连轴转，忙得没有一点空闲。广阔辽远的西北牧区，十年九旱。老天爷开恩，今年逢的是不旱的一年。

今年的草场好，骆驼的膘情就好。到了冬天，母驼的奶也多，一家人一冬天都喝不完，就把酸奶做成酪蛋子晾干，当零食吃。驼奶真是个好东西，将兄弟俩喂养得结结实实的。他们几乎没生过什么病，不知道城里人爱吃的药是什么滋味。有得就有失，母亲却病了，让病痛折磨得日渐枯瘦，早早地就老得不成个样子。

母亲听见兄弟俩进屋，说，睡吧，省点煤油。

哥哥答非所问地说，刚才有汽车过去了，去了队里。

弟弟说，队里要演电影儿了。

哥哥说，去年就没演。

弟弟说，都隔了一年了。

哥哥说，好不容易呢。

母亲却没有接兄弟俩的话茬，又吭吭吭地咳嗽开了，声音又干又涩，像有人劈着半截干枯的木头。炕头的炉火明明灭灭的，映着乌黑的墙壁，也映着两张冻得紫红的小脸。看来，让母亲主动同意他们去看电影，是泡影。于是，那两张被炉火映照着的小脸就不忍细看，布满了焦灼和压抑，把牧驼娃的某种怅然若失，包括无奈的酸楚都写尽了，写出了他们这个年龄本不该有的一种沧桑和沉重。这样一来，两颗稚嫩的心就跳得特别急，突突突地响，敲鼓一样。当然，这种响动母亲是听不见的，只有兄弟俩自己听得见，并且心照不宣。

终于，哥哥抬起了头，向弟弟看过去。其实，弟弟早已经在不眨眼地看着哥哥了，眼神里充满了期待。于是，兄弟俩的嘴角挂起了会心的微笑。兄弟俩长得像，那笑也像。

哥哥给炉膛里续了一些柴，说，我出去撒泡尿。

弟弟说，我也去。

母亲在他们身后说了句什么，他们没有听见……

夜，深沉深沉。

夜，漆黑漆黑。

夜，贼冷贼冷。

没有星星，没有月亮。天是一口倒扣的铁锅，地是一张厚重的驼皮。寒风掠过高高低低的沙梁，掠过白茨梢子的时候，发出一阵阵尖厉而凄清的呼啸。呼啸声撞到脸上，刀子似的砭入肌骨。

深刻的大漠，沉重的夜色。大漠深沉的夜色里，牧驼人的两个娃，或者两个牧驼娃，他们紧紧地挨在一起赶路，目标在前方。前方的目标是十几里外的大队部，那里正在演电影儿。他们脚下的路如果是一条直线，会近得多。问题是天下所有的路，几乎没有任何一条是笔直的。他们脚下的路也一样，弯曲着，也起伏着。因为演电影儿，大队部像过大年一样喜庆热闹。不，比过大年还要喜庆，还要热闹，就因为演电影儿。兄弟俩的目的很明确，他们就是冲着电影儿去的。从屋里出来，兄弟俩开始像两只挣脱羁绊的小鸟，自由了，也快活起来了，什么都顾不得了，一下子就隐入无边的莽苍的暗夜。沿着通往大队部弯弯曲曲的车马便道，兄弟俩已经蹚出去好长一段路。他们心里着急，时间不等人啊。按照他们的估计，电影儿差不多就要开演了，去得太晚，就看不上了，等于黑灯瞎火地白跑一趟。兄弟俩尽可能地加快速度，掌了生驼皮的鞋底摩擦着冰冷的沙地，刷刷声响得格外急骤。不过，这急骤的刷刷声，此时此刻在兄弟俩听来，却是一种温柔美妙的歌唱呢。

哥哥问，怕不怕？

弟弟说，不怕。

他们打算好了，这样快快地走，兴许能够赶上后半场的电影儿。一般来说，晚间至少要演两部电影儿。他们天亮前再返回屋里，看电影儿和干活，两样都不误。通往大队部的路，他们走过好多回，有时候是兄弟俩，有时候是父亲带着哥哥或者弟弟。有几次是在冬天，他们骑着骆驼去大队部。骑在柔软的驼背上，夹在笔直的驼峰间，靠着父亲那宽阔的胸膛，要多舒坦有多舒坦，要多放心有多放心。他们也还记得，路的左边有一座高大的白色的沙丘，特别显眼，蒙古语叫查干陶勒罕，意思是像人的脑袋一样的白色的沙疙瘩，留给他们的印象很深。

哥哥说，那个叫查干陶勒罕的沙疙瘩，你还记得吧？

弟弟说，记得。

哥哥说，到了查干陶勒罕，我们就走出去多半路呢。

弟弟说，就是。到了查干陶勒罕，说不定就能听见演电影儿的声音了。

弟弟说得有道理，晴朗的夜晚，声音会传得很远；尤其是晴朗辽阔的大漠之夜，声音会传得更远。但是，眼前的夜晚却有些阴沉，声音是不是能够传得很远，就难说了。不过，哥哥扭过脸，还是给了弟弟一个自信的微笑。其实，他们什么都看不清，是从嘴里喷出的热气感觉到的。天早就黑透了，是真正的伸手不见五指。俗话说，走路不算，越算越慢。因为越算，心里越着急，越觉得路途遥远。如果觉得寂寞就说说话，或者唱唱曲儿，路就在不知不觉中走尽了。这是大人们的经验，据说很管用，屡试不爽。大人们拉着一队骆驼走远路，往往十天半个月回不了家，路途寂寞就唱歌，而且是自编自唱，见啥唱啥，或者想啥唱啥，包括心里的苦闷、欢喜和渴望。不过，这样的唱，往往是在大白天进行的，夜里就该偃旗息鼓；夜里也唱，说不定就把孤魂野鬼给招来了，得不偿失。

于是，在这阴云密布、黑灯瞎火的深夜里，就更没有大声唱歌的道理。否则，也太突兀了，很不合时宜。唱是唱不成了，说说话倒是可以的。说些啥呢？触景生情，或者境由心生，当然是电影儿，打仗的电影儿，真枪真炮一样的电影儿。那么，谁先说呢？兄弟俩互相推让了一番，还是哥哥先说。哥哥就开始绘声绘色地说电影儿，譬如《地道战》《地雷战》《南征北战》，反正是想到哪儿说哪儿。弟弟静静地听着，时而补充几句，纠正几处不够准确的地方。他们边走边说，就像行军一样。这样一来，一部打仗的电影儿，就在他们的脑海里逐渐清晰起来，也完整起来。兄弟俩虽然只看过两三场这样的电影儿，却对许多情节过目不忘、牢记在心，有时候还会模仿其中人物说话的语气和动作。此时此刻，就像有一块白色的幕布悬挂在他们眼前，不断地切换着一幅幅惊心动魄的场景……

一股强烈的冷风蓦然袭来，呛了哥哥一下，电影儿就说不下去了，就像眼前那块白色的幕布很突兀地撤掉了，电影儿的情节没来由地中断了。紧接着，呼啸声又尖厉地响起来，撞到旁边的白茨梢子上，变成了呜咽。如同电影儿里面的某个场景，月黑风高，路的两边埋伏着敌人，令人提心吊胆。天是黑的。地是黑的。迎面扑来的风，也是黑的。

一切皆黑。

兄弟俩不再说话，似乎意识到什么，也不朝左右两边看，只是默默地赶路。

听大人们讲，夜里走路时，行人的肩膀上分别有两盏灯悄悄地亮着，自己是看不见的。如果不小心把这两盏灯给吹灭了，行人就永远走不出原来的地界，只能像蒙眼驴那样转磨磨旋儿。他们是牧驼娃，他们没有精致的玩具，没有优美的童话，却有很多传说和故事。那些传说和故事让他们感到好奇，同时也感到恐怖，尤其是在没有月亮和星星的夜晚。也许是兄弟俩不约而同地想起了那些传说和故事，黑暗中，弟弟的小手悄悄地伸出袖筒，蛇样地游移着，摸索着哥哥的手。哥哥的手也是，心照不宣地向弟弟伸了过去。兄弟俩的手终于牵到一起了，然后握得紧紧的，谁都不愿意松开。过了一阵，兄弟俩握着的手开始出汗，湿湿的，好冰凉啊。

这时，汗水同样渗湿了兄弟俩厚厚的絮满驼绒的棉袄和棉裤。棉袄和棉裤贴在肌肤上，开始影响他们行走的速度。路面不知什么时候变得格外松软，像踩进了积雪里。脚底下的声音不再是刷刷响，而是有气无力的噗噗声了。哥哥很准确地捕捉到了这个细微的差别，这无疑是一种不祥的兆头。也就是说，他们迷路了。他们已经不知不觉地偏离了通往大队部的车马便道，误入歧途了。但是，哥哥不能把这个坏消息告诉弟弟，毕竟弟弟还小，担心他承受不了这样的打击。然而，弟弟已经有了相同的感觉，只是像哥哥一样没有说出来。弟弟的小手颤抖得非常厉害。

兄弟俩越走越慢了。

黑暗中，哥哥几乎是在扯着弟弟往前走。弟弟的身子止不住地往后倾斜，好像背后突然拖了什么重物，以至那小小的身子无法承受，就要倒下去了。这时，弟弟非常不合时宜地问：

有狐吗？

有狼吗？

有……鬼……吗？

黑色的风，停了。

黑风掠过沙梁和白茨梢子时的呼啸和呜咽也停了。

世界突然静谧无声。其实，这又是一种不祥之兆。有时候，静谧比喧嚣更加可怕，因为你根本不明白随之而来的灾祸究竟是什么。不可预料之时，只有被动地等待，也许很漫长，也许很短暂。谁知道呢？只有天知道。现在，黑暗中的兄弟俩就处在这种莫可名状的静谧和等待之中，听天由命。可是，一切都是黑色的，好像连天都不知道躲到哪里去了。

过了一阵子，黑色的夜空竟然飘起了雪。

雪花儿先是零零碎碎地飘舞着，落在兄弟俩的脸上时很轻，像是凭空伸出来一根冰冷的手指，在兄弟俩的脸上俏皮地弹拨了几下，便很快隐没了。还没等兄弟俩完全反应过来，雪便驼毛般飘落，密实，绵长，厚重。是的，在这样的黑暗里，看似轻飘的雪花，却格外具有重量，甚至有着刀子般的凌厉。

在无边无际的夜色里，雪也是黑的。兄弟俩头一回刻骨铭心地感知到夜色是一种很可怕的东西。是的，夜色是虚无的，因为虚无反而更加恐怖。但是谁都不愿意说出口，此时此地，怕这个字眼本身就已经很可怕了，而且滚雪球似的，越来越令人感到惧怕。地面上开始积雪了，由薄而厚，兄弟俩用自己的鞋底感觉到了这个变化的过程，他们行走时发出的声音不一样。雪逐渐变厚，雪使得夜色淡化了一些。微弱的雪色却又把兄弟俩的视觉给彻底欺骗了，一道道沙梁、一簇簇白茨都成了一个平面。雪，把这个冬日的夜晚搞得模糊不清、虚伪透顶。兄弟俩现在走到了什么地方？他们始终没有听见演电影儿时发电机的隆隆声，更没有看见大队部的灯光。毫无疑问，在夜晚，灯光比声音传得更快更远。可是，这两样都没有出现，只有逐渐绵密和厚重起来的雪，黑色的雪。

查干陶勒罕在哪儿？

大队部在哪儿？

不得而知。

黑色的夜，黑色的雪，像一堵黑色的墙，或者说更像一个黑色的迷宫，不停地捉弄着两个心怀美好渴望和愿景的牧驼娃。他们的渴望和愿景其实很简单，看一场电影儿。这对于生活在城里的孩子们而言，不足挂齿。但对于这兄弟俩来说，就有些奢侈了。兄弟俩的皮帽子上和肩膀上也落满了雪，再无法融化了。

雪，越下越大，越积越厚。

他们脚下的路也越走越长，没有尽头。

弟弟是深信哥哥的。弟弟对哥哥的信任，由来已久。弟弟深信哥哥将来一定是一条顶天立地的好汉。现在，他们走在这样一个黑天黑地、黑风黑雪的深夜里，弟弟依然深信着哥哥。

饿。

冷。

怕。

三条黑色的鞭子。

三条黑色的鞭子，轮番抽打着兄弟俩。

弟弟终于倒下去了，身子摇摇晃晃地陷进了雪坑。哥哥的手突然变得空落落的。

哥哥立刻惊醒了，回头向弟弟跑过去，摸索着将弟弟抱进怀里，脸贴脸地温暖弟弟。后来，哥哥就背起弟弟毫无目标地走，准确地说是转着圈子。他非常明白自己为什么要不停地走，要不停地转着圈子，更明白停下脚步将是怎样的后果。在这样的雪夜里，一旦停下来，等待他们的就只有一个字：死。不转着圈子走，会距离身后的土屋、温暖的家越来越远。弟弟只有七岁。弟弟不仅该看很多电影儿，弟弟更应该上学读书。于是，哥哥就这样默想着，鼓舞着自己，背着弟弟不停地走，不停地转着圈子。

弟弟终于醒了，明显地动了一下。

弟弟用微弱的声音反复说着一个字：火。

火。

是的，此时此刻，如果有一堆火该多好啊。这个火字，其实早就出现在哥哥的脑海里，拂之不去。这个火字，同时也让哥哥感觉到了一丝温暖。哥哥的手剧烈地抖动了一下，然后牢牢地托着弟弟不断往下沉的身子，在黑色的雪夜中不停地转着圈子。现在，就剩下了一个字：走。

走，走，走。

一个深刻的大漠雪夜。

一个蠕动着的黑点……

长歌短哭

四郊未宁静

垂老不得安

——杜甫《垂老别》

秋天的日头悬在牧村的上方，云不遮雾不罩的，是个好天气。

牧村不大，也就十几户人家。虽说都在一个村里，居住得却分散。十几座简陋的土屋，星星点点地撒落在一片开阔地上，三面被沙漠包围着，只留北边一个还算敞亮的出口。牧村的北边，是一面土坡，倾斜着缓缓地上升。在距离牧村十几里远的山脚下，是一条东西走向的公路。一条车马小道甩胳膊蹬腿地伸到山脚下，和公路连接了起来，往西而去，穿过大片草原和荒漠，与甘肃的河西走廊连接。再往西，就是民勤县了。那里从古到今是农区，一个出了名的苦焦地方，尤其缺水，庄稼总是长不好。庄稼长不好的地方，往往盛产穷人。穷得过不下去了，就背井离乡，就得凄风苦雨地找一条活路。这个牧村里的第一拨人，就是当年从邻近的几个乡村辗转而来的。新中国成立后，政府实行新的户籍制度，他们正式转成了牧区户口，由过去地地道道的农民变成牧民，吃商品粮，放牧。这样一来，日子过得消闲多了。

沿着公路往东而去七十里，是一片偌大的盐湖，依傍着盐湖的那个小镇，叫吉镇，后来修了专门往外面运盐的铁路。通了火车，人多，热闹。吉镇是牧村的人向往的地方，不过平时很少去，毕竟有一段不短的距离。当然，还不仅仅是路途上的距离，主要是心理上的。关于吉镇，不说也罢。

就说牧村的人和事吧。

牧村形成的历史虽然并不是很长，算上生老病死的，前前后后也有四辈子人生活过。那么，就说说牧村的李姨娘吧。这个李姨娘，应当是牧村最具代表性的一个人物。

现在的李姨娘自然是已经老了，在牧村应该是属于祖奶奶这一辈的，有脚为证。李姨娘的一双小脚，虽然比不得什么三寸金莲，却也称得上小巧。可以想见李姨娘年轻时候踮着一双小脚走路的样子，风摆杨柳，婀娜多姿。再看后来那些婆姨们的一双大脚板，走路呱嗒呱嗒响，狗舌头舔碗似的，更加映衬得李姨娘的小脚非同一般。李姨娘当年就用这样一双小脚，颤颤巍巍地翻越无数道大大小小的沙梁，背对故乡，一去千里，终于来到了这个牧村，然后安家落户、相夫教子。当然，李姨娘的小脚是旧社会封建时代压迫妇女的产物，不值得赞美，更不能推广，和过去男人脑后拖着的猪尾巴似的大辫子一样，是必须取缔的。但是，李姨娘把一双小脚带到了新社会，带到了这个牧村，同样是不争的事实。李姨娘膝下有两儿一女，大儿子是个哑巴。不幸的是，在牧村没过几年安稳日子，李姨娘的丈夫便殁了。从此，李姨娘成了寡妇，三十来岁，中年丧夫，实乃人生之大不幸。就有人说，李姨娘怕是熬不过几年，还得改嫁。

其实，人们这样议论李姨娘，是有原因的。

在这个小小的牧村，李姨娘的丈夫是个人尖子，脑子活络，能说会道，账算清楚，擅长经商，和当地蒙古族牧民的皮毛生意做得风生水起。但是，也有人说，李姨娘的丈夫做生意出手太狠，不留余地。在平时的日子里，人们是很少见到李姨娘的丈夫的，他来去匆匆，给人神秘莫测的印象。无商不富，此话不谬。日积月累，李姨娘的丈夫到底挣了多少银子，无人知晓，恐怕李姨娘也不清楚。首先，在这个牧村，李姨娘家的一院房子称得上鹤立鸡群。前墙刷了白粉，拐角和廊檐不仅包了灰色的砖边，而且左右的窗户和中间的进门连成一体，都是用上好的松木打制的，做工精细，外面涂了很厚的朱红色油漆。偌大的两扇镂花窗户，两开的门板上扣着一对狮头状的黄铜锁吊。白色的墙，红色的门窗，金黄色的锁吊，这样的门面给人以富贵和威严的感觉。其次，就是李姨娘身上的穿戴了，虽说不是穿金戴银，但衣裳挺括，不乏绸缎什么的稀罕布料。人配衣裳马配鞍，即便是再邋遢的人，只要是穿戴光鲜，就会立马增加几分人气。何况李姨娘平时就特别注意修饰自己，本身模样也不错，更加显得与众不同。在这个牧村，李姨娘人前显贵，是拔了头筹的。李姨娘是这个样子，她的几个儿女自然也差不到哪里去，穿得总是比别人家的孩子整齐干净。遗憾的是，大儿子又哑又聋。十聋九哑嘛，这也是没有办法的事情。

大概是夫贵妻荣的封建思想在作祟吧，在牧村，李姨娘总是不大愿意和别人来往，好像也没有什么亲戚，门前便有一些冷落。对此，李姨娘也是不以为意的，好像图的就是这种清静和寂寞。低头不见抬头见，偶尔碰了面，李姨娘表情淡漠地笑一笑，对方也是礼节性地回应一下，各走各边，彼此并不多话的。习惯成自然，时间一长，人们也就疏远了李姨娘。牧村的其他婆姨们反而走得更近了，相互之间来往得更加密切，似乎是故意做给李姨娘看的。三个女人一台戏，针对李姨娘的议论当然也是不少，认为李姨娘踮着一双老古董一样的小脚，还看不起人，不就是穿得比别人光鲜一些，吃得比别人好一些吗？可又能够咋样呢？尤其是还有个哑巴儿子，一辈子的拖累，媳妇都不好找。这种从心理上获得的平衡，尽管很微妙，却起到了不可忽视的作用，人们宽容了李姨娘的傲慢和不恭，接纳了李姨娘的存在。

于是，牧村的人们和李姨娘相安无事，各过各的日子。

然而，人有旦夕祸福。李姨娘的丈夫在一次外出的时候，突然消失了，将近一年，音信全无。无疑是遭遇了什么不测，丢了身家性命。关于李姨娘丈夫的死因，据说很蹊跷，至今是个解不开的谜。一个大活人就此消失得无影无踪，谁也不可能无动于衷。也有上面来的人做过一番调查，由于没有足够的线索和证据，只能不了了之。再说了，牧区天大地大，方圆几十里甚至几百里不见人烟，一个人出去就像往野地里撒了一颗豆子，一场风刮过，了无痕迹。李姨娘毕竟是女流之辈，她所能做的就是认命，然后将死不见尸的丈夫象征性地草草发丧，衣冠埋进老家的祖坟里，说是落叶归根。在这一年里，牧村的人们偶尔看到日渐憔悴的李姨娘时，都保持了少有的沉默，怕着什么似的。一旦确认李姨娘的丈夫已经命丧黄泉，永远不可能回归那个苦心经营的家时，牧村的人们便向李姨娘给予了最大的同情，进进出出地表示了种种安慰。奇怪的是，李姨娘始终没有一丝感激的笑容，对丈夫的不测竟然也没有流一滴眼泪。人们就又议论说，李姨娘这个女人，生来命硬。还说命硬的女人克夫，今后还是少来往的好。

人们和李姨娘少有来往的原因，也不仅仅是认为她命硬，还觉得她有些妖道。话说白了，就是李姨娘和正常人不大一样，身上总是隐隐约约地笼罩着一股莫名的妖气。

李姨娘身上的妖气，是通过她的长歌短哭体现出来的。

古诗云，清明时节雨纷纷，路上行人欲断魂。按照古老的风俗和传说，清明这一天是鬼节。鬼有家鬼和野鬼之分。在这一天，虽然阴阳两隔，坟墓里的家鬼和漂泊在外的孤魂野鬼纷纷出现了，等待着与亲人见面。阳间的亲人就要准备好丰厚的供品，进行各种形式的祭奠，以此告慰那些孤苦无依的灵魂，寄托亲人的哀思。说来也奇，清明这一天，往往是个阴天，甚至伴之绵绵细雨。是不是真的符合所谓天人感应之说，阴阳交会，天地惊鬼神泣？这样的推论，其实是无以为证的，也就被斥责为唯心主义。但是，人们宁肯信其有而不肯信其无。既然信了，就必须有所表示，不可无动于衷，求得心理上的某种平衡和安慰，亦无不可。

一年四季，李姨娘只有在清明的这一天，将长歌短哭发挥得淋漓尽致、尽人皆知。

在广大的沙漠牧区，干旱的时候居多。因为干旱，草地荒芜了，逐渐形成了沙漠。那么，处在沙漠地带的这个小小牧村，也在所难免。清明这一天，牧村的天上往往日头高照，晴空万里，雨是不见一滴的。大约到了晌午的时辰，李姨娘的身影便出现了。穿戴整齐的李姨娘一身黑衣黑裤，胳膊上挎着一只小巧的芨芨筐，筐子上苫着一条白色的羊肚子毛巾，踮着她那双小脚颤颤巍巍地走向牧村的东头。为什么要到东头呢？因为李姨娘的丈夫当初是从东头而去的，那么他的灵魂也应该从东头而来。李姨娘经过牧村时目不斜视，神情庄重肃穆。正在劳作的人们也就收敛了声气，尽量避开李姨娘，让她顺利地通行。过不了多久，一缕青烟飘飘摇摇地上升，化得了无痕迹。这时，人们就远远地看见李姨娘小脚盘腕地坐在沙地上，面对东头，娇巧的身子一俯一仰。

随即，李姨娘就开始了她的长歌短哭。

李姨娘的长歌短哭，很程式化，有一种强烈的仪式感。基本上是这样的，一俯，长歌；一仰，短哭。长歌和短哭之间，略有停顿。长歌和短哭，俯仰和停顿，交替进行，有条不紊，富有节奏。也有好事的年轻人颇感兴趣，就踅摸到近前想听个仔细，听听李姨娘究竟唱的是什么词儿。李姨娘也许并不知道有人在不远处偷听，也许知道却不为所扰，只是在那里一心一意地歌哭，完全沉浸在失去亲人的无尽悲伤里难以自拔。后来，偷听的人便有些失望，悄然离去了。据说，李姨娘唱的词儿既简短又含混不清，哭的调儿却有板有眼，抑扬顿挫，跟唱戏一样，很有感染力。这样一来，李姨娘的哭，其实就不是真正的哭，而是真正的唱了，属于苦戏清唱。那条白色的羊肚子毛巾，在李姨娘的手腕上有了灵性似的，蛇样地探头探脑，扭过来扭过去。再看黑衣黑裤的李姨娘，整个人更像幽灵一般，恍惚之间好像凌空了，在那片沙地之上微妙地飘浮着，似乎一不小心就要飘走，追随丈夫的亡灵而去，令人心惊肉跳、惶恐不安。好事的年轻人走远了，回头再看，黑衣黑裤的李姨娘却依旧孤零零地坐在那里，一俯一仰，长歌短哭，声音悠长。

这种时候，没有人去打扰李姨娘。

从晌午出去，到黄昏时分，李姨娘就坐在那里，差不多坐了整整一天，不吃不喝。小小牧村在这一天里，从早到晚充斥着一个未亡人的歌哭。直到天完全黑下来，家家点燃晚炊的烟火，李姨娘才起身，踮着她那双小脚往回返，步态更加的巍颤了，看上去是那样的弱不禁风、孤独无依。李姨娘歌哭的时候，身边始终不见她的儿女。李姨娘是不是不希望自己的儿女，而是别的人去安慰她一下，说一些体贴的话语，以便就此找个台阶结束自己的歌哭呢？这就不得而知了。最初，在人们看来，李姨娘这样的歌哭显然是太过漫长了，搅得阴魂密布，四邻不安。不过，时间一长，也就习以为常了。就让李姨娘唱去哭去，人们当听戏一样。

就这样，李姨娘的长歌短哭，成了牧村的一个保留节目。

李姨娘长歌短哭了一年又一年。

无论怎样，长歌也罢，短哭也罢，日子还得往下过。在人们的各种议论中，李姨娘并没有改嫁，而是心无旁骛、含辛茹苦地养育自己的儿女。在李姨娘渐渐老去的过程中，儿女也长大了。她的那个哑巴儿子正如人们所预料的那样，三十大几了还是个光棍。哑巴儿子人高马大，身体格外结实，力气大得惊人。虽然又聋又哑，许多东西却一学就会，甚至比正常人都聪明伶俐，是一个难得的劳动力。屋里屋外的重活，基本上就靠了哑巴儿子。小儿子则按部就班地上了几年学，学习成绩马马虎虎，脑子远不如他的哑巴哥哥灵性，勉强小学毕业。后来，因为家里有哑巴儿子支撑，长大了的小儿子一年四季很少在家，而是在外面打零工，挣的是生产队里最高的工分。女儿在家帮李姨娘抹了几年锅刷了几年碗，也嫁了人。李姨娘有些妖道，她的女儿却善良朴实，打小就懂事，和牧村的姐妹们相处得十分融洽，人缘很好。也是好人有好报吧，女儿的运气正经不错，后来移居吉镇，因为女婿在吉镇的商业部门工作，吃的是公家饭。又过了几年，李姨娘的小儿子竟然当上了生产队长。矬子里头拔将军，虽说只是兵头将尾一个，但在当时的情况下，也是说一不二的角色，一脚踢出去就会攘起一撮尘土，再加上行为做事有一股狠劲儿，牧村的人对他还是服气的。前缺后补，子贵母荣，李姨娘时来运转，贵为队长之母，那早年的丧夫之痛应该因此被抵消了不少吧。

也有人议论说，人在做，天在看，是李姨娘多年的长歌短哭感动了上苍，天降慈悲于这一家人。

谁知道呢，也许吧。

自从小儿子当了生产队长后，李姨娘的长歌短哭便增添了许多新的内容。这也是那几个好事的年轻人偷偷听来的。说是从此之后，李姨娘的长歌短哭不再是一味的悲伤和无奈，还包含了慰藉，诸如小儿子当上了生产队长、女儿嫁了人并且到吉镇居住等。

问题是，小儿子当了生产队长后，开始制止李姨娘的长歌短哭。

小儿子的意思是，李姨娘这样的长歌短哭，属于封建迷信。既然是封建迷信，就属于被取缔的范围。过去唱了也就唱了，哭了也就哭了，现在不行了，儿子当队长，老娘搞封建迷信，影响不好。如果继续这样唱下去哭下去，儿子的队长恐怕就成了山羊的胡子，也是长不了。李姨娘不以为然，据理争辩，说自己这么多年就是唱过来哭过来的，几个儿女都是她唱大的哭大的，不让唱不让哭，心里憋得慌。再说了，自己这辈子就好这一口，不唱不哭，自己这辈子还能做什么？到了清明这一天，李姨娘照例是颤颤巍巍地踮着一双小脚，胳膊上挎个芨芨筐往牧村的东头而去。照例是旁若无人地长歌短哭，完全沉浸在自己营造的情绪里，一坐就是一整天。当了队长的小儿子尽管很生气，却也很无奈，只好睁一只眼闭一只眼。

后来，小儿子从农村老家娶了媳妇回来。

接下来的这年清明，人们看见李姨娘在那个盘踞了多少年的地盘上只是跪了一阵，完成了祭奠的程序后，就匆匆地回来了，并没有坐在那里长歌短哭，怕着什么似的。说明这个被李姨娘保留了多少年的节目，就此取消了。对李姨娘这种出人意料的表现，牧村的人们百思不得其解。你想啊，一个将自己多少年的保留节目演绎得出神入化的人，突然偃旗息鼓，说不演就不演了，岂不是匪夷所思。人们在感到某种失落的同时，觉得另有隐情。后来，有人悄悄地问李姨娘，究竟是怎么一回事。

李姨娘脸色凄然地低垂着眼睛，一句话不说。

这时，儿媳妇恰好从旁边经过，经过时看都不看李姨娘一眼。

李姨娘等儿媳妇走远了，就悄悄地指一指儿媳妇那水蛇一样扭来扭去的背影。所有的答案都在里面了。

儿媳妇去了吉镇，刚刚回来，身后跟着李姨娘的小儿子，像个丫环似的提着大包小包。原来，李姨娘的儿媳妇是个很厉害的女人，比李姨娘还妖道，当了队长夫人后，到处招摇，更不把李姨娘这个婆婆放在眼里，有时候还当着小儿子的面，训斥李姨娘。其中一条，就是不允许李姨娘再像过去那样，清明节时旁若无人、随心所欲地长歌短哭。否则，就分家，各过各的日子。养儿防老不说，还有个哑巴儿子需要照顾，李姨娘当然不敢分家，只能忍气吞声。

就有人说，卤水点豆腐，一物降一物，李姨娘老了老了，怕是又没得安稳日子过了。

自此以后，牧村的人们就再也听不见李姨娘的长歌短哭了。

风过无痕

1

我直挺挺地躺在病床上，置身一方白色的世界。

身边没有朋友，床头柜上没有鲜花。连护士小姐都很少看见，不知道这些不长翅膀的白衣天使究竟飞到哪里去了，很有可能是溜出去到街上吃酿皮子或者冰激凌去了。我所处的这种寂寞和无聊一点都不难想象。哦，我的旁边还有一张空着的床。也就是说，除了我，房间里没有第二个病人。这令我满意，因为安静。但是，住了一段时间后，我又有些受不了了，没有别的原因，还是因为安静。我于是改变自己的初衷，开始盼望再有人住进来，或许因了同病相怜，我们还真的能够成为朋友呢。当然，盼望别人也生病住院的这种念头，未免古怪了些，甚至挺不道德的。

就这样，我在寂寞和无聊中又熬过了几天。

此后的一个下午，西斜的阳光终于从我所在病房的窗口撤走了，屋子里逐渐凉了下来。吃过药后，我想安安静静地睡上一觉。此时此刻，越安静越好，也希望所有的人离我越远越好。或许是一种心理暗示的结果吧，患有严重失眠症的我感觉周围突然安静了下来，好像已经处在一个无声的世界。于是，我睡着了，渐入佳境。佛家言，境由心造。斯言极是。不过，我还是要说，我很无奈。无奈的是，我还是被吵醒了，或者我根本就没有睡着，充其量只能说是迷糊了那么一阵子。就这一阵子的迷糊，对我而言，也很难得。我说过，我患有严重的失眠症。医生说我的神经系统出了问题，潜伏着巨大的危机和后患。因为这个，我才违背自己的意愿，听从医生的忠告，住进了医院。

一个大约十岁的男孩走了进来。

在护士小姐的带领下，男孩向旁边那张空床走去。我终于有了一个病友。男孩的脑袋很大，身子骨细瘦，长胳膊长腿，显得上下不够匀称，像是缺某种维生素。更有意思的是，随着这个男孩的到来，病房里充溢着一股漠野的气息。

一个调皮的野小子。我这样想。

我冲男孩笑一笑，表示友好和接纳。男孩却不理我，两眼直瞅着窗外，很痴迷的样子。这所医院是一座两层小楼，规模不大，却鹤立鸡群似的矗立在小镇的十字街口，它的旁边是几排灰头灰脑的平房，以及几株白杨树和沙枣树。人影和车声稀稀拉拉的，倒是远道而来的牧人牵了驴和马，有时候也有骆驼，拴在就近的电线杆上，然后神情亢奋而警觉地在街道上穿梭，在几个商店里进进出出，出来的时候搭在肩膀上的褡裢鼓鼓囊囊的，点缀出别的城镇少见的景致。无疑，这是西部的大漠小镇才具备的风光。

问题是，我始终没有弄清楚这个男孩究竟被窗外的什么东西所吸引，进而令他产生了强烈的好奇心。

你是从哪里来的？我盯紧男孩的大脑袋，认真地问。

男孩照例不吭声。

怀着被一个陌生男孩冷落的尴尬和疑惑，我也坐起身观察窗外。映入眼帘的是窗外的几株沙枣树。沙枣树是一种耐旱的树种，在西北地区被大量种植，但是作为城镇街道的绿化树却有些勉为其难，树干低矮弯曲，叶子灰白而散漫，反倒映衬得它旁边的几株白杨树愈加修长挺拔、卓尔不群。沙枣树的妙处在于它的花期较为持久，每逢五月，一嘟噜一嘟噜的黄色小花缀满枝头，含了野性的香气四处弥漫。之后，便是羊粪蛋儿大小的果实了，由淡绿而绯红。现在，它的花期已过，探出枝头的是它特有的小小的青涩的果实。尘土扬动的街道上，还有几只癞毛的流浪狗旁若无人地悠悠逡巡，红兮兮的舌头在炽烈的阳光下不屈不挠地伸展着，给原本就显得荒芜的小镇平添了几许沧桑。收回目光时，我才觉出男孩其实是直视着街道对面的一处地方，那里有几个人凑到一起边嚷嚷着什么边打着生硬的手势，大概正在讨价还价谈生意，他们的脚下是几张黄白相间的兽皮。因为离得远，我看不清楚那都是些什么动物的皮毛。

这个野小子，可能是个哑巴。我笑了一声，无意地嘀咕一句。

男孩突然回过头来，狠狠地瞪了我一眼。毫无心理准备的我，着实被吓了一跳。

这就是我俩相识的情景。

2

男孩有一个朴素而别致的名字：驼生。

驼生来自大漠深处的牧区，这和他身上的气息十分吻合。毫无疑问，我的这个小小病友是个牧驼娃。牧驼人家一年四季风风雨雨，忙忙碌碌，十岁的男孩早就派上了大用场。驼生没有像小镇上的孩子那样按部就班地上学读书，而是早早地成为了一个牧驼娃。这算不算是一种悲哀呢？我认为是的。即便是出生在大漠深处的牧区，像驼生这样的孩子也应该首先走进学校，而不是过早地承担生活的重负。有教无类嘛，被誉为万世之表的孔老夫子早在两千多年前就这样提倡了。事实是，在地广人稀的西北地区，尤其是大漠深处的牧区，像驼生这样的孩子，并不一定都能够如愿以偿地走进学校，其中的原因不一而足。

我对驼生有了最初的同情，包括担忧。

我说，生病了？你知道自己得的是什么病吗？

驼生摇摇头，一脸的茫然。

第一次来小镇？

驼生说是第一次来小镇。

驼生还说，第一次来小镇就住进医院，真没意思，要不是生病也来不了小镇。驼群正忙着抓羔子，驼毛也该收了。驼生说这些话的时候，一脸的认真和无奈，像个大人似的，令我感叹。栽什么树苗结什么果，撒什么种子开什么花，穷人的孩子早当家。我突然想起了《红灯记》里那一段很经典的唱词。

驼生到底是个孩子，终究耐不得寂寞，安静了一会儿后，那好动的天性像他身上的气息一样弥散开来。驼生在自己的那张病床上跳来跳去，抓耳挠腮，活脱脱一只野猴子。这下难得安静了，病房里笃笃作响。这样也好，我那恼人的病痛随着驼生的吵闹减轻了不少，可能是注意力被分散的缘故。驼生现在这个样子，给我的启示是，在有些时候，过于安静的环境对某些病人未必就好，尤其是像我这样的病人。

不期然的是，也随之带来了麻烦。

那个许久都不露面的护士小姐终于出现了。护士小姐白白胖胖的，皮肤保养得极好，这在我们这个多风少雨、气候干燥、沙尘肆虐的地方，是非常不容易的。护士小姐的模样有如一只养尊处优的猫，看到不安分的驼生时，不仅一脸的不悦，更有一脸的不屑。驼生看见护士小姐这种古怪的神情，就像老鼠见了猫，立刻安静了，疑惑而胆怯地转向我，求救似的。我故意挤眉弄眼地做了个鬼脸，驼生就扭头又朝窗外看去，似乎只有窗外才是他的躲避之地。现在从驼生坐着的角度看出去，大概只有沙枣树的枝梢和一排平房的屋脊。

在护士小姐无声而严厉的目光的示意下，驼生躺在床上，乖乖地挨了针，始终不敢吭一声。他的眼角却垂着一滴泪水，清亮亮的。也许是怕我和护士小姐看见，又悄悄地抹了去。护士小姐走后，驼生就那样一动不动地躺了许久。等到驼生爬起来吃了药，已是夕阳西斜，白杨树影通过窗户，居高临下地投落到病房里。婆娑的树影映在一面墙上，斑斑驳驳的，像一幅水墨画，又似一个朦胧的梦境。

这时，坐在床上的驼生埋下头去，又一副全神贯注的样子。

驼生的手掌心里，变戏法一般出现了一只羊角。准确地说，是一只黄羊角。黄羊角我是认得的，略微弯曲，从根部至顶端由粗变细，渐次环绕着螺旋状的凸纹，通体乌黑油亮，精致玲珑。有人将这样的黄羊角当作饰物拴在刀鞘上，当然也有炫耀的意思，向人们表示自己是一个好猎手。随着自然环境的不断恶化，尤其是过度猎杀，黄羊已经少得十分可怜，现在几乎见不到它们的踪迹了。自古以来，黄羊是草原和大漠的精灵。我国西部生态恶化的标示之一，就是黄羊这种古老的生命物种逐渐减少，乃至消失。因此，从驼生这里偶然看到已经难得一见的黄羊角，让我不禁生发许多感慨。

生病住院都不忘带在身边，可见这只黄羊角必然是驼生的心爱之物了。

一只黄羊角。我说。

驼生说，是羊角哨子。

羊角哨子？

嗯。

哦，的确是一只羊角哨子。

是爷爷给我的，好几年了，我天天带在身上。说到羊角哨子和爷爷，驼生又变得活跃起来，忘记了刚才打针吃药的痛苦。爷爷还说，这羊角哨子是吉祥物。

吉祥物？

我觉得好笑。既然是吉祥物，就该保佑你无病无灾、一生平安。现在反倒有趣，带着吉祥物住进医院里来了。我没有把这样的想法说出来，因为我面对的毕竟是一个孩子，一个来自大漠深处的孩子。

但愿它不仅仅是一只羊角哨子。

驼生手里的这只黄羊角，只是它的顶端部分，大约有十公分长，而且经过长年累月无数次的摩挲，变得光可鉴人。我示意驼生说，能不能让我仔细地瞧一瞧这只羊角哨子？见我对羊角哨子很感兴趣，驼生当然很乐意，这应该是对他的心爱之物的一种肯定、一种赞赏，甚至是对他那小小的虚荣心的一种满足。

我接过羊角哨子，用心地抚摸了一遍，感觉极其细腻、滑润、质朴，有一股淡淡的凉爽之气。看来这只羊角哨子，是浸透了一个牧家孩子的心血和汗水的，这个牧家孩子就是眼前的驼生。这同样是一件美妙的工艺品，但它没有人工的刻意雕琢，自然原始，却巧夺天工，所以更加珍贵。既然是哨子，就应该能够吹得响。那么，这样一只哨子，又能够发出怎样的声音呢？我试着吹了几下，没有出现预想的效果，只是咝咝的撒气声。但在舌尖触及的地方，我尝到了一丝淡淡的苦涩。

驼生便很有些得意地笑了。

他接过羊角哨子轻轻地呷住哨眼，腮帮蛙样地鼓起，然后收拢嘴角。于是，那哨音就欢快地响了起来。

羊角哨子响了，水灵，清亮，单纯。

羊角哨子响了，像一只挣脱羁绊的鸟儿，飘飞而去。

3

羊角哨子响起的时候，夜幕早已经降临。

窗外，是半明半暗的几盏路灯。白杨树和沙枣树混沌一片，没了白天时候的挺拔和曲折。那几排平房也只是一个青虚虚的轮廓。医院里的走廊更是黑咕隆咚的，寂静得吓人。偶尔出现一点走动的声音，反而让人疑神疑鬼。就在这时，羊角哨子响起来了，清晰，悠长，当然也有一些突兀。哨声传出病房，产生的回音溅碎了走廊里的昏暗。

我们乐极了，竟然忘了开灯。

头顶的电灯蓦然通明。白白胖胖的护士小姐似乎从天而降，那样子完全可以说是怒发冲冠，脸蛋通红，一双挺好看的杏核眼里满是恼怒。护士小姐径直走过来，不由分说，劈手夺下驼生嘴边的羊角哨子，扔到了墙角。

驼生被护士小姐突如其来的举动吓呆了，站在床边一动不敢动。还是那样，护士小姐保持高度沉默，一言不发，应该说这一招相当厉害，于无声处听惊雷。这无言的斥责来得太突然，令人猝不及防，让一个来自牧区的孩子不知所措。招致这样的结果，显然与我这个大人的怂恿密切相关。我不能视而不见，不能沉默不语。更何况，我的自尊心也捎带着受到了护士小姐的无情打击。于是，我准备与护士小姐挑起嘴巴上的战争。

我说，他还是个孩子。

护士小姐若无其事地看了我一眼后，终于说话了：医院可不是兔子不拉屎的沙窝子，有爹有娘就该有教养。

我说，爹娘谁都有，人人都应该有教养。

有意见，是吧？护士小姐一脸浅笑。

是的。

找我们领导讲去。

我不找领导。

那你找谁？

我就找你。

护士小姐见我一副不依不饶的架势，便不愿接受挑战，然后表现出很有教养的样子，扭头离去。

在我和护士小姐打嘴仗的过程中，驼生没敢挪地方，像具断了线的木偶僵在那里。护士小姐走后，他才动了几下，露出参差不齐的牙齿，冲着我满怀感激地笑了，并有几丝做了错事的愧疚和羞赧。驼生捡回羊角哨子，一遍遍抚弄着，就似安慰一只受伤的小猫小狗。

我摆摆手说，没啥，以后不吹就是了。

你不怕她吗？驼生惊恐未定。

不怕。我在街上和人打过架。我这样安慰他。

你们城里人很讨厌我们牧民吧。驼生想了想，却说出这样一句话。

我无言以对。

这怎么能够一下子说清楚呢？对一个未经世事的孩子，这个问题也许太沉重了一些。

当一个汉子手里提着半塑料袋子馒头，宛如一个幽灵出现在病房的瞬间，我才觉悟自己从一开始就忽略了一个非常重要的细节：为什么这么半天没有见到驼生的父亲?

这是个胡子拉碴、不修边幅的中年汉子,头戴一顶褪了色的绿帽子,穿一身脏兮兮的灰色衣裤,脚蹬一双我们司空见惯的黑色条绒布鞋,整个的人看上去邋遢而窝囊。见了我,汉子脸上立刻流露出谦卑而谨慎的笑容。他这样的表情,反倒弄得我也不自在起来,心里怪不是滋味的。汉子将馒头塞给驼生,然后手忙脚乱地掏出烟盒,抽出一支烟要递给我。我摇摇头,指着对面墙上的标语说,病房内严禁吸烟。汉子仰头看罢,眼里浮现一层雾状的困惑,遗憾地收回了烟。

这时,我闻到了一股臭烘烘的酒气。

好嘛,儿子生病住院,老子在外面喝酒。看来这个汉子也是个极其贪图杯中物的酒徒。大漠深处以及这个小镇上,这样的男人是见怪不怪的。我就曾经遭遇过一个醉汉,而且令我啼笑皆非。那是一个夏日的夜晚,我办完事回家经过一条马路时,躺在旁边的一个醉汉突然跳起来拦腰抱住我。接下来,这个醉汉就像一条软囊囊的面口袋那样搭到了我的肩膀上,理直气壮地要求我把他送回家,害得我在巴掌大的小镇跌跌撞撞、磕磕绊绊地转悠了大半夜。家找着了,天也亮了,醉汉也醒了。然后,醉汉扔下我扬长而去,连一句道歉的话都没有。也许是触景生情,面对驼生的父亲,我就条件反射地想起了这个曾经的故事。

我说,驼生和我都成朋友了,才见到你这个父亲的面。

汉子干咳了两声,说,喝了点酒,不好意思。

看来,汉子把儿子生病住院这件事情想得太简单了,大概和赶人家的酒场差不多,一副无所谓的表情。在两个大人断断续续的谈话中,驼生睡着了,嘴角挂着些馒头渣子,手里却紧紧地攥着那只羊角哨子,生怕被别人再夺了去。驼生说羊角哨子是他的吉祥物,而且对此深信不疑。吉祥物？我觉得这个来自大漠深处的孩子，才开始经历人生的磨难。

看着酣睡的驼生，我说，其实他应该到学校去。

汉子愣了一下，说，到学校？

我说，他应该上学，读书。

汉子这次听明白了，回答得毫不迟疑：沙窝里的娃娃，上不上学都一样，能指望他有个啥出息？

我一时语塞，不知道该怎样开导这个把烧酒看得比儿子上学读书还重要的父亲。

此后无话。

夜，渐渐地深了。

窗外的天空明晃晃的。虽然没有月亮，但是繁星如织。小镇就这一点好，只要不刮风，夜晚的天空总是星光灿烂。再就是静。夜的深处，偶有一两声狗吠，或者谁家孩子的一两声啼哭，稍纵即逝，听上去孤孤零零的，像是刻意为小镇夜晚的静谧做一种衬托。

汉子终于坐不住了。

汉子说好不容易找了个睡觉的地方，路很远，在小镇的最西头。去得太晚，人家就关门了。汉子这样做，是为了省钱，或者，有别的什么原因。果然，我提出让汉子向医院申请陪护驼生的建议后，汉子却说他这辈子既没打过针，也没吃过药，更没有住过什么医院。如果让他待在医院里，头疼、闹心、浑身都不自在，肯定还会弄出什么毛病来，得不偿失。既然是这样，我也就不好多说什么了。

作为一种惩罚，我说，去提一壶开水来。天热，驼生晚上要喝水。

汉子得赦一般，连连点头，不敢怠慢。

4

打针，吃药，检查，按部就班。

驼生很快适应了住院的一整套程序，老老实实地配合医生和护士，不说不笑，不哭不闹，很默契的样子。但是，驼生那凝视窗外的举动改不了，从早到晚总有许多次，只要闲下来，就趴到窗台上一动不动，特别安静。每逢这种时候，驼生就好像变成了一只被关进笼子里的什么小动物，眼里流露出对外面世界的无限神往以及被约束的诸多无奈。

然而，经过我连日的悉心观察得出的结论是，驼生其实很痛苦，而且是来自病痛之外的痛苦。那么，驼生是在向往着生他养他的牧区吗？这一点很快得到了证实，并且由此引出一个有关羊角哨子的故事。

闲下来的时候，除了凝视窗外，驼生还有一个举动，就是反复抚摸那只羊角哨子。几次对到嘴边跃跃欲试，腮帮蛙样地鼓起，嘴角收拢，令我担心哨声即刻会清亮地响起，引来护士小姐的又一顿呵斥。但虚惊一场，哨声并没有响起，关键时刻，驼生克制住了自己的欲望。后来，驼生终于意识到我在旁边静静地注视着他，观察着他，便不再沉默了。

这是一个有月亮的夜晚。

关闭电灯后，这间病房仿佛变成了一座远离尘世的小小的孤岛，成为我和驼生的二人世界。乳白的月光洒进病房，牛奶一样涂抹在床单上。在这样的二人世界里，我们就像幸福得过了头的人，浸泡在奶液里。也有些许小风，轻盈地尾随月光而来，不动声色地在病房里游走，凉爽、舒缓。

这其实是一个非常适于讲故事的夜晚。

爷爷——

驼生提到爷爷时，突然哽咽了一下，然后才开始他的讲述。

驼生说，爷爷是个放骆驼的人。

我说，你爷爷还是个出色的猎人。

驼生满脸惊奇，两眼烁烁，意思是我怎么知道他爷爷还是个猎人，而且是一个出色的猎人。我指一指他手里的羊角哨子，示意他接着往下讲。驼生得到了鼓舞，说话变得流利了。

爷爷说他年轻的时候，草滩上的黄羊可多了，三五只一群，十几只一群。几十只一群的也有，少。黄羊白天吃草，晚上睡觉，有时候几个月不下雨，它们就到沙漠里面的湖道找长芦草的地方。找到长芦草的地方用蹄子刨，就能刨出水。爷爷说，一年四季除了吃草、喝水和睡觉，剩下的日子，黄羊总是在跑，四条腿细长细长的。黄羊跑得可快了，跳得可高了，连跑带跳一阵风，转眼就不见了影子。那时候不仅有黄羊，也有狼。黄羊在前面跑，狼在后面追，眼看就要追上了，黄羊突然跳起来一个急转弯，掉头再往回跑。狼是铜头铁脖子麻秆腰，等到它转过身来，黄羊早已经跑得远远的了。狼就没有办法了，只能蹲在地上伸着长长的舌头喘气。爷爷说，那时候黄羊多，狼少，狼就是吃掉几只黄羊也没啥。狼吃不着黄羊时，就吃牧民家的牲口：羊和骆驼。狼这种东西坏得很，一旦偷吃羊群成功，就要把羊都咬死吸血。羊一死一大片，几十只羊白花花地躺在地上，谁见了谁心疼。有经验的狼，吃骆驼的办法更绝、更邪乎，趁着骆驼卧在地上打盹的机会，悄悄地从后面走过去，然后把一只爪子捅进骆驼的粪门里钩住大肠。骆驼突然受到惊吓和疼痛，啥也来不及想，一个蹦子跳起来就跑，狼却像个秤砣一样定住不动。骆驼疼极了，越跑越快，那大肠就脱落了，越拉越长。你想一想啊，骆驼是大牲口，那肠子该有多长呢？肠子拉完了，骆驼也躺倒了，狼就扑上去消消停停地吃起了驼肉。牧民对狼真是恨极了，都恨进骨头里去了，只要见了狼，就不会放过，非打死它不可。狼很狡猾，会和牧民捉迷藏，有时候牧民要连续追上几天几夜，才能找到它。后来，狼就越来越少了。据说剩下的那几条狼，都跑到蒙古去了。牧民追狼时最怕刮风，一刮风，狼的脚印儿就被刮没了，狼就跑掉了。爷爷年轻的时候，亲手打死过十几条狼，还得了奖呢，奖品是羊肚子毛巾和搪瓷缸子。

你见过狼吗？我说。

驼生说，没有。

黄羊呢？

也没有。

怎么可能？我指着驼生手里的羊角哨子说。

驼生说，后来，黄羊也没了。

为什么？我故意这样问。

让人打光了。驼生说。

驼生说，狼打没了，就开始打黄羊。起先是你们城里人打，开着摩托车和吉普车，拿着半自动步枪打。黄羊跑得再快，还能跑过摩托车和吉普车？就是跑过了摩托车和吉普车，也跑不过子弹。他们越打越有经验，白天追着打，夜里停下打。夜里把车开到黄羊活动的地方，打亮车灯。不知道是为啥，黄羊看见灯光就不跑了，反而自己走过来站在灯光里，傻乎乎地不动弹。你想啊，这些黄羊的结果是个啥？几个人端着长枪短枪，一枪一个，黄羊还能跑掉？就这样，你们城里人吃黄羊肉吃上了瘾，包饺子吃，煮成手抓肉吃，做成肉臊子吃，晾成肉干吃，还说黄羊肉要多香有多香。就有越来越多的你们城里人，隔三差五地跑到牧区打黄羊。爷爷说，自古以来牧民是不打黄羊的。就是遇上1960年那样的自然灾害，牧民也不打黄羊。牧民饮罢牲口后还将槽里放满水，让黄羊夜里偷偷地跑过来喝水，就跟自家养的羊一样。时间一长，许多黄羊也习惯了到牧民的井上喝水。围绕自家水井的草滩上有几只黄羊，牧民也心里有数。因为牧民在草滩上放羊的时候，经常能看见这几只黄羊。黄羊胆子特别小，它们远远地站在那里，静悄悄地打量着放羊的牧民和羊群。阳光下，黄羊头顶上的那两只角亮晶晶的。爷爷说，后来，牧民也开始打黄羊了。因为牧民对这些黄羊知根知底，找到它们很容易，打起来也就更方便。这样一来，城里人打，牧民也打，好像一下子都变成了狼。人多肉少，不，是狼多黄羊少。打来打去，黄羊就给打没了。也不是彻底没了，和当初那几条狼一样，剩下的几只黄羊也跑到蒙古去了。

那么，你爷爷打过黄羊吗？我说。

驼生说，打过。

打过？

打过。

我开始屏住呼吸，意识深处等待着那一声致命的枪响。

驼生说，后来，牧区连年大旱，夏天和秋天连续几个月不下雨。天上不下雨，地上的黄风就多了起来。刮一场风，地皮就被扫掉一层土，扫来扫去，原来长草的地方土没了，全成了沙子，沙子游来荡去堆成了山、堆成了梁，就成了沙漠。沙漠里没有保存草籽，即使是天上下了雨，也长不出草，依旧光秃秃的。牧民说，现在是绵羊皮裰子毛朝外穿上走八十里路，上面都沾不上草渣子，哪里还有黄羊？后来，爷爷骑上一峰骟驼往远处走，找通场移牧的草场。草场没找到，骟驼也死了，爷爷是背着个空褡裢一步一步走回来的。有一天半夜，爷爷又饿又渴，实在渴得不行，想躺下来歇息一阵子，就睡着了。爷爷第二天醒来时，突然看见了已经多少年都不曾见的黄羊。那只黄羊孤零零地站在离爷爷不远的一道沙梁上，一身金色的皮毛，头顶上的羊角格外长，上面的疙瘩一圈一圈盘到角顶，像贺兰山北寺的佛塔。尤其是它的嘴唇，白得像冬天的霜雪。这是一只很老的黄羊，看样子老得都快走不动路了，因为黄羊越老，它的嘴唇就越白。那黄羊一点都不怕人，和爷爷脸对脸、眼对眼地看了好大一阵子。日头升到头顶的时候，那只黄羊才一瘸一拐慢腾腾地走下沙梁，不见了。爷爷有经验，就跟着那个黄羊的脚印，在一个小小的湖道里找到了一窝芦草，然后顺着芦草根挖下去，喝上了水。要不是看见那只黄羊，爷爷恐怕早就渴死了。

我说，你爷爷就没有……

驼生明白我的意思，说，爷爷早就不打黄羊了。

后来呢？

驼生说，爷爷回来睡了一天一夜，醒来后，就把他平时拴在旱烟锅子上的羊角取下来，做成哨子给了我。爷爷说，出门走远路时，只要随身带上这只羊角哨子，就平安无事。爷爷还说放骆驼的牧民，生老病死都不能离开沙漠。只要保护好黄羊，不要让它再受到伤害，沙漠里就还能落下雨水，草滩和湖道里还能长出青草，牧民的日子也就好过了。

我没有听到那声致命的枪响。不是遗憾，而是一种欣慰。

驼生讲到这里，停了下来，又长时间沉默不语。

这个故事似乎已经结束了。夜风轻柔，万籁俱寂，我们也好似已经融化在奶汁一样的月色里，无声无息。驼生讲这个故事时，声音始终是丝线一样的悠缓，使得这个来自大漠深处的故事更像一个遥远的传说。

5

讲完这个故事的几天后，驼生的病情开始恶化。

驼生只能在床上躺着，薄薄的床单犹如一张纸覆盖在他瘦弱的身上。看着驼生这个样子，我的眼被蜇得生疼，却又无法回避。零距离地观察一个孩子的生命被病魔折磨和吞噬的真实过程，有一种无法言说的哀伤和惊心动魄。我静静地躺在床上，不由自主地回忆自己在驼生这个年龄阶段的经历。那时候我天天穿过小巷，路过小镇的十字街头，到学校去上学，不曾认真地留意过小镇这座唯一的医院。若干年后，我却住了进来，并且与一个来自大漠深处的孩子成为病友。

偶尔，醒来的驼生艰难地扭过头，向我露出一丝微笑。作为一种回报，我表示等驼生病好了之后，一定带他去贺兰山东面的银川市，尽管只是一山之隔，那里却被人们称作塞上江南。驼生不是没有见过黄羊，没有见过狼吗？那里有一个中山公园，公园里有一个小小的动物园，动物园里就有黄羊，还有狼。我可以通过这样的方式，弥补驼生的这个遗憾，满足他的愿望。我还告诉驼生，我也没有见过在大漠和草原上自由奔跑的黄羊和狼，也只是在公园里见过。

我说的是真话。

接下来，我又不无羞愧地想，我和驼生同为大漠和草原之子，却没有在大漠和草原上见过黄羊和狼，像是一个天大的笑话。真是匪夷所思啊。

谁之过？

由于驼生病情加重，病房不再像前些天那么冷清了，而是迎来了不少人，不仅有那个胖胖的护士小姐、主治医生，还有院长。他们给驼生加大了用药量，输液架上从早到晚吊着药瓶子，通过一根细长的塑料管子，不间断地将药液输入驼生的血管，然后遍及全身。但是药量虽然加大了，效果却不怎么明显，驼生并没有好转的迹象。我几次想拦住医生问问，驼生到底得的是什么病。几次我都被医生一脸严肃而莫测的表情给挡了回来。我才意识到，自己的内心其实很胆怯，尤其对医生怀有一种与生俱来的敬畏。

驼生的父亲又喝了酒。汉子走进病房时，鼻子红得像半截羊血肠。汉子大概也觉出了驼生的情况不妙，他被高悬的输液架、庞大的药瓶子和细长的输液管构成的一种森严给震慑住了，定在那里动不得，喉头变成一只破旧的风箱那样喘息着。过了一阵，汉子突然恶狠狠地瞪着我说，驼生得的啥病？

你问谁？我说。

问你。汉子说。

我已经怒不可遏了：混蛋！你去问医生啊！

汉子噢一声怪叫，如梦初醒，然后踉踉跄跄地冲出病房。汉子的脚板急骤地敲打着水泥走廊，像一挺机关枪喷射着子弹。

过了一阵，汉子摇摇晃晃地回来了，像一只受伤的兔子耷拉着脑袋，眼神瓷不愣登的。

我说，驼生得的什么病？

汉子说，不知道。

我叹了一口气，鄙夷地说，你他妈的不是个东西。

汉子就蹲下身去，抽搐着说，我他妈的真不是个东西。进城的前一天，我还打了驼生。

此后，驼生一直处于昏睡状态，再没有说过一句话，也极少睁开眼睛，不吃不喝。给我的感觉是，这个孩子就是为了把有关黄羊的故事或者传说讲给一个陌生人听，才进一次小镇，住一次医院。

一个月后，驼生出院了。

不是返回他深情留恋的大漠和草原，而是躺在一张有四个轮子的活动床上，穿过医院走廊，绕过后院一个枝萎花败、滴水不见的椭圆形水池，去了西北角那个小小的停尸房。嗜酒的汉子在驼生昏睡的这些天里，不仅滴酒未沾，而且也不离开病房，日夜守候在驼生身边。几天下来，汉子无比憔悴，面目全非，眼窝深深地塌陷了，能塞进去两只拳头。汉子欲哭无泪，身子挎在我的肩膀上剧烈地颤抖着，像一片轻飘飘的树叶摇摇欲坠。

我终于鼓足勇气，拦住医生说，驼生得的是什么病？

医生看看我，又看看汉子，说，不确定，很不确定，症状既综合又分散，这在我们医院的临床病史上尚属首例。

医生说完，扬长而去。

6

驼生的遗物是一只羊角哨子。

经汉子应允，我收藏了这只羊角哨子。

病愈出院后，我跟随当地牧业部门一个搞飞播实验的小分队，搭乘一辆越野车到大漠深处走了几天。所到之处，秋风凛冽，满目疮痍。过去长满了芦草的湖道严重风化沙化，即便有几束草稞，也只能在风中苟延残喘。随处可见散落的骆驼骨头。有的骨架却相当完整，甚至保持着倒毙时的姿态，被夏日的阳光晒成了巨大的标本，触目惊心。千百年来，这里水美草丰、鸟语花香，是著名的骆驼之乡，现在，却成了沙尘暴的风起之地。再这样下去，后果不堪设想。不言而喻，骆驼之乡就成了无驼之乡了。好在人们已经意识到了这种灾难造成的巨大危害，开始拯救生态。利用飞机在沙漠里播种草籽，就是其中的措施之一。当然，人努力只是一个方面，还要天帮忙，能够在飞播的前后适时地下几场雨。

我说，据说这里还有一只黄羊呢。话即出口，便后悔不已，顿觉自己真是愚不可及。

果然，同车的人像看黄羊一般看着我，调侃地说，黄羊？哪来的黄羊？你说的那只黄羊，可能出国旅游去了。路途遥远，途中寂寞，同车的人玩笑颇多。我不便多说什么，更没有把带在身上的羊角哨子拿出来示人。

一路归来，心情不佳，又觉得不吐不快。

当我终于决定将这段病期经历写成小说时，那只羊角哨子却怎么都找不见了。答案只有一个，羊角哨子被我不小心丢失在了沙漠深处，至于丢失在了沙漠深处的什么地方，已经无从回忆。最后的结论令我十分沮丧，我不可能找到它了。浩瀚的沙漠里，只要刮一场风，一切都能够被埋没，更何况是一只小小的羊角哨子。

风过无痕啊。

身边的遥远

1

黑子是个放羊娃。

这个事实从黑子能够记住十个数字那天开始，黑子自己就很清楚了，像天上的云，像地上的草，更像日月轮回。

黑子九岁了，也许十岁，牧人的孩子好像并不需要很准确地记住自己的真实年龄。总之，黑子在一天天地长大，身子变得比他的同龄人虎势，个头也高出了一截，皮肤在夏日的阳光下闪烁着油黑的光亮。其实，除了时不时露出的牙齿和旋转的眼白，他通体都黑。

黑子真的是很黑呢。

黑子已经放了三年羊。黑子成了一个小小的羊把式，很称职，父母对他很放心。每天，黑子都要跟随在一群羊后面，在一轮又圆又大的朝阳中走向广阔的草滩。远远地看去，黑子和一群羊好像往太阳里走，身后拖着一条长长的影子。太阳升高了，变白了，变小了，黑子的影子就往脚底下收拢，变成黑黑一砣，照例与黑子形影不离。

黑子的行囊也很简单，一条小小的褡裢搭在肩膀上，一头装着水壶，一头装着干粮。水是熬得浓浓的一壶砖茶，干粮是蒸得暄暄的两个发面馒头。这是他从早到晚一天的伙食。有时候也有一两块煮熟的羊肉，不过有这种待遇的时候很少，一年也就有数的那么几次。如果有人认为放羊的牧人天天吃肉，绝对是一种不负责任的或者是想当然式的误解。不过，黑子虽然一年四季很少吃肉，并不影响他的健康和成长。走在羊群后面，走在草滩上的黑子，反而有几分威武呢。见了黑子的人都说他将来是一条汉子，酒场上能屁股不挪窝地坐一夜。截至目前，黑子还没有喝过酒，不知道这种透明的液体究竟是什么滋味，更不明白包括父亲在内的汉子们为什么那么喜欢酒，经常喝得五迷三道的。羊群越走越远了，待到天空没了那层迷人的幽蓝，变得草纸一样灰白时，黑子和他的羊群就似散落的沙尘，没入草原深处。吆什，吆什，黑子吆喝着很不老实的领头羊，那单调而断续的吆喝声在寂寥的旷野之上传得很远。孤独吗？寂寞吗？黑子都不觉得，看上去反倒是悠闲自在、漫无目标，更无焦灼和不安。也许，一个小小的牧羊娃，是不配有什么孤独和寂寞的。孤独和寂寞，是大人们的专利，或者更是城里人才有的心情，吃饱了撑的。

　　幽静的草滩上，极少有狼出现。这种生灵越来越稀少了，少得连黑子这样的牧羊娃都没有见过狼是个什么模样。野兔还是有的，偶尔从草丛里蹿出来，箭般消失在另一片草滩里，十有八九会有一只苍鹰追逐其后。有鹰的天空是一幅画，黑子会看得很专注，眼睛像是被展开的鹰翼黏住了，一时扯不开。于是，黑子也想飞起来，穿云过雾。黑子不知道，这就是想象或者渴望。正是因为这个，人类终于制造出了飞机和宇宙飞船，飞上了天。

　　亘古的原野，辽远，广阔。其实，每天出牧时，黑子的目光看得到的地方和东西无疑是有限的。但是，黑子和所有的牧人一样，拥有很大的一片草场，只要自己的精力允许，他的双脚可以到达其中的任何地方。幸福吗？美好吗？黑子也没有刻意地想过，就像他不懂得孤独和寂寞一样。

黑子的眼睛是清纯的。

2

然而，在照例是一个很平常的早晨，亘古的草原却失去了往日的宁静，多了黑子不曾见过的异样。这一切，当然是黑子的眼睛首先告诉他的。

黑子出牧的时候，只是调整了一下方向。

西山脚下有大片大片的草滩。前几天下了一场雨，雨水顺坡漫流，然后聚到山脚下，山脚下的草就长得格外茂密，还尽是羊爱吃的野谷穗子。东边就逊色多了，黄黄的沙漠铺展开去，草只能一窝一窝地长。草场是牧人的命根子，羊群要在山脚下的草滩和沙漠的草洼里轮转着放牧，每年还要留出至少一半的草场做冬营盘。大人们说，这样做才不会得罪天上的雨神。雨神给沙漠里降下雨水，长不长草却是土地爷的事情。这就是说，雨神和土地爷，哪个神仙都不能得罪。牧人们靠天吃饭，大都相信神灵。今天，羊群该到西山脚下的草滩了，羊群和黑子一样高兴，草香惹得羊们的鼻翼一张一阖的，鼻头湿漉漉的，样子滑稽可爱。领头羊是一只头顶上盘着两只硕大犄角的老羝羊，脸盆大的尾巴扇出一阵风，带着羊群狂奔，草滩上凭空扯出一道白云。

不远处的西山清虚虚的，最高的峰顶像个鹰嘴倾斜一边，像要啄破天空。黑子吆喝着羊群，脚板踩得七月的青草嚓嚓地响，鞋帮上挂满了绿色的草汁。此时此刻，假如有一只狼突然闯进羊群，黑子会毫不犹豫地冲上前去，他深信能够战胜它，他感觉自己浑身蓄满了力量。

但是，这种可能性几乎不存在，哪怕是一只狐狸都不愿意出现在黑子面前。生命失掉了与对手抗衡的机会，便显得有点苍白。

黑子只能像条忠实的牧狗那样，守望着羊群。

黑子捡起一块石头，舞动胳膊运足力气甩出去。嗖，石头凌空掠过，然后画一条弧线悄然落地，溅起一点尘土。黑子有些沮丧，觉得石头飞得一点都不远。他想再捡起一块石头，继续进行这种无聊的游戏。就在这时，黑子无意间发现了一种异样，产生了一种莫名的好奇。距离他大约一百步远的草滩里露出了一抹红色，在草丛中时隐时现。起初，黑子以为是一只红狐的尾巴，或者是一颗彩色的玛瑙石。很快，黑子就否定了前者，因为狐狸是非常狡猾的，绝不会静静地等在那里，见了人早就跑了。那么，就只能是一颗玛瑙石了。据说有人在草滩上非常稀罕地捡到过玛瑙石，而且是红色的。据说捡到玛瑙石的人，往往都有好运气；没有运气的人即便是脚尖碰到了玛瑙石，也会与之擦身而过。黑子心想，是不是自己碰上了好运气？这样一想，黑子就有些激动了。

其实，那是一面用红布做的小小的三角旗。

黑子怀着激动的心情，走向了红色的三角旗。当他站在三角旗面前时，却由激动变成震惊。他目瞪口呆、不知所措、恍如梦境。一面面红色的三角旗等距离地插在草滩上，由东向西或者由西向东地呈一条直线延伸而去，没头没有尾。黑子站在那里，无法想象这样的阵势。这亘古的旷野上曾经有过这样离奇的事情吗？在黑子的记忆里，是不曾有过的。他看见过一只麻雀徒劳地拍打着翅膀试图挣脱危机，却最终被一条花蛇一寸一寸地吞进肚子里；一只野兔挣扎得毛絮乱飞，仍被苍鹰从半空中扔下去，摔得血肉模糊。黑子没走出过这片草滩，更不知道草滩上插这么多的红色的三角旗是什么意思。他的想象被局限在自己那点很有限的经验里，不能超越。

黑子当然明白，这一面面三角旗肯定是人插上去的。

黑子小小的胸腔里顿时滚动着几缕愤懑，脸色大变，感到一种莫名的危险就潜伏在身边。他曾经听过一个在沙漠和草原上流浪的酒鬼手拨六弦琴，反复吟唱：人能造出菩萨，也能造出魔鬼。流浪的酒鬼拨琴吟唱时的古怪表情和模样，让黑子记忆犹新、不能忘怀。他忘了羊群已经走出去很远，也忘了日正中天，该赶着羊群到井上饮水了。他的脑海里浸透着一片血色，也像插满了红色的三角旗，在旋风的裹挟中不断发出骇人的啸叫。

黑子终于做出了这样一个决定：拔掉这些红色的三角旗。

于是，在黑子的身后，草滩又恢复了往日的平静，一面面三角旗成为他的战利品，被他拔出来插进自己身背的小小褡裢里，这使得他很像一个凯旋的古代将军。

黑子得意地笑了，浑身上下闪烁着七月的光芒。

傍晚，骄横了一天的太阳像一只烧得通红的瓷盘，摆在西边的一道沙梁上，逐渐冷却的同时，草滩被涂抹得流金淌银。羊群变作一堆蠕动的金蛋蛋。夕阳里，我们的牧羊娃黑子就好似赶着一堆金蛋蛋遥遥归来，向烽火台一样的土屋怡然自得地走去。早晨的黑子走进了太阳里，傍晚他又从太阳里走了出来。黑子并不觉得累，也不觉得饥渴。因为他干了一件大事，一件别的牧人从来没有干过的大事。

黑子对自己今天的举动很满意。

3

黑子闯了祸。

黑子被几个怒气冲冲的陌生人带到一顶绿色的帐篷里，是两天以后的事情。两天里，黑子究竟拔掉了多少三角旗，他自己也说不清楚。黑子对数字缺乏足够的兴趣和耐心，更何况他对这些三角旗从一开始就充满了莫名的排斥。这和他能够准确地记住自家的羊群一共有三百一十二只羊，其中有一百三十六只绵羊和一百七十六只山羊，完全是两码事。

黑子的理由很充分，他是牧羊娃。

再说了，这里是他们家的草场，草场是承包了的，白纸黑字的草场承包书上写得清清楚楚。这几个陌生人显然是从城里来的，是所谓的公家人，说话侉里侉气的，有时候像鸟叫，黑子听了就想笑。后来，黑子还是从这几个陌生人的脸上感到事态有些严重。其中一个小伙子甚至向他举起了拳头，又迟缓地收了回去，把一顶挺漂亮的遮阳帽狠狠地摔在地上。

你叫什么名字？

黑子。

几岁了？

不知道。

上学了没有？

没有。

为什么不上学？

不知道。

你知道我们是干什么的吗？

不知道。

你知道这些三角旗是做什么用的吗？

不知道。

那你究竟知道什么？

不知道。

对方无奈地停止了盘问，然后相互嘀咕着什么。黑子不想和这些人多说什么。他知道这些人悄无声息地来到这里，肯定会使这里失去往日的宁静。这草滩可是属于牧人的，他要相伴着这草滩过一辈子，生生死死都离不开。父亲和爷爷都是这样过来的，这个事实像西山一样不可更改。帐篷里，气氛有些沉闷，黑子怔怔地站在一边，他不明白这些人为什么又不和他说话了。

后来，这几个人交换了一下意见，换了一副表情，变得和颜悦色起来。

一个面孔白净、眼睫毛很长的人微笑着走近了黑子。

当这个人摘下帽子时，一头长长的黑发突然像流水一样宣泄而下。呀，这人是个女的，令黑子始料不及。

我们是从城里来的，要修一条公路，一条很长很长的公路，可以来来回回跑汽车的公路。往东通到城里，往西通到盐湖。等到这条公路修通了，你就可以坐上汽车，到城里去，到盐湖去，还可以到更远的地方去，开眼界，见世面。但是，公路必须从你们的草滩上经过。这是政府的决定，这个你应该明白，是不是？

这个女子很有耐心，一边笑吟吟地说着，一边打着好看的手势。

政府，黑子隐隐约约知道一点，它不像张三李四那样，显然不是一个具体的人。草滩就是政府承包给牧人的，据说五十年不变。可是，政府为什么还要把公路修到这里来呢？黑子用不解的甚至是怪异的目光，注视着这个城里来的女子。也许，就是这牧人难得一见的工作服，遮住了她原本凸鼓的胸脯和细致的腰身，使得这个城里来的漂亮女子，像个小伙子一样浑身透着豪爽。黑子稚嫩的心灵，竟然莫名其妙地被蜇动了一下。

你像天上的月亮。黑子突然冒出这样一句。

几个汉子全都朝黑子瞪大了眼睛，继而面面相觑，又几乎是同时哈哈大笑。帐篷里顿时爆发出一阵欢快的声浪。笑声中，城里来的女子脸色绯红，很不好意思的样子。黑子不明白自己究竟说错了什么，走也不是，站也不是，慌乱地低下头。

你就叫我赵华姐姐好了。城里来的女子笑着说。

4

哦，赵华姐姐。

黑子在他九岁，也许是十岁的牧羊经历中，有了一个叫赵华的姐姐。一个修公路的姐姐，一个城里的姐姐，尤其是，一个漂亮的城里的姐姐。

不知为什么，黑子很快便深深地喜欢上了这个叫赵华的姐姐。

接下来的情形是，黑子吆喝着羊群，开始往返于土屋与帐篷之间。草滩上架起了两顶帐篷，其中一顶帐篷里就住着赵华姐姐。赵华姐姐很忙，和那几个汉子做着相同的事情，他们每天都要背起各种标尺和仪器出去搞测量，把被黑子拔掉的三角旗重新插上，回到帐篷里还要趴在小桌子上写写画画。

黑子就站在帐篷里，静静地看着赵华姐姐低头忙碌的样子。

赵华姐姐长长的黑发被一根皮筋儿很随便地束在脑后，垂下去像个马尾巴。黑子这样想着的时候，就想笑，可是他又不敢笑，怕打扰了正在忙碌着的赵华姐姐。有时候，黑子也觉得委屈，心想自己都站了这么长时间了，赵华姐姐竟不抬头看他一眼，不和他说一句话。每当这时，黑子就悄悄地离去，回到散落在草滩上的羊群旁边，坐在地上望着绿色的帐篷。准确地说，是望着赵华姐姐住的那顶帐篷，一动不动。

夏日的草滩，常常是无风的，很安静。

即使有风，也是很轻微的。这样一来，世界便像是凝固了。空旷的草滩上，一个黑黑的牧羊娃就那么静静地端坐着，凝神望着不远处的那顶帐篷。望得时间一长，黑子便会产生某种幻觉，就觉得那顶帐篷虽然近在眼前，但其实很遥远，远得让他始终走不到跟前，只能够远远地眺望。黑子就这样端坐着。后来，黑子的眼角就溢出一滴清亮清亮的泪水……

过了几天，赵华姐姐却放下手里的活儿，走到草滩上的羊群旁边，对黑子说她清闲一些了，可以陪黑子说说话。

其实，黑子已经想好了，再不去帐篷里了，也不再找赵华姐姐了。因为城里来的人，是不会喜欢一个黑黑的放羊娃的。黑子没有去过那个小城，他把小城想象得很大，却又很模糊，连个大致的轮廓都没有。这当然不是什么过错，因为黑子从来没有去过小城。可是，赵华姐姐来了，带来了城里的气息。

这天的赵华姐姐像变了个人似的，看上去更加漂亮了。赵华姐姐穿了一件蓝底细碎白花的连衣裙，腰间扎了一根彩色的带子，那凸鼓的胸脯和苗条的腰身便呈现了出来。她走路的模样非常轻盈，犹如一只蝴蝶在草丛上飘飞。黑子先是看得愣怔，继而一蹦老高，欢笑着迎了上去。

黑子从褡裢里掏出一把自家做的酸奶酪塞给赵华姐姐。赵华姐姐那么忙，他不能让赵华姐姐白陪着他放羊，他能够给予的回报就是自家产的酸奶酪。赵华姐姐咯咯咯地笑着，笑声像摇响银铃一样好听。赵华姐姐一边品尝着酸奶酪，一边在草滩上采野花，不一会儿，手里就握了一大束各种各样的花。

这是野谷穗花，这是猫儿油花，这是野喇叭花……黑子兴致勃勃地介绍着，语气里含着炫耀和骄傲。

赵华姐姐说，还有一种花，比这更美。

黑子不解地看着赵华姐姐。

赵华姐姐抬手一指。黑子顺着赵华姐姐手指的方向望去，立刻明白了。那花就是在微风中轻轻抖动的一面面红色三角旗，它们等距离地排成长队，向远方延伸而去。

可是，让我拔掉了那么多。黑子羞赧地说。

我们已经补上了。过不了多长时间，这里就会出现一条宽阔的公路，牧区就能通车了。有了公路，有了汽车，你就可以走出草滩，走出荒漠，看到外面的世界。赵华姐姐说。

草滩、荒漠的外面是什么模样？外面的世界究竟有多大？黑子现在还无法知道。草滩、荒漠、羊群……这就是黑子眼前的世界、现实的世界、具体的世界。

赵华姐姐开始向黑子描绘外面的世界。黑子有的听懂了，有的没有听懂，不过已经称得上五彩缤纷了，把他脑海中那个宁静的自然的天地全给搅乱了。隐隐约约地，草滩和荒漠外面的世界在黑子面前闪烁着一道神奇的光芒。

末了，赵华姐姐笑着说，可不敢再拔掉旗子了。

黑子的脸憋得通红，郑重地点了点头。

赵华姐姐这时却用两手托着下巴，闭起眼睛坐在草滩上一动不动，像是睡着了，又像是沉浸在无边的回忆之中。黑子紧盯着端坐着的赵华姐姐，就想赵华姐姐一定是累了，才会这样。那么，就让赵华姐姐多睡会儿吧。后来，黑子就有些坐不住了，他看见赵华姐姐额头和鼻尖上渗出了一层细密的汗珠，接着又从她薄薄的衣裙里溢出一种淡淡的汗味儿，夹杂着一股特别的体香，渐渐地便混合成黑子从来没感受过的一种温馨。黑子便有了一种很真实的冲动和渴望，很想抚摸一下赵华姐姐，又想自己的手太脏了，十指染着黑黑的污垢。他不敢，尽管他想抚摸一下赵华姐姐的渴望是那么强烈。面对小憩中的赵华姐姐，黑子很想表达他对这位城里来的姐姐的依恋之情。

如此说来，赵华姐姐在黑子的眼里，就是一位仙女了。

不远处，传来一阵阵咩咩声。几只羊吃饱了肚子，在草滩上撒着欢儿。黑子的眼睛忽然放亮了，他跳起来冲向羊群，冲向一只半大不小的黑眼圈绵羯羊。黑子的身手极其敏捷，黑眼圈绵羯羊还没来得及躲避，它的一条后腿就被黑子牢牢地抓住了。黑眼圈绵羯羊挣扎着咩叫着，蹄下腾起一股焦躁的尘土。

黑子满头大汗地扯着黑眼圈绵羯羊，来到赵华姐姐面前。

赵华姐姐吃了一惊，一脸迷惑地问：你这是干什么？

黑子乐呵呵地说，送给你呀，绵羯羊肉最能补身子了。你太累了，吃了绵羯羊肉就好了。

赵华姐姐似乎对黑眼圈绵羯羊视而不见，只是直愣愣地看着黑子半响。她没有笑，没有黑子想象的那种欢快，反而变得很严肃。赵华姐姐说，你把羊放了。黑子说，我好不容易抓来了，咋能放掉呢？赵华姐姐说，你把羊放了，我就继续当你的姐姐，给你讲许多好听的故事。

黑子的手一松，黑眼圈绵羯羊就乘机跑掉了。

黑眼圈绵羯羊跑出去很远，又站在草滩上回头朝他们这边看，一副得意洋洋的样子。黑子还要去追，黑眼圈绵羯羊就一头扎进羊群里不再露面了，草滩上出现了一阵喧闹。黑子忘了自己其实是做不了主的。他怎么能够自己随随便便做主，把一只羊送给别人呢？

赵华姐姐制止了黑子，不让他再去追羊。

赵华姐姐说，黑子，我很幸福，结识了你这样一个小弟弟。你有一颗纯净善良的心。你应该去上学。

说着，赵华姐姐将黑子搂在胸前，拍着他的脊背。

黑子调皮地笑了，满足地咂咂嘴。在赵华姐姐那溢着体香的温馨的怀抱里，黑子陶醉了，就想美美地睡上一觉。当然，这是不现实的。因为已经是傍晚了，天就要黑了，他们不可能继续坐下去了。

夕阳西下，天地一片金黄。

赵华姐姐和黑子道别。赵华姐姐走在夕阳里，走在金黄的草滩上，轻轻地摆动着细致苗条的腰身，薄薄的衣裙在向晚的微风中轻轻飘动……黑子看呆了，看傻了，先前的欢乐好似被赵华姐姐一下子带走了。

姐姐。黑子怯怯地喊了一声。

但是，赵华姐姐没有听见。赵华姐姐走远了，越走越远。不，是飞走了，越飞越远，就像传说中的仙女……

5

在东边沙漠的湖道里放了几天羊后，又该轮到去西边的草滩上放羊了。

于是，黑子赶着羊群来到草滩上，而且比以往提早了几个时辰。他的目的很明确，就是为了能够和赵华姐姐在一起多待一会儿，从赵华姐姐那里找回那种独特的温馨和欢乐。黑子已经被赵华姐姐深深地吸引了，晚间做梦都是赵华姐姐的身影。几天里，黑子想赵华姐姐想得都有点瘦了，看上去像是更黑了。还有，就是黑子在褡裢里偷偷装了比平时多的酸奶酪，他要送给赵华姐姐，作为报答。看样子，赵华姐姐对酸奶酪很有兴趣，这让黑子感到很欣慰。

仿佛置身一个梦境，那两顶帐篷没了。

当然，赵华姐姐也没了。

他们走了，转移到别的地方去了。

黑子站在两顶帐篷留下的痕迹旁边，欲哭无泪。这时，初升的阳光越过一道道沙梁，将偌大的草滩照耀得一派辉煌。挂在草稞上的露珠很快滴落下去，这时的草是鲜嫩的。羊都在安静地吃草，黑子却觉得自己无所事事，不知道自己应该做些什么，心里一阵阵难过。

在帐篷留下的痕迹旁边，有一个塑料瓶子，在阳光的照射下显得光怪陆离。黑子捡起它，那上面贴着一张花花绿绿的纸，纸上有一个女子，长发飘飘，脸上露出迷人的笑。黑子看来看去，总觉得纸上的女子远不如赵华姐姐漂亮，尤其那笑容里有一种虚假的东西。

黑子把瓶子摇了摇，竟然发出一连串咣当咣当的声音。黑子拧开瓶盖，毫不犹豫地将瓶子里面的液体喝掉，酸酸甜甜的，酸甜中还掺杂着一丝说不清楚的怪味儿。黑子做这些事情的时候，羊群一直在很安静地吃草。除了草被羊嚼碎的声音，整个草滩就没有别的什么声音了。黑子的眼睛空茫地望着远方，再也忍不住，就呜呜地哭了。

黑子赶着羊群踽踽而行。

黑子是沿着延伸的一面面红色的三角旗走的，脑海中展现出一条又直又宽的公路，就像赵华姐姐给他描述的那样。夏天马上就要过去了，黑子头脑里感知的事物却越来越丰富，这是必然的。只是，黑子的眼睛不再只有清纯，多了深深的渴望，还有忧郁。

　　仙女是不会骗人的，赵华姐姐也是不会骗人的。黑子这样想罢，就在很好的阳光下笑了。头顶上的天空像透明的玻璃那样，打了一个尖厉的口哨，黑子就觉得自己把天给划破了……

苍 海

贺兰山，在大西北广袤的原野上突兀而起，沐浴着高原的阳光和月色。白天的时候它是热烈的，夜晚的时候它是冷峻的，只有在阴雨连绵之时，才呈现出一种难得的柔情。它的东边是九曲十八弯的滔滔黄河和阡陌纵横的平川，自古以来被文人墨客们誉为塞上江南，俗称前套和后套。山的西边是植被稀疏的荒漠化草原以及海海漫漫的腾格里沙漠，时不时涌起遮天蔽日的沙尘暴。

一山之隔，两个世界。

接近山脚的一片沙漠地带，被当地的蒙古族牧民称呼为厢根达来，曾经是游牧的好地方。早些年，这里雨水多，沙漠的低洼处有浓密的草甸，也叫湖道。夏秋之际，草儿青、草儿黄，有花香、有鸟语，真的是莺歌燕舞呢。牧人提上火枪在草滩上转一圈，就能轻轻松松地打只野兔，如果幸运，或许还能打只黄羊。黄羊是一种十分警觉的动物，在它短暂的一生中，奔跑占去了大部分时光。据说黄羊肉野味十足、奇香无比。它不仅是狼追逐捕获的对象，而且是猎人射杀的目标。因此，黄羊的命运便可想而知，它的身旁永远潜伏着致命的敌人。其实是人祸大于天灾，于是，这里的黄羊越来越少了，到了20世纪80年代，这里基本上就没有黄羊的踪迹了，甚至野兔也少得可怜。狼呢？自然也是销声匿迹了。现在只能在牧人随身携带的刀鞘上，偶尔看见一枚被当作装饰品的磨得闪闪发亮的黄羊角。

那么，厢根达来，是什么意思呢？

厢根达来是蒙古语，是海的意思。正所谓沧海桑田，究竟是沧海，还是苍海？闰子之所以这样琢磨，完全与自己的心境有关。他认为是苍海，而不是沧海。如果是苍海，应该具有某种诗意。虽然闰子并不明白什么是诗意，最初知道厢根达来具有这样的意思时，他的心里却是悸动了几下的，似乎是那样一种挑在心尖儿上的颤抖。恰巧的是，又正好有一队大雁从头顶飞过。嘎咕嘎咕，大雁的叫声高远而遥迢，就像是有意地附和了闰子当时的思绪和心境。闰子当时就想哭，却没有哭出来。在遥远的过去，这里说不定就是恣肆汪洋的大海呢。后来，大海消失了，逐渐变成了如今的模样，浑黄、宁静、凄迷、荒凉。经过如此这般地推敲，反倒强化了闰子的固执己见。因为在闰子的记忆里，干旱少雨占据了这里一年四季大部分的时光。闰子现在的脚下，草就稀疏得可怜，还被烈日晒得卷起了纤细的叶瓣，虫子一样的根须裸露在外面，用不了几天它就枯死了。这样一来，沙地上便无奈地笼罩着一层令人窒息的惆怅。闰子就有这样的感觉，而且是这样的感觉越来越强烈。沙漠里还有埋藏了不知多少年的小贝壳，用手轻轻一捻就成了白色的粉末。总之，这里的一切都带着一股原始的野性的气息。

终于，这里的牧人开始退却了。

他们赶着自己所剩不多的羊群，到更远的地方寻找新的牧场。还有许多人背井离乡、弃牧从农，到山脚下的察哈尔滩开荒种地，握惯牧羊鞭子的手抡起了粗笨的锄头。据说有的牧人在无奈地抡起锄头的那个瞬间，泪流满面，感到一种揪心的痛苦。面朝黄土背朝天，劳动方式的改变，使他们失去了那种牧歌般的自由自在。曾经的草场变成了田地，曾经的牧人变成了农民，曾经的羊群变成了庄稼。他们没有了放逐自己心灵的旷野，他们把一壶烧酒喝得疙疙瘩瘩、别别扭扭。他们中的不少人一日三餐烧酒不断，沦为地地道道的酒鬼，然后成为被命运鞭挞的奴隶。所谓沧海桑田的衍生之意，大抵如此吧。

但是，生活还在继续，他们必须活下去。

也有人在默默地做着一种坚守。

就在这片沙漠东缘一处小小的开阔地上，坐落着一间黄泥土屋。土屋没有隆起的房脊，没有前伸的廊檐，甚至没有窗户，只有一个不大的门供人进出。远远地看上去，就是一座古老的烽火台。白天的时候，在阳光下黄得耀眼；到了晚上，尤其是在明晃晃的月亮地里，则变成了一座黑黝黝的坟堆，孤寂，落寞。土屋常常是悄无声息的，静得好似一座冷清的古庙，连一只雀儿都不愿意驻足。当然，毕竟还有人居住着，从早到晚，土屋的屋顶上总会飘起一两回淡淡的炊烟。淡淡的炊烟断续地上升，像一条羸弱的小蛇。黄昏时分，等到炊烟没了，屋顶上会出现一个向远处张望的老汉，伴随着几声沙哑的呼唤。

闰子，吃饭呢。

过一阵子，远处便相应地移动着一个黑影。黑影渐渐地近了，是一个小伙子。小伙子倒是健壮，裸露的肌肤在夕阳里闪烁着古铜色的光泽，有那么几分男人的粗犷。这小伙子自然是闰子，是站在屋顶上的那个老汉的儿子，他唯一的儿子。

父子俩，就这样守着一片沙漠。

此时此刻，闰子躺在湖道旁边的一面沙坡上，迷迷糊糊地，一觉刚睡醒。

他渴了，早晨出门时背的一壶茶水已经喝光了，几个发面馒头也吃掉了，就百无聊赖地揪一根身边的芦草，放进嘴里轻轻地嚼。闰子打了差不多一天的草，很累。草是芦草，还绿着，被阳光照射后，绿中带柔，有很强的韧性，尤其费镰刀。刀刃割不了几拢草就老了，闰子往往要换三四把镰刀，才能将一天的时间坚持下来。于是，父子俩自然而然地进行了分工，老子晚上在家里磨镰刀，儿子白天在沙漠的湖道里打草。他们就这样坚持了许多天，默契，平和。今年的雨水比往年多了些，雨水缓慢地渗进湖道里，湖道里又长起了芦草。打下，晒干，垛成垛，冬天的时候喂给羊吃。

闰子嚼着芦草时，忍不住打了一个喷嚏，很响亮。

恰好有一只俗称沙和尚的雀儿，驻足在一棵芦草上摇头摆尾，被闰子的这声喷嚏给惊吓后，喳的一声飞走了。闰子微妙地笑了一下，对这只雀儿产生了一种感激。雀儿的出现，应该是一个好兆头。雨水多了，草多了，雀儿也比往年多了，包括兔子和狐狸。狼的重新出现，也是极有可能的。这种前因后果的关系，看似简单平常，实则包含着极其深刻的道理，这是一个亘古的生物链。这样一种链条，其实是很脆弱的，经不起人类的折腾，一旦被打断，再接续起来是很困难的。闰子在百里外的小镇上过几年学，懂得其中的一些道理。遗憾的是，他的学业没有能够继续下去。这件事情像一片浓重的阴影笼罩着闰子，成了他的一块心病。

挂在头顶的日头不知不觉地向西偏了过去，沙丘和沙梁都向东拉出一道长长的影子，影子叠印起来，变成大块的黑色，又遮蔽了一座座沙丘和一道道沙梁。入了秋，天不再热得那么邪乎，偶尔还有风儿吹过来，飘浮起洁白的芦花絮。芦花絮飘啊飘，徐徐落下时无声无息，冬天的落雪似的。

闰子坐起身，懒懒地扭动几下有些僵硬的脖颈，然后定定地望着东边的那座山。那座山其实并不遥远，如果从闰子现在坐着的地方出发，直线距离不会超过三十公里。山是贺兰山，挺有名气的，原因据说是由于南宋抗金名将岳飞的那首《满江红》，其中就有一句"踏破贺兰山缺"。还据说贺兰在蒙古语里的意思就是骏马，一匹骏马驻足在西北辽阔的大地上仰天长啸。盯得时间长了，闰子就觉得那山的峰峦果然像骏马的鬃毛一样动了起来，飘忽不定，远了，近了；近了，远了。他就这样由着自己胡思乱想，到底想了些什么，理不清，好像什么都想，什么都没想，脑子里乱糟糟的理不出个头绪。也许，与自己的前途和命运有关？不得而知。现在，清寂的湖道里只有他一个人，幽幽的，像一个孤鬼。连那只好不容易驻足在湖道里的雀儿，也被他的一个喷嚏给惊走了。

闰子没有继续坐下去的兴致了，起身拢好打下的芦草，就开始一摇一晃地往土屋走去。爹站在屋顶上的那一声呼唤，他是早就听见了的。他当然不会等待爹呼唤第二遍。爹也不会呼唤第二遍，或早或迟，他会回去的，那是他的家，他唯一的家。除此之外，他没有别的去处，尽管这个家像一座破旧的古庙，是那么的冷清、孤寂，缺少那种闹闹嚷嚷、热气腾腾的人间烟火。

哦，人间烟火。

闰子进了屋，见爹还没有将饭做好，就爬到炕上倒头睡下，脸不洗，鞋不脱。爹停下正在和面的手，睁大了浑浊的老眼。

咋？病了？

没有。

饿了，就先垫点馍馍。

不想吃。

谁惹着你了？

没有。

那就是我惹着你了？

……

爹不再问闰子。

爹知道即使再问，也问不出什么结果，自己的儿子自己心里清楚。自从不让闰子到小镇继续上学，闰子就憋了气，整天闷声不语、心事重重，能够从他的嘴里掏出几句像模像样的话来，实在不易。闰子也没有明明白白地说过一句埋怨爹的话，他知道爹苦，就尽量克制着自己。其实，这样一来，谁的心里都难受，日子过得别别扭扭的，还不如像两个仇人那样粗声大气地吵闹上一顿，吵过了，闹过了，也就轻松了，然后按部就班地往下过日子。现在这个样子是，父子俩在同一个屋檐下，朝夕相处，低头不见抬头见，却成了两个闷葫芦。屋里有个女人也好，就像一条藤上的叶子那样，陪衬着两个闷葫芦，枝枝蔓蔓地缠绕，不信闷葫芦不开瓢。没有，没有女人，只有一老一少两个光棍。

而且是，两个像闷葫芦一样的光棍。

这日子可咋往下过？

爹不再问闰子了，低头闷声闷气地做饭，只听得见锅碗叮当作响。

人怕寂寞。二十岁正是寂寞的时候。闰子已经满二十岁。闰子上学原本就迟，十岁才开始上一年级，先是在牧业大队的民办学校，初中时转到小镇学校。闰子鹤立鸡群般地坐在教室里，被同学们用异样而讥讽的眼光扫着，令他如坐针毡，浑身极不自在。好在他学习还不错，人又淳朴，打扫卫生时处处抢先，渐渐改变了自己的处境，甚至还在同学中间交了几个贴心知己的朋友。他是可以顺理成章地上高中的，却被爹横刀立马地阻止了，一点道理也不讲。闰子明白，娘过世早，爹的年龄也越来越大了，尤其是身体垮得厉害，说不定哪天就随了娘飘然而去。那么，闰子作为唯一的儿子，娶妻生子、传宗接代就是压倒一切的任务，别的都在其次，可以忽略。因此，闰子的浪漫主义的幻想和爹的现实主义的务实，尽管并不在一条轨道上，却毫无悬念地发生了碰撞，发出一声闷响。这样一来，他们可不就成了两个闷葫芦？只是，两个闷葫芦里装的药有所不同。

在偏远落后的大漠深处，二十岁的汉子应当顶天立地，置下一份不薄的家产，娶回一个能干活能生孩子的女人。老婆孩子热炕头，就是最现实的天伦之乐。闰子什么都没有，只有一身肌肉和筋骨，哦，肚子里还有几滴墨水。问题是，这几滴墨水在大漠深处并不怎么管用，可能连一棵小草都养不活，怎么能够养活一个女人呢？于是，闰子就有了现实的苦闷。力气自然还是有的，这一年来，他给别人帮忙，砌过羊圈、挖过井、修过沟渠，样样能干。但是在广大的牧区，这些活计只能叫作打零工，零打碎敲，挣不了几个钱。男子汉打零工，低人一等，往往被人瞧不起。半年前，爹通过别人给闰子介绍过一个对象，年龄和他相仿，模样和身材都还不错，见人先是露出一丝羞怯的笑，隐隐约约的有两个好看的酒窝。闰子只看了一眼，心里咯噔响了一声，没有多想什么，就同意了。那一刻，他觉得身体内部那种压抑的欲望终于被唤醒了，他需要一个女人，这个家同样也需要一个女人。接下来，就是等待对方回话。大约一个月后，对方托媒人传过话来说，他们对闰子是满意的，小伙子有模有样有文化，但是嫌闰子家里穷，要啥没啥，连门前的柴垛都小得像个鸡窝，恐怕大冬天炕都煨不热，他们不能让自己的女儿睁着眼睛往穷坑里跳。牧人一辈子和牲口打交道，习惯了直肠子一样的表达方式，很少弯弯绕。

后来，闺子听说那个女子嫁人了，去了山脚下一个叫柳树沟的地方，跟了一个比她大好几岁的男人，彩礼是一百根柳木椽子和一千块钱。她爹就用这些椽子和钱盖起两间砖边包角、墙上刷了白灰的房子，从此告别了烽火台似的土屋。不期然的是，闺子后来还见过那个女子一次，人瘦了，头发稀了，脸也黄了，却挺着个显眼的大肚子。那个女子好像并没有忘记闺子，盯着他看了好一阵子，眼里不再是羞怯，而是一丝哀怨。他们擦身而过，没有说一句话，却像是把什么都说清楚了。闺子后来就想，那个男人肯定不如他，对待那个女子也不怎么好。有那么几天，闺子彻夜难眠。不知为什么，闺子一闭上眼睛，就觉得那个女子活脱脱地站在他面前，眼里照例是那样的一丝哀怨。按说，闺子和那个女子只是一面之交，无缘无分，哪里来的牵挂？却就奇怪得很，好像彼此之间早已经相熟。那个女子一走，竟然留给闺子一个梦，一个长长的很疲倦的梦，是不是不可思议？

有时候，闺子夜里睡不着，夜游似的光着身子在屋外来回地走，抬头看冷清清的月亮，看光秃秃的沙梁。没有月亮的夜里，就看满天的星星，在苍茫的银河里寻找织女星和牛郎星，想象那忧伤的千古传说，将自己折腾得长吁短叹。如果没有月亮，也没有星星，闺子就想故去的娘，眼睛湿润好几回。在浩浩夜空的遮掩下，闺子的思绪穿越时空，退回到几年前。那时，娘还在。娘在，他快乐，爹也快乐，屋里时不时地有欢声笑语。娘将小小的土屋收拾得干干净净，日子过得细水长流，有一种迷人的安详。为了省一点煤油，一家人晚上睡得很早，他和娘静静地躺在被窝里听爹讲故事。

爹年轻的时候，是远近闻名的硬汉子。

有一次在大队部开社员大会，爹跟人打赌，两百多斤的黄米口袋用牙咬着悬空，来回转了几圈，然后甩进五尺高的粮仓里。爹因此赢得了一顿丰盛的饭食，三老碗黄米干饭和十八颗鸡蛋。据爹自己说，那顿饭食让他吃得终生难忘，甚至刻骨铭心，后来一看见黄米和鸡蛋，胃里就止不住地往上返酸水，恶心得要呕吐。爹说罢，就哈哈大笑，很自豪很得意的样子。娘却嗔怪地说，一顿吃伤，十顿喝汤。仗着年轻气盛，不管不顾，亏了自己的身子，在别人那里落下了笑柄，不值得的。爹虽然也后悔，嘴上却不服输，就说，谁还没个年轻的时候，没犯过个争强好胜的错误？

爹原本是个地地道道的农民。爹跑出来得早，那年甘肃的老家遭了旱灾，粮食几乎颗粒无收，饿得实在忍不住，就想跑。不跑不行，不跑就只能等着活活地饿死，跑出去也许还能找到一条活路。于是，就跑，反正腿脚是自己的，跑成啥样是啥样。那年秋天，爹腰里扎一根草绳子，怀窝里揣了一个舀水的缸子，从东湖湾出发，蹚过旱马岗，蹚出腾格里沙漠，一路捋黄蒿籽儿充饥，嚼芦草根解渴，终于走到贺兰山脚下一个叫厢根达来的地方落了脚。先是给当地的蒙古族牧人放羊拉骆驼，后来才曲曲折折地入上了牧区户口，占了一处草场当起了正儿八经的牧人，到老家娶回了闰子的娘。沙漠深处的冬天寒风刺骨，尤其是三九天，冻破壶口，在沙漠里穿行时，穿上羊皮大氅都不顶用。冻得受不了，就喝口烧酒，紧紧地靠着卧倒骆驼的肚子睡上一觉。每逢说到骆驼，爹的眼里就会有一汪深情的泪光，有好几回是骆驼救了他的性命。也因此之故，爹从来不吃骆驼肉，遇到有人宰杀骆驼，爹就痛苦而无奈地躲得远远的。他没有办法制止别人宰杀骆驼，他只能用这样的方式表达自己对骆驼的感恩和悲悯情怀，以及对这样一个朴素而古老的生命物种的敬畏之心。

也是闰子亲眼所见，有一年冬天，爹给人家帮忙砌羊圈回来，手上的裂口多得像沾了一层羊毛。爹就找了块羊油用火烧出气泡趁热往裂口上按，滚烫的羊油遇到冷肉后，滋啦啦地响个不停，空气中弥漫着一股烤肉的焦煳味，就跟古代的酷吏对犯人使用烙刑似的，让闰子看得惊心动魄。再看爹的那张脸，平静得眉头都没有皱一下。闰子当时还傻傻地问，不疼吗？爹笑一笑说，贼娃子，冷肉遇上滚油，能不疼吗？疼是疼，却能治冻伤。令闰子称奇的是，民间的偏方看似粗鲁、不靠谱，却往往很有效。爹手上的冻伤经过滚烫的羊油处理后，很快就好了，而且不留什么明显的痕迹。

还有一次，一家牧人嫁女儿，爹被邀请去当东家招待来客。爹把这种邀请看成一种荣誉，在酒场上热情高涨、豪气倍增，对来客的轮番进攻一概不拒。为了给主家争面子，爹像一位勇猛的战士那样，轻伤不下火线，在酒场上打了一夜酒关，将自己的肠胃变成一种简单的容器，大碗大碗地往里面灌酒。天快要亮的时候，爹已经醉得连自己的舌头都找不到了，还让东家搀扶着，挣扎着打了最后一个酒关。人事不省的爹，是躺在一辆吱呀作响的毛驴车上被送回家里的。赶车的是个年轻的牧人，见了闰子的娘后，心有余悸地说，人怕是不行了，一路上就没睁过眼，肚子鼓得像口锅。躺倒的时候，他还不让给主家说，让我悄悄地送回来。这个年轻的牧人说罢，赶起毛驴车掉头就走，唯恐连累自己脱不了身。娘见爹昏迷不醒的样子，束手无策，号啕大哭。娘哭，闰子也跟着哭。那时他还小，八九岁。送人的牧人走了不久，爹大吼一声，猛然坐起，开始大口大口地呕吐起来，吐的全是清亮亮的酒水，里面竟然没有一点饭食。爹吐罢，两眼迷瞪，大笑不止，全身都在神经质地颤抖。爹在炕上直挺挺地躺了三天三夜，几乎水米不进，喝啥吐啥，眼窝深陷，颧骨凸出，胡子拉碴，人瘦得脱了相，鬼兮兮的吓人。第四天早晨，爹颤巍巍地坐起身，喝了一碗羊肉汤后，郑重地宣布，从今往后滴酒不沾。爹说到做到，从那天开始，果然一滴酒都没沾过，见了酒场就远远地躲开，谁劝都不顶用。因为这个，爹在场面上走动得越来越少，和过去的朋友逐渐疏离，而自己的土屋因为很少有人光顾，也越来越冷清了。在周围的牧人中一向口碑很好的爹，从此成了没人搭理的孤家寡人。

有一次，爹这样问娘，俗话说，女人善了跟人呢，男人善了受穷呢，你后悔吗？

娘认真地看了爹一眼，摇了摇头，什么也没说……

闰子，起来吃饭。

朦朦胧胧地，闰子听见爹说话，叫他吃饭。他揉开惺忪的眼睛，坐起身。天已经黑透了，屋里掌了煤油灯，灯芯像颗黄豆芽发出微弱昏黄的光亮，照得四壁半明半暗。灯光下，爹的脸榆树皮一样布满直一道横一道的褶皱。一张写尽沧桑的老脸，就这样再真切不过地呈现在闰子的眼前。闰子还是吃了一惊。他不知道爹是从什么时候开始衰老的，而且这种衰老的进程在加速。似乎是不知不觉间，爹就已经老得不像样子了。仿佛应了闰子的心思，爹拿着筷子的手突然僵硬地停住了，一根被夹起来的面条从筷子中间滑落，掉到了桌子上，还戏谑地弹跳了几下，好像在说，看，你个老家伙，连根软囊囊的面条都夹不动了。再看，爹的另一只手捂着一张脸。爹几年前害了牙疼的毛病，一旦疼起来，整个人都有些扭曲。

闰子默默地看着这一幕，心里很难过，五味杂陈。

爹老了，老得很厉害。闰子突然醒悟，爹的明显衰老，应该是从娘去世那天开始的。自从娘去世，爹一改过去开朗爽快的性格，变得沉默寡言，干什么事情都提不起精神。爹没有再娶。每逢娘的祭日，爹就跪在娘的坟头上烧一点纸钱，把干枯的两只手插进松软的坟土里，无声地陪伴娘一会儿。爹每年就去娘的坟上一回，然后整天铁青着一张老脸，记性也大不如以前，总丢三落四的，明明需要的是擀面杖，拿起的却是勺子。有一次，闰子鼓足勇气，提醒爹说，娘走了这么多年了，你就再找一个吧，老来有个说话的伴儿也好。爹说，我要是想找的话，早就找了，还能等到现在？闰子说，现在也不迟。爹说，你娘走得太早，没有享上一天福，我心里不忍啊。倒是你，那个学就不要再上了，该找媳妇了，也好让你娘放心。

正是在不让闰子继续上学的问题上，闰子和爹闹翻了，吵了半夜。吵闹的结果，是闰子妥协了，答应结婚，娶妻生子，传宗接代。道理也许很简单，他不想在爹还没有完全愈合的伤口上再撒一把盐。为了早逝的可怜的娘，他也应该满足爹的要求，做一个孝顺的儿子。孝顺，在很大程度上就是顺；顺，其实就是服从；服从，往往又是违心的。没有想到的是，闰子头一回相亲就碰了钉子，大大地伤害了他的自尊心不说，还让他无端地陷入一场虚妄的梦境几乎难以自拔。看来，违背自己的心愿，一味地服从，不见得就是什么正确的选择。几个月来，闰子就处在这样的矛盾中，成了一个闷葫芦。

现在，一老一少两个闷葫芦似的光棍，对坐在一盏落满灰尘的煤油灯下，就着一碟陈年的酸沙葱，吃着面条掺黄米的调和饭，想着各自的心事。直到吃完饭，父子俩都没有说一句话。起风了，一声尖厉的呼啸从屋顶上掠过，发出连片的呜咽。风还吹落了烟囱上的半块土坯，屋顶上发出一声沉闷的轰响。吃完饭，收拾了碗筷和锅灶，再无事可做。爹要出去，说是到屋顶上拾起被风吹落的那半块土坯。闰子说，拾起来又能咋样，再来一阵风，不又吹落了？爹想了想，觉得有道理，就止住脚步，上了炕。

爹说，睡吧。吹灭了灯。

屋里霎时一片漆黑。

黑暗中，父子俩沉默一阵后，开始了一场很不愉快的对话。

你想走？爹口气沉沉地问。

闰子一惊，掩饰地说，没有。

没有？

没有。

哄鬼呢？

闰子不吭声。

爹怕你有个闪失，那营生是四块石头夹一块肉。

我知道。

钱这个东西多少是个够呢？

我不是为了钱。

是为了啥？

反正不是为了钱。

你这个贼娃子，叫疯子吹玄了。

……

爹说的疯子，就是闰子儿时的好友天柱。

前些天，在湖道里打草时，闰子意外地遇上了天柱。

一年多没见面，天柱就像换了个人似的，白净的脸上架着很流行的宽边墨镜，嘴里叼着同样流行的良友牌烟卷，一副城里人的做派。相见得突然，他们两人亲热地抱作一团。你这个狗日的，莫非是从地底下钻出来的？沙漠里人烟稀少，平时难得碰上一个熟人，见面少不了开心地骂上几句。天柱摘下墨镜，肩膀往上一耸出了个洋相，说，你不欢迎我？我可想你了。接下来，闰子才知道了，天柱在小镇上有亲戚，念完初中后，靠亲戚帮忙，到山里一个叫古拉本的地方开了煤矿，自己当老板。闰子早就听说过这个地方，这个地方出产的无烟煤很有名，出口到日本赚取外汇。日本人非常狡猾，据说他们将古拉本的无烟煤低价买了去，填进近海的海底，以备不时之需。古拉本，显然是蒙古语，是什么意思，闰子不知道，也无意去追究。只要它是一个真实的存在，就够了。

闰子和天柱肩并肩地靠在一起，坐在松软的沙坡上交谈着，有说不完的话。临走，天柱才交了底，他这次来就是到家乡招兵买马的。天柱告诉闰子说，无烟煤是宝贝，是乌金，黑色的金子。现在政策放宽了，私人开煤矿的多了起来。煤吃香得很，挖出来拉到山外就是钱。现在的煤老板大把大把地捞钱，说话口气粗得能呛死人，比镇长还牛气。还有那个古拉本，现在已经成了一个挺有规模的小镇，白天熙熙攘攘，晚间灯火辉煌。那里的男人会挣钱，也会花钱，从矿井里出来是乌黑的，从澡堂里出来就白净了，然后穿得整整齐齐地去露天舞场跳舞、唱卡拉OK。那舞伴都是些从外地来的大姑娘小媳妇，个个打扮得花枝招展，屁股扭得像两块刚出笼的热豆腐……天柱说得眉飞色舞，闰子听得走了神。

过些天我还转回来，你想走就跟上。天柱留下话，头也不回地走了。

闰子无疑是受到了一种前所未有的刺激，让他得意忘形。天柱走后，闰子就再也忍不住了，叉开两腿，举起双臂，扯开嗓子嗷嗷地吼叫了一气，然后从高高的沙梁上往下翻滚，身后扬起一溜浑黄的沙尘。走！山里的一切都开始强烈地吸引着闰子，他没有注意到沙梁上的动静。闰子抬起头时，才看见爹站在沙梁上，手里握着几把磨得锃亮的镰刀。爹是给闰子送镰刀来的，却无意间听见了天柱的一通海吹，看到了闰子的手舞足蹈。爹阴沉着一张老脸，一句话不说，转身就走。闰子的心顿时凉了下来，爹是不会同意他到山里去的。但是，他已经下定了决心，这不可更改，不能妥协。那么，接下来的情景，必然是一场类似马拉松式的父子俩的谈判。至于怎么谈，闰子还没有想好。

不过，从那天起，山在闰子的眼里就变得格外亲切了，像一位慈祥的老人向他发出了无声的召唤，山的每一条褶皱里都埋藏着生动诱人的故事。他再也不能专心致志地打草了，眼睛总是盯着山的轮廓发呆，手里的镰刀不是碰了腿就割了脚。要么，他就丢开镰刀，躺在沙坡上似睡非睡。

爹已经知道了。这样也好，开门见山，不必再遮遮掩掩了。

却话不投机，只能是一夜无话。

父子俩谁都没有睡踏实。

他们用沉默对峙着，考验着对方的耐心。天亮了，爹早早地起来，熬好了砖茶，烙好了面饼。爹盘腿端坐在炕上，开始一碗接一碗喝茶。闰子就不能装作没事似的继续睡下去了，这种耍死狗的做法毫无意义，他必须面对爹，面对随之而来的一番谆谆教诲，或者一顿山呼海啸般的责骂。没有，没有闰子想象的所谓的谆谆教诲，更没有山呼海啸，有的只是沉默，以及沉默之后的一声叹息。爹的这种做法，反而让闰子不知所措、心生不安。闰子沉默不下去了，刚要开口，被爹用一个沧桑的眼神制止了。

爹给闰子讲了一个故事，一个已经远去的却很真实的故事。

闰子曾经有过一个叔叔，却从来没有见过面，按照老家的习惯，闰子应该叫他二爹，这是一个与二爹和煤窑有关的故事。二爹年轻的时候，由于生活所迫，也到煤窑里挖煤挣钱，补贴家用。还不到半年，二爹就被崩塌的煤窑压死了。闰子的奶奶哭得死去活来，喊着二爹的乳名哭了七天七夜。第七天夜里，屋外莫名其妙地刮起一阵旋风，那关着的屋门突然被风吹开了。包括奶奶在内的家人，眼睁睁地看着一只浑身是血的猪娃子进了屋子，神秘兮兮地在地上转了几圈后，才哼哼唧唧地出去了。奶奶当时就昏了过去，其他的人也吓傻了，大气不敢喘。奶奶醒过来后说，那只突然闯进屋里的猪娃子就是死去的二爹，二爹属猪。奶奶受不了这么大的打击和刺激，直挺挺地在炕上躺了半个月，咽气时眼睛睁得老大。

听着听着，闰子就笑了，感觉很不真实，像一个传说。

闰子说，当时你也像奶奶那样，看见变成猪娃子的二爹了吗？爹说，我当时不在屋里，在伙房里给你奶奶熬米汤呢。闰子说，这不就结了吗？传说而已，或者是奶奶当时悲伤过度，产生了幻觉。人在悲伤过度的时候，是会产生幻觉的。爹说，我相信是真的，你奶奶从来不说谎话。再说了，当时不光你奶奶看见了，旁边的人都看见了。照你这样分析，该不是所有的人都产生了幻觉，或者都说了谎话？闰子说，也许是家里养的猪娃子，或者别的人家养的猪娃子调皮捣蛋，进了屋子。爹说，你开啥玩笑？那时遇上了灾荒，人都没有吃的，哪来的东西养猪？养猪就是为了吃肉。养了猪，人还能眼巴巴地饿肚子？闰子知道自作聪明，很荒谬地犯了逻辑错误，就及时纠正说，就算是真的，又怎么样？根据时间推算，那是旧社会的事情了。爹说，石头不认人，新社会旧社会都一样。闰子说，当然不一样。爹说，为啥？闰子说，现在的煤矿有严格的保护措施。

闰子何尝不知道煤矿是高危行业，死人的事情是经常发生的，尤其是那种私人开的煤矿，保险系数不高，事故频发，而且将工人的命价压得很低。可是，闰子还是执意要去。他也怕，怕寂寞，怕孤独，怕无声无息地过日子，怕每天日头升起后满眼都是漫漫黄沙，怕自己被别人瞧不起。与其这样苟且偷生地活着，还不如轰轰烈烈地走一遭，到一个陌生的世界或者领域开辟新的人生。

爹知道，闰子的决心已定，十头牛都拉不回来。

十天后，一个晴朗朗的早晨，天柱果然又转回来了。

天柱的身后还跟着万唐、大锁和明辉。他们个个眉开眼笑，像是赴庙会、赶大戏。爹在炕沿上坐了一会儿，然后走到灶台边，揭了锅盖添水。天柱知趣地向其他几个人使个眼色，说，大爹有话给闰子说，我们先走一步。

爹终于无奈地答应了。

爹要为闰子包一顿饺子。馅儿里放的是切得细碎的、平时舍不得吃的羊肉干和几年前晒下的沙葱花。这种馅儿的饺子，因为掺杂混合了干羊肉的腊味和沙葱花的野味，奇香无比。轻轻咬一口，黄黄的油水顺着嘴角往下淌，是当地牧人招待贵客的一道美食。因为很难得，平时根本舍不得吃。上马饺子下马面，按照古老的习俗，亲人出远门是要吃顿饺子的。闰子努力使自己吃得格外多，格外香，也格外快。见爹始终没有动筷子，闰子说，爹，你也趁热吃。爹看着闰子狼吞虎咽的样子，露出一丝疲惫的笑容，说，爹的胃口不好，爹不想吃。说着，从被褥底下摸出一个油渍麻花的小布包，数出二十块钱递给闰子。闰子默默地接下，嗓子眼里立时像堵了一块浓痰，不知说什么才好。爹老了，还没吃上儿子的饭，却操不完儿子的心。

爹不中用，管不了你一辈子。那里人多事杂，你得处处长个心眼。挣了钱紧着存起来，将来娶媳妇用呢。千万不可沾那些野女人，沾野女人伤了身子，就是一辈子的亏欠。爹的声音很轻，像淡淡的雾从远处飘过来。闰子不敢看爹的眼睛，始终低着头。他这一看，就动摇了自己的决心。有道是，父母在，不远游。爹毕竟老了，作为儿子，他应该守候在爹的身边才是。这下倒好，媳妇没娶进家，儿子也走了，而且越走越远，让爹的心思落了空。

爹，我走了。

闰子下了炕，背起捆好的铺盖卷儿，大步流星地出了门。天柱他们几个已经翻过几道沙梁，留下几行蛇样蜿蜒的脚印，不见了人影。闰子长长地打了一声口哨，尖利的口哨声划破了深蓝而宁静的天空。他要寻找一种充满激情与冒险的新生活。他笑了。他加快了追赶天柱的脚步，不一会儿就浑身燥热，然后打了个饱嗝，从喉咙里蹿出一股浓郁的饺子味。条件反射似的，闰子猛地收住脚，转过身去。

闰子怔住了。

爹默默地送了闰子很远，正站在屋后的一道沙梁上手搭凉棚朝他张望。站在沙梁上的爹像一棵沙枣树，一棵被风吹、日晒、雨淋了几十年的沙枣树。再看那座土屋，像极了一只破旧的漂泊在黄色水面上的小船，随时都会被风浪吞没。这一刻，闰子又想起了长眠在沙漠里的娘，往后也只有爹陪伴着她了。

爹，回去吧……

山在东边。

他们先是迎着日头走，他们的影子像根棍子拖在身后。到了下午，他们开始背对着日头走，他们的影子在前面越拉越长，像钟表上的一根指针直指面前的大山，或者像一根绷紧的绳子牵引着他们走向大山的深处。

日头快落下去的时候，他们终于走出了沙漠，踏上一条碎石铺就的山路。路很窄，沿着缓缓向上的山坡不断爬升。身后的日头彻底落下去，夜幕四合的时候，他们进了山，山路开始变得陡峭，时而往左，时而往右，时而沉入低谷，时而攀上峭壁。千奇百怪的石崖扑面而来，又缓慢地向后隐退。不知是谁的脚尖碰落了一块石头，山谷里立刻回荡起一阵令人恐怖的回音。闰子是第一次进山，兴奋和好奇的同时，还有一点担心，怕自己稍有不慎，跌进旁边的深壑里。山里一片漆黑，也很冷。山风劲吹，枯草在石缝里抖动着，不断发出簌簌的声响。天柱说为了节省时间，他们走的是一条通往山里的便道。这条便道就是早些年往山外运煤时走的路，人背，驴驮，现在已经废弃了。天柱还说，走在这样的山路上最好不要说话，说话的声音很容易在悬崖峭壁之间产生共振，很容易震落头顶那些长年累月被风化了的石头。闰子他们听了，就再也不敢随便说话了。

他们只好沉默，一心一意地走路。

闰子走在最后面，任山风吹着自己。他想，很早很早以前，这里也和他们身后的沙漠一样，曾经是浩渺的大海，后来海水没了，不仅出现了沙漠，还出现了大山，山里生长着黑压压的森林。突然有一天，山崩了，地裂了，所有的森林被深深地掩埋进去，终于变成了今天的煤。紧接着，闰子又想到了沙漠深处破旧的土屋、苍老的爹、故去的娘，甚至想到了嫁到山脚下柳树沟的那个女子。

脚下的感觉是山路逐渐向下而去，有谁在背后推着似的，让他们的脚步不由自主地快了起来。他们还听到了一种机器的轰鸣。转过一道山梁后，他们的眼前豁然开朗。远远近近、高高低低、闪闪烁烁的灯光连成了一片星海。一片星海，缀满山谷。闰子他们欢呼着、跳跃着，向着那一片星海奔跑而去。

山被撼动了，发出阵阵回音……

西部驼娃

遥远处浮现一个身影

那仿佛就是我的母亲

温暖的乳汁养育了我

人世间母亲是唯一真情……

——奈丹扎布《驼羔之歌》

1

天擦黑时分，驼群才走进这一片梭梭林。

驼群不大，也就三十几峰骆驼。这样的驼群，在整个牧业大队，算是小的。从这小小的驼群就能够看得出来，这家牧人的日子过得并不富裕，准确地说，还很拮据。所以，这家牧驼人在冬天的时候，只能选择将驼群转移到梭梭林里进行补养。这个小小的驼群从水井旁边出发，一边抬头走路，一边低头吃草，拖着乏弱的身子摇摇摆摆地走了整整一天，翻过了大大小小几十道沙梁。冬日的大漠，总是透着一种无尽的苍凉，一种化不开的凝重。寒风掠过沙梁时腾空而起，梭梭梢子乱晃，发出连片的瑟瑟声，像是不怀好意的恶人弄出的什么动静，在渐渐暗下来的天色里显得极其诡秘。

这片梭梭林还算密实，远看时迤逦成一道绰约的黑影。

生长在大漠深处的梭梭，是一种长相奇特的植物，半乔半灌，木质坚硬，宁折不弯，浸进水里百年不腐，当地的牧人经常用它们箍井帮，或搭一搭草棚和羊圈什么的。如果能够生长成松树或者榆树那样，甚至可以做牛车轱辘，千回百转不散架。可是，它虽然历来是风沙中的强悍物种，主干却粗不过碗口，且虬结遍布，木纹拧得像大姑娘的麻花辫子。梭梭的叶子或者叫梢子是针状的，一圪节一圪节地串联起来。绿着的时候，柳丝般摇曳，风姿绰约；干了的时候则是灰白的，其貌不扬。它的果实很少也很小，只有羊粪蛋儿那么大，中间凸鼓，两头尖细。它的果实也可以食用，脆中带甜。为什么叫梭梭？不得而知，也没人刻意地去追究。

梭梭，也叫札干。札干，是蒙古语。

如果让骆驼在碱柴、红莎、胡杨和梭梭中间选择，梭梭无疑是首选。特别是到了冬天，梭梭更是骆驼的美食。别看冬天的梭梭其貌不扬，却富含蛋白质。因此，让驼群到梭梭林里去，实实在在地吃上几个月梭梭的梢子，让每一峰骆驼吃得壮壮的，变得膘瓷肉厚毛丰，是善良的牧驼人最大的愿望。这样的愿望，往往因为天旱而不能实现。不能实现，就是亏欠，既亏欠了驼群，也亏欠了自己，谁的日子都不好往下过。

今年秋天的雨水多一些，梭梭长得还行，但不是太好，比前些年差了不少。

驼群就进了梭梭林。走在驼群前面的是大娃，手里牵着黄骟驼的缰绳，黄骟驼的背上驮着搭毡房的物件，还有铺铺盖盖、锅碗瓢盆、米面油肉什么的，跟平时居家过日子差不多，一样不能少。黄骟驼是一峰老骟驼，担当这样的角色是非常称职的，尽管背上驮了不少东西，却走得稳稳当当，即便是不小心踩塌了老鼠洞，也会及时地调整好自己的步履和姿态，经验丰富。二娃走在驼群的后面，享受的待遇比较高，骑在一峰高大的白骟驼上。通往梭梭林的路，高高低低，不远不近，骑着骆驼行走，就是另外一种感觉，不仅不累，还能够居高临下地欣赏沿途的风景。当然，也得承担一份责任，就是要操心前面的驼群，不能让骆驼走散了，尤其是那些调皮捣蛋的生驼羔子，得时不时地吆喝那么几声，提醒它们及时归队，回到自己的母亲身边。二娃不敢懈怠，眼睛睁得大大的，唯恐有哪个生驼羔子掉队。这样一来，骑在白骟驼上的二娃由于精神高度集中，很少左顾右盼，并没有体会到多少惬意。

再说了，冬日的大漠，到处都是灰呛呛的，连天空都是灰呛呛的，能有个什么看头呢？

不看也罢。

2

夕阳，收敛了最后一抹余晖。

二娃从驼峰间跳下来。脚下，就是这个冬天的宿营地。

走在前面的大娃，已经卸下了驼背上的毡房。兄弟俩跑来跑去，把毡房架起在一面背风的沙坡下，然后急急忙忙地在毡房里掏个灶坑，拢了一堆柴放在旁边。柴虽然是一些枯死的梭梭，却很有一股犟劲，不是随便可以折断的，当然也耐烧。做这些事情的时候，他们谁都不说话，保持了少有的沉默。主要是大娃在那里忙乎，二娃笨手笨脚的，打个下手而已。平时，兄弟俩离得远，各有各的事情，甚至可以说是风马牛不相及。只要在一起，兄弟俩就又说又笑，热热闹闹的。对二娃来说，进梭梭林放牧驼群，毕竟还是第一次，陌生大于好奇。

二娃现在是一名五年级的学生。

和小镇的孩子相比，二娃上学晚了两年。二娃在百里外的小镇学校住宿上学，寒假回来好多天了。小镇学校的伙食不好，差不多天天是清水煮白菜萝卜，碗里没有几滴油花儿。偶尔改善一次伙食，碗里也只有一两片薄得透亮的肉片，还不够塞牙缝的。当然，这是二娃告诉大娃的，二娃不让大娃给父母说，怕父母听了担心。半大小子，吃死老子。二娃正是长身体的时候，需要足够的营养。父母未必不知道，只是不明说罢了。每次假期结束回学校，父亲都要多给二娃一点儿钱，意思是让二娃时间长了自己买点吃的。让二娃像小镇的学生那样，一日三餐都有油水，三餐之外还有零食，显然是不可能的，太奢侈了。二娃假期回到家，吃了几顿肉，脸就明显的圆了、粉白了，变得胖嘟嘟的。二娃用一个假期在家里补充营养，再回到学校应对几个月清贫寡淡的日子。二娃只能这样，没有别的办法。二娃坚持得很好，其间没有一次请假回过家，逢什么节日也不回，一直坚持到放假。这让父母感到欣慰，也让大娃感到欣慰，尽管他们心里并不落忍。二娃毕竟还是个正在长身体的孩子啊。

一般而言，进梭梭林放牧驼群，是父亲和大娃的事情。

前几年冬天，二娃就没来，和母亲守在牧点的土屋里。一家四口，屋里屋外，分工明确。今年冬天，如果不是父母去了远在河西走廊西头东湖湾的那个老家，二娃是不可能跟着大娃进梭梭林的。那个老家，是父母的老家，当然也是大娃和二娃的老家，他们一家人共同的故乡。父母出来得早，好不容易入了吃商品粮的牧区户口，由农民变为牧人，十几年都没有回去过。父母不是不想回去，而是忙得脱不开身。眼下的驼群要进梭梭林就是证明。这个驼群很小，只有三十几峰骆驼，和那些大户人家的驼群没法比。这些年，随着生态环境的不断恶化，雨雪越来越少，风沙越来越多，草场越来越小。就是这支有三十几峰骆驼的驼群，也消耗了一家人数不清的心血。驼群虽小，却是一家人的支柱和希望，吃的喝的都在这里了，须臾不敢怠慢。舍了人都不能舍了驼。对牧驼人而言，驼群就是命根子。如果没有一群骆驼一年四季好端端地放着，就该喝西北风了。

今年冬天，父母突然接到了老家的一封信。

信写得很长，在路上走的时间也很长，父亲拿到手里时已经是一个月以后了。这样一封辗转而至的信，大概够得上家书抵万金了。信的开头是四个子，见信如晤。父母和大娃不解其中之意。二娃看了，也是似懂非懂，查字典才明白，晤就是见面，意思是见了信就像见了老家人的面。信是父亲的弟弟，也就是大娃和二娃的二叔写来的。说父母离乡在外十几年，怎么着也该回去一趟了。信里除了思念之情，还隐含着埋怨之意。父母接到信后，像两只勤劳的蜜蜂那样，躺在被窝里嗡嗡嚷嚷，在去还是不去的问题上纠结了大半夜，最后认为这是一件非同小可的大事，马虎不得。再说了，出来这么多年，也该回一趟老家了。俗话说，落叶归根。要是再不回去一趟，恐怕就永远断了老家的路。见父母为难的样子，大娃说，你们放心地去吧，我又不是没有进过梭梭林，轻车熟路的。再说了，不是还有二娃嘛。二娃也说，我还没有进过梭梭林呢，正好。安顿好驼群进梭梭林的事情，父母就走了，说是来回得二十天，也许一个月。究竟是二十天，还是一个月，父亲没有说得十分明确，只是给了个大概时间。出门在外，加上路途遥远，许多事情是难以预料的。父母一走，屋里屋外立马显得空落落的，虽然有大娃支撑着……

天终于黑透了，梭梭林和沙梁都隐没在暗夜里。

驼群也变得老实了，尽管它们在天黑前只吃了个半饱，天一黑下来，它们就围绕着毡房，静静地卧下了。骆驼是一种反刍的牲畜，卧下的时候，其实并没有闲着，肥厚的嘴唇不停地蠕动着。骆驼是兔唇，嘴唇中间开了个豁豁，每当它一心一意地反刍时，从豁豁处时不时地露出几颗牙齿，那样子像笑，憨态可掬，还有点儿滑稽。牧人们说，骆驼是集十二生肖之相的吉祥动物。有一群骆驼围绕在身边，人的心就踏实多了，安稳多了，啥都不怕了。风来了，骆驼挡。甚至鬼来了，骆驼也挡。更何况这个世界上，根本没有鬼，人吓人才吓死人。不过，牧人们还有个说法，出门走远路，尤其是走夜路，骑驼不骑驴。骆驼辟邪，驴容易招鬼。

父母回老家骑的是骆驼，即便是在黑夜里赶路，也很放心。

3

一堆梭梭柴燃得旺。熊熊火光，照亮了毡房。

圣洁的火，使离开土屋、离开父母的兄弟俩觉得格外亲切。火裹挟着梭梭柴特殊的气味和烟雾，缓慢地温暖着毡房。烟暖房屁暖床，就是这个意思吧。大娃支起铜锅，烧水熬茶。铜锅很老了，已经看不出它原本的颜色，通体乌黑，具体的年岁说不清楚，在父亲的手上就已经用了几十年，现在仍然在用。底儿很厚，只是有个抓耳缺了，留下一处醒目的豁口，很像是生活中的某种遗憾。

水开了，大娃丢一块褐色的砖茶进去。过了一阵，茶香溢满毡房。

大娃说，吃啥？饺子？也许有人会觉得奇怪，在这样的环境里怎么还能吃上饺子，是不是太奢侈了？其实不然，饺子是事先包好冻了的，用面口袋装了带到梭梭林这个冬天的宿营地，吃起来很方便。父母回老家之前，包了大量的饺子冻着，里面放了很多肉，咬一口满嘴流油，很香。二娃摇头，不想吃饺子。起身前吃的就是冻饺子，接着再吃就没有胃口了。大娃笑了，觉得也是，饺子虽好，顿顿吃就没什么意思了。大娃说，那就吃炒面？炒面也和饺子一样，里面放了很多炸得焦黄酥脆的羊油絮子，还有葱花。二娃点头说，那就吃炒面。二娃显然是饿了，一老碗用茶水冲泡的炒面糊糊，就着一点还带着冰碴儿的陈年的腌沙葱，喝得吸溜吸溜的，小小的鼻尖上很快渗出了一层汗珠，在火光的映照下亮晶晶的。

大娃在一边默默地看着二娃，不知为什么，有些心疼。

弟弟二娃可是家里的宝贝。让他到百里外的盐湖小镇上学，是全家人共同的心愿。按说，大娃也应该上学，但还是放弃了。家里的经济条件不好，母亲又长期有病不能干活。这次回老家，母亲是非常犹豫的，思谋了好几天，怕路上拖累父亲，但拗不过积攒下的十几年思乡之情，还是上路了。母亲说，这辈子恐怕也就回这一回，老天爷保佑，老家的祖宗保佑。

关于母亲和二娃，还有一个不得不说的故事。

十多年前的一个冬日，母亲就是因为寻找一峰走失的母驼，在半道上生下的二娃，几乎把身上的血都淌尽了，血水把冰凉的沙子染红了一大片。母亲已经没有一丝力气了，只能勉强解开衣襟将二娃包进去，然后躺在一道沙梁下面两眼瞪着高深莫测的天空，听天由命。幸亏父亲和大娃后来赶到了，才把冻得半死不活的娘儿俩给救了。人是救过来了，母亲却因此坐下了病，成了个病秧子。母亲每逢说起这件事，就感慨不已，说自己和二娃命大福大造化大，那么冷的天，那么冰凉的沙地，娘儿俩竟然没有冻死，硬是活过来了。父亲便笑着说，还有我和大娃呢，我和大娃就没有一点功劳吗？母亲真心实意地说，咋没有？要不咋说是一家人呢，都在心里惦记着，无论离开多远，都会有个照应。母亲说的是实话，是真心话。当时，父亲和大娃都不在屋里，一个去大队部驮口粮，一个去草滩上收驼群。两个人差不多一起回来，屋里却冷冷清清，没有一点晚炊的烟火。按照往常的日子，这时候母亲已经做好饭，在烧得暖烘烘的屋里等他们了。父亲和大娃一句话都没有说，奇怪地相互看看，大眼瞪小眼，突然意识到挺着个大肚子的母亲情况不妙，同时向屋子前面的沙梁下跑去，仿佛冥冥之中有什么引导着他们。在寒冷的沙地上提前了好几天降生的二娃却无病无灾，一路好端端地走到了今天，能吃能喝。二娃脑子也聪明，记性好，是个上学的材料。母亲一向迷信，说是先人积下的德，在后人的身上得到了报应。母亲还说这次回到老家，她要在祖宗的坟头上磕几个结结实实的响头，多烧几炷高香。

兄弟俩坐在毡房里，伴着一堆柴火，吃了进入梭梭林这个冬天宿营地的第一顿饭。二娃吃完了炒面，嘴上油乎乎的，也不往掉擦，似乎在继续回味炒面的香味。

长这么大，二娃还没有真正经历过移驼的阵势。青天白日自然好说，一切都是昭然若揭，啥都看得明明白白的。一旦遭遇了大风，尤其是碰上遮天蔽日的沙暴，事情就没那么好办了。飞沙走石，天地混沌一片，驼群被搅得四散奔跑，很不好收拢。每逢这种时候，人就不得消闲，脚跟不沾地地来回吆喝，还能坐在毡房里围住热乎乎的柴火吃喝？好在这样的时候毕竟少，遇不上几回。据父亲说，早些年梭梭林里还有狼出没，狼吃骆驼堪称险绝。别看骆驼是大牲畜，狼是小身量，骆驼却最怕狼。为啥呢？因为骆驼善良厚道，狼狡猾残忍。就像人里头的君子和小人，君子和善坦荡，小人鬼大计多；君子在明里，小人在暗处，君子是永远斗不过小人的。既然斗不过，就只能躲，躲得越远越好，眼不见心不烦。牧驼人也最恨狼，见了狼就要想方设法消灭掉，毫不留情。如今没有狼了，狼几乎绝了迹。大娃就没有见过狼是个啥样子。当然，即便是遇上了，也没啥大不了的，有他大娃在，驼群是不会受到委屈的。保护驼群，保护弟弟，是他的使命。大娃知道，自己的一生一世，都和驼群密不可分。二娃就不一样了，他的目标不在大漠深处，不在驼群身上。二娃应该走出大漠，离开牧区，离开驼群，去向一个新的人生领域，开拓一种和牧驼人完全不同的生活。只是现在的二娃还小，完成这样一个目标，还需要很长的过渡和铺垫，需要走很长的路。

想到这里，大娃不出声地笑了。

大娃话少，平时沉默无语。弟弟二娃回来了，大娃就高兴，话比平时多了起来。即使多也是相对而言，说不了几句，嘴拙。很多时候，是二娃说，大娃听。二娃像个老师那样喋喋不休，大娃就成了一个毕恭毕敬的学生。

二娃讲小镇上的许多新鲜事，大娃爱听。

譬如火车。这样一个偏僻落后的被沙漠完全包围起来的小镇，竟然通火车，竟然通了几十年，是不是不可思议啊。当然是有原因的，原因也许很简单。依傍着小镇的是一个很大的咸水湖，盛产大青盐，据说品质很好。据说天天挖，都要再挖上两百年，之前已经挖了一百年。外面的人走进小镇时，首先映入眼帘的是一座又一座像山一样的盐堆。盐堆在阳光下闪着亮，白得耀眼。还有行驶在湖面上的采盐船，伴随着机器的轰鸣来回穿梭。那些高大的盐堆就是采盐船挖出来的。盐太多了，从盐湖通往火车站那条运盐的道路就是用盐铺就的；盐太多了，汽车运不过来，就修了铁路，就有了火车，就拉了电。一到晚上，小镇灯火通明，热热闹闹，直到后半夜才能安静下来。火车一天来一次，任务紧的时候一天来两次。火车冒着烟拉着一长串车皮轰隆隆地开进小镇，震得整个小镇都在颤抖。等到装满了盐，火车就拉几声长长的汽笛，又轰隆隆山呼海啸般地开走了。那么，火车去了哪里？这么多的盐去了哪里？据说火车去了一个叫乌达的地方，到那里就停下了，把装满盐的车皮留下，再让另外的火车头拉上往全国四面八方走。一年四季天天如此。火车还加挂了两节人坐的车厢，是绿皮的，整整齐齐一溜镶了玻璃的门窗，里面是一排排座椅，座椅上面是一排放行李的架子。小镇也因此有了一个不大的火车站，有了几个专门装卸东西的月台。有些人就到火车站那个既神秘又具体的小小窗口，将手里的钱小心翼翼地递给一脸严肃的售票员，买了票，坐上火车出门，去向他们要去的地方。

因为小镇通了火车，小镇就流传着一个与火车和牧人有关的笑话。一个牧人远远地见了火车，大惊失色地说，这个黑不溜秋的家伙，趴下都跑得这么快，站起来更了不得。

讲到这里，二娃笑了，大娃也笑了。

笑过了，又都不笑了，长久地沉默着。二娃也好，大娃也罢，心里都有些不是滋味，是怅然若失，是似浓似淡的悲哀和忧虑。他们是大漠之子，是草原之子，是牧驼人的孩子，或者是牧羊人的孩子。即便是那样一个偏僻的小镇，离得也不是很远，骑上一峰矫健的骟驼，一天一夜足够了；如果是一匹快马，只要一天的时间，就能够走到小镇。就是这样的一个小镇，却似乎与他们没有什么瓜葛，他们与小镇是背离的，是剥落的，是不能融入其中的。尽管二娃现在已经在小镇上学了，已经是一名五年级的学生，却还没坐过一次火车，尽管火车近在咫尺，几乎是天天伴随着它那悠长的汽笛声和轰隆隆的行走声。大娃就更不要说了，至今他连小镇都还没有涉足过，当然也就没有见过什么火车。于大娃而言，小镇和火车在弟弟二娃的既客观有多少有点儿夸张的描述中，只是两个模模糊糊的概念，并不具象，抽象更是谈不上。因为一般来说，具象是感性的，抽象是理性的。没有感性就没有理性，理性是对感性的抽象。我们是不是可以这样认为呢，感性与理性之间的距离，就仿佛一个牧驼人和一个哲学家之间的距离。大约是可以这样认为的吧。

大娃并不觉得饿，吃得少，象征性地吃了半碗炒面，主要是看着二娃吃。

别看二娃年龄小，个头也不高，肚子里却装了不少故事。这次进入梭梭林，二娃虽然已经做完了寒假作业，依旧带着自己的书本，说是还要再复习一遍。由此可见，二娃是非常喜爱学习的，从来用不着别人督促。有时候，二娃趴在炕桌上看书写字，直到天都快黑了，还不愿意停下来。母亲担心地说，再看，就成雀抹眼儿了，两眼变四眼了。实在想看，就不会等到点了灯再看？既省煤油，又不费眼睛。雀抹眼儿的意思是，像麻雀那样，一到天黑就看不见东西了。两眼变四眼，则是近视眼，将来是要戴近视眼镜的，可不就是四眼了？母亲是担心二娃小小年纪，就把眼睛看坏了。

父亲却不这样认为。按照父亲的话说，学问这个东西比啥都管用，白天不怕别人借，晚上不怕别人偷，啥时候都是自己的。关于学问，父亲还讲过一个笑话。过去有一家人，没有一个识字的，都是睁眼瞎。看见别人家过年时贴对联，自己又不会写，一气之下拿出一只碗，碗底蘸上锅灰在红纸上拓了两行圆圈贴在了大门上。邻居们都看不懂，以为这家人从此不种庄稼了，改卖狗皮膏药了。父亲这样讲，是大有深意的，是在鼓励二娃好好学习、天天向上，将来做一个有学问的人，而不是一个像自己一样的牧驼人。当然，做一个牧驼人也没有什么丢人的，靠自己的双手和勤劳吃饭，天经地义。不过，有大娃就够了。大娃是要接父亲的班的，将放骆驼进行到底。其实，家里这些年的对联都是二娃写的。每逢过年，门窗上贴满了长长短短的对联，红纸黑字，在苍凉寂寞的大漠深处，像一道独特的风景，格外醒目，格外耀眼，很喜庆。有人路过时看见了，便夸赞对联上的字写得好，这让父母很是得意。大娃不识字，看不懂上面的字究竟好不好，别人说好，应该就好，心里踏实。大娃愿意二娃的字写得好，希望越写越好，让家里人越来越得意。

在大娃看来，会讲故事，会写对联，字写得好，都是学问。那么，他的弟弟二娃就应该是一个做学问的人了。至少，是已经堂堂正正地走在做学问的道路上了。

这就很好。

4

夜渐渐地深了，也冷了。

大漠深处的冬夜，一旦冷起来是不遗余力的，能将干枯的梭梭冻得塞塞窣窣地响，能冻破盛了水的茶壶。毡房外传开驼羔的鸣叫，旋即被冷风呛得喑哑，给黑黝黝的夜平添了几分凄怨，让人心里不忍。驼羔叫罢，那干恶的风又响成尖厉的呼啸，撞在毡房上，变成了一种令人惊秫的呜咽，久久不停。这样一来，冷似乎又加深了，像谁幸灾乐祸地挥舞着刀子，不断地刺透毡房。毡房都有些摇晃了，支撑毡房的木架甚至发出了不安的扭动声。木架如果这样持续地扭动下去，毡房会不会倒塌？

二娃也像是条件反射般扭动着自己的身子，并且用眼神向大娃提出了这样的疑问。

大娃给火塘续了一些柴。火势弱了一下，又轰隆一声升腾起来，照得毡房亮如白昼。在火光的映照中，大娃看见了二娃那不安的神情。大娃笑了，说，不咋的，在这样的夜风里，毡房不会倒塌。为什么？二娃的疑问并没有消除。大娃不慌不忙地说，毡房是圆身子尖顶，下大上小，下重上轻，再加上毡面捆绑了好几圈绳子，毡底压了一圈很厚的沙子，不会轻易被风刮倒的。二娃听得很认真，像面对一个老师。然而，二娃是不是听明白了？却是一个新的疑问。也就是说，毡房像一个倒扣在地上的巨大的漏斗，风撞上这种漏斗状的毡房，其中的绝大部分力量会从毡房的两边滑过去，因而有效地分解和减缓了风对毡房的正面冲击。毡房这种特殊的结构和设计，具有很好的稳定性，是牧人通过反复的实践总结出来的，实用性很强，就是为了抵抗风沙的侵袭。

二娃也笑了，呈现在脸上的警报很快解除了。

那么，大娃所说的这些，是不是学问呢？应该是。生活中处处有学问，学问无处不在。很显然，这样的学问在二娃的课本里是找不到的。它隐藏在浩瀚的知识海洋里，以物理学的理论存在着，很古老，如同飞机的发明，最初得益于鸟儿的飞翔一样。二娃是不是想到了这个看似简单的问题，就不得而知了。说到底，二娃毕竟还是一个孩子，就不要苛求他了吧。

对两个牧驼娃来说，眼下一个很现实的问题是：冷。

尽管火持续不断地燃烧着，尽管屁股下铺着一层羊毛毡，羊毛毡上铺着一层用骆驼的嗉毛做的褥子，二娃还是觉得冷，浑身打战，远不如坐在屋里的热炕上那么温暖，那么惬意。这一冷，就使得大漠深处的冬夜无端地延长了许多。二娃倒是想看看书，还是因为冷，消减了他看书的兴趣。这样一来，兄弟俩便无事可做了。

二娃突然想，有个收音机就好了。此时此刻，听收音机最好不过了。二娃被自己的这个想法吓了一跳，同时也被这个想法刺激得兴奋了起来。于是，二娃不合时宜地脱口而出，咋不买个收音机呢？大娃愣了一下，看着二娃好一阵子不吭声，然后轻轻地说，要买早就买了，还能等到现在？二娃听明白了，一听就明白。家里本来就穷，母亲又常年有病，还要供他在小镇住宿上学，这几样加起来，是一笔不小的开支。这样一想，二娃便后悔了，后悔自己的脱口而出，竟然说了那样一句不甚得体的话。他的脸红了，感到羞愧。

知道二娃后悔了，大娃安慰他说，其实这也不是个啥事，等到家里条件好了，就买上一个收音机。让爹娘听，我也听。许多人家都有了，我们家也会有的，只是个迟早的事情。

二娃点了点头，表示认可，也知道哥哥是在安慰他，让他这个弟弟不要因为说出那样一句不甚得体的话而难堪。二娃看着大娃，不好意思地笑了。

大娃说，睡吧。

二娃说，睡不着。

大娃说，走了一天的路，咋还睡不着？

二娃说，冷。

大娃说，钻进被窝里就不冷了。冷房子热被窝，一觉睡到天亮，说不定还能做个香甜的梦呢。

二娃说，你也睡。

大娃说，我还要出去一趟。

二娃要和大娃一起出去，被制止了。二娃也就不再坚持。

大娃让二娃先睡。大娃给火塘续满了柴，就出去了。掀开毡房门帘的一刹那，一股冷风蓄谋已久，呼啦一声窜了进来，吹得火塘里的火苗大幅度地摇晃起来，炸出一片乱纷纷的火星。毡房外面的夜风还没有要停止的意思，继续横冲直撞。驼群倒是比先前安静了许多，像是停止了反刍，也听不见驼羔的鸣叫了。这样就好，会少一些麻烦。夜间查看驼群，也是牧驼人的一门功课，犹如庄稼人为了保护劳动果实护秋一样，同属一个道理。尤其是在这种特殊的冬夜，就更加不能偷懒了。二娃明白这个浅显的道理。

骆驼也怕冷怕冻，它们卧下的时候，会选择背风的地方，屁股朝着风刮来的方向，闭着眼睛一动不动。据说遇到狼，有经验的骆驼就将脑袋对着狼头，嘴里时不时地喷出草沫子往狼的身上溅。狼最怕骆驼嘴里的草沫子，一旦被溅上草沫子，身上就会溃烂，就有生命危险。几峰骆驼只要屁股对屁股、头朝外地卧成一圈儿，狼就一点办法都没有了。据说有的骆驼就这样与狼对峙几天几夜，狼一遍又一遍地绕着圈子，骆驼也一遍又一遍地在原地转着圈，脑袋始终对着狼头，脚下硬是旋出一个深坑来。狼跑了，骆驼也倒下了，瘦得皮包骨头。骆驼就这样一点一点地耗掉不知多少精力，才把狼战胜了，赶跑了，实在是惊心动魄呢。当然，瘦死的骆驼比马大。也有人认为，这只是一种传说，是善良的牧人对骆驼赋予的美好愿望。二娃也是道听途说，不可能亲眼看见骆驼与狼对峙，但他宁肯相信是真的，而不仅仅是一个传说。毕竟骆驼是厚道的，狼是凶残的。同情弱者，是人们的天性。

由有关骆驼的传说，二娃顺理成章地联想到了哥哥大娃。

大娃比自己大不了几岁，却过早地承担起了繁重的劳动，和父亲一起支撑着这个家。在二娃的眼里，大娃是结结实实的一条汉子，黑胡渣过早地扎出了皮肤，平时又不怎么说话，多了几丝令人敬畏的冷峻。前些天，大娃骑着黄骟驼走了几日，才选定眼下这个冬营盘。由于连续干旱，梭梭开始大面积枯死，找到一片好一些的林子还真不容易。毫无疑问，经过这些年的磨炼，大娃已经是一个出色的牧驼人了，一年四季围绕着驼群和草场，心无旁骛。是的，大娃就像一棵草，一棵芦苇，寻找着大漠深处潜藏的水脉。水脉潜藏在哪里，芦草就生长在哪里。

大娃难道就没有别的梦想吗？

有一次，他们兄弟俩聊得热乎的时候，二娃问过这个问题。大娃只是笑一笑，慢悠悠地说，谁没有梦想，我也有。是什么？大娃接下来却沉默了。后来，二娃终于醒悟了，答案恰恰就在大娃的沉默中，还用说吗？生生世世守着大漠和草原，当好一个牧驼人。延伸开来，就是让驼群不断壮大，成为令人羡慕的大户人家。只有这样，才能让一家人真正过上随心所欲的好日子。

还有一次，二娃对大娃说，你为什么不去小镇盐场的装卸队？

据他所知，小镇盐场有好几个装卸队，分布在离火车站不远的地方。装卸队盖了房子，起了大灶，专门有人做饭，俨然一个热热闹闹、红红火火的集体。每个装卸队的几十号人，都是从小镇周围的牧区招来的小伙子，他们身强力壮，吃苦耐劳，专门往火车上搬装了盐的麻袋。一个麻袋有两百斤重。月台和火车皮之间搭了一个木板，小伙子们踏着木板一趟趟往火车皮上垛麻袋。他们不是盐场的正式工人，由盐场和牧业大队结算工钱，然后由牧业大队换算成工分，年终分红时付给他们劳动所得。一年四季，风里来雨里去，遇上任务紧的日子，晚上还要加班加点。装卸工的劳动强度虽然很大，却让牧区的小伙子们乐此不疲、前赴后继。有的人一干就是好多年，把老婆和孩子扔到家里，直到体力不支时才返回牧区，才安安生生地重新当起了牧人。酬劳较高是一个方面，另一个方面是他们被小镇的氛围所吸引，可以享受与大漠深处完全不同的生活。白天劳作，晚上出去散心，可以像小镇人一样走街串巷，看电影，看热闹，看红火，也可以待在屋里悠闲地下象棋、打扑克、听收音机什么的。

其实，二娃还有一个自私的想法没有说出来。

大娃如果去了小镇盐场的装卸队，他们兄弟俩就可以隔三差五地在一起，身边有个亲人，他也就不会那么寂寞，不会那么孤单了。还是那样，大娃听了之后笑一笑，照例慢悠悠地说，我咋不想去？又热闹又红火，我也想去。为什么不去？大娃接下来照例沉默，不再说话。二娃当然明白，家里丢舍不开，母亲有病，干不了活。凭父亲一个人，里里外外忙不过来。二娃知道，自己的这个愿望是美好的，也是不现实的。生活是具象的，愿望有时候恰恰是抽象的，甚至是虚无缥缈的。他只不过是说一说而已……

夜更加深沉了，也更加冷清了。

大娃出去许久才回来，嘴角挂着一层雪样的白霜。大娃冻得浑身颤抖，怀里抱着一捆梭梭柴。看见大娃怀抱里的柴，二娃的脸悄悄地红了一下，觉得自己又犯了一个不大不小的错误。自己怎么就没有想到出去扯一些柴回来呢？让哥哥出去了这么长时间，在外面冻了这么久。再怎么自责和后悔，都已经晚了，还是保持沉默吧，大娃是不会抱怨他的。下不为例，二娃心想。二娃其实已经睡了，久等大娃不回来，又冷得受不住，就钻进被窝先躺下了，还是因为怕冷，不敢脱衣服。被窝像个冰窟窿一样。被窝里的二娃渐渐地觉出了一点暖意，大娃走进毡房时跳脚哈气的模样，又让他顿生刻骨的寒战。

二娃没有主动问大娃，哆嗦着闭上眼睛，装作睡着了。

火塘里的火苗忽明忽暗，照得毡房的木架影影绰绰的，很容易让人产生错觉，总以为毡房时时刻刻都在幽幽地晃动着，有一种飘乎乎的鬼魅气息。见二娃睡着了，大娃轻手轻脚地脱掉棉袄棉裤，拉开旁边的被窝钻进去。被窝里太冷，大娃钻进去的时候，还是忍不住打了一个喷嚏，咳嗽了几声。这一个喷嚏、几声咳嗽，使得本来就没有睡意的二娃再也睡不着了。

既然睡不着，就说说话，也好打发这漫长而寒冷的冬夜。

哥，这风还能刮几天？二娃说。

问得突兀，大娃略微惊了一下，说，你没睡着？

二娃说，我还是睡不着，老是觉得心里空落落的。

大娃说，咋不脱衣裳？千层单不如一层棉，脱了衣裳睡觉，被窝才热得快。你得先把被窝给焐热了，被窝才能反过来把你给焐热了。天越冷，越是这样。两样都热，睡到天亮。只有一样热，那不成了剃头匠的挑子了？

二娃想了想，觉得很有道理，看来同样是经验之谈。既然是经验，肯定屡试不爽。二娃就听从了大娃的话，坐起身塞塞窣窣地脱掉了棉袄棉裤，重新钻进被窝里，但还是忍不住说了一句，这大冬天睡毡房的滋味实在是不好受啊。

大娃就笑了。

哥，你还没有回答我的问题呢。

大娃说，你不提醒，我倒忘了。这风又干又硬，刮得轻飘飘的，没有卷起黄沙。这样的风，恐怕要连着刮好几天呢。越刮越干，越刮越冷。

还要下雪呢。二娃说。

大娃说，现在刮的是西北风，哪来的雪？要是下雪就好了，洗掉梭梭梢子上的尘土，骆驼吃了更上膘，还不容易生病。也说不定的，转成东南风，就有可能下雪，天就不会这么干了，也不会这么冷了。

冬天就该下雪，就该白。夏天就该下雨，就该绿。冬天不白，夏天不绿，牲口不好活，牧人的日子不好过。

二娃突然不想说话了，强忍着咽下一口苦水。

二娃感到奇怪，大娃的话格外地多了起来，好像是终于触到他的兴奋点，终于打开了他的话匣子。其实，也不奇怪，大娃的梦想就是要当好一个牧驼人。当好一个牧驼人，这辈子就要读好两样书，或者说念好两本经，一本是骆驼经，一本是草场经。这叫干啥的务啥，讨饭的务棍。但是，二娃对骆驼经和草场经没有兴趣，或者说对这样的学问没有兴趣，在这个问题上和哥哥说不到一块儿去，他的心思并不在这里。这样一来，二娃和大娃就只能是说话而已。兄弟俩的感情是一回事，心思是另一回事。

后半夜，毡房里的兄弟俩无话，各自睡去。

毡房外，风声依旧。

5

二娃睡不着，他的心思在另外的事情上。

他的心思与小镇学校有关。在二娃的意识里，小镇和牧区是两个完全不同的世界。

随着寒假一天天过去，开学的时间一天天临近，二娃的脑子里都是小镇学校，一闭上眼睛，都是同学和老师的身影。和煦的阳光洒满校园，琅琅的书声和欢快的歌声，像彩色的小鸟拥挤着飞向明澈的天空。尽管他来自沙漠牧区，和城里的同学有很大的差距，也没有几个可以交心的朋友，但他还是喜欢学校的那种氛围，喜欢小镇的那种氛围。

有一次在课堂上，他被语文老师叫起来朗读课文。一篇不长的文章，被他浓重的土话或者叫方言读得满教室哄堂大笑，连一向严肃的老师都忍不住笑了起来。当时，他那个羞惭啊，完全可以用无地自容来形容，恨不得挖个洞钻进地底下。其实，城里的同学未必都说普通话，即使说普通话也未必有多么标准。就因为他们是城里人，就好像有资格轻视和取笑来自牧区的学生。在他看来，他们的轻视和取笑就是一种浅薄和无聊，他却不能反驳。土话再加上捉襟见肘的穿戴，让他很受城里同学的轻视。当然，说普通话没有什么错，老师一再提倡和要求同学这样做。班里有个特别漂亮的女同学就说一口标准的普通话，声音真好听，像磁铁一样具有吸引力。天生丽质的容貌和一口标准的普通话，让这个女同学是那么的与众不同，像一个养尊处优的公主，不怎么搭理别人，上学放学都独来独往。可想而知，他和这个女同学的距离就更远了，远得同窗几年都没有说过一句话。他也清楚地知道，这个女同学从来没有正眼看过他一次，在她那里，他几乎是一个并不存在的同学。然而，不知为什么，他偏偏非常喜欢看这个女同学的样子，每当看见这个女同学，他心里就有一种莫名其妙的感觉，怀里揣着一只活蹦乱跳的小兔子似的，有兴奋，有冲动，有亲切，甚至还有隐约的不切实际的却是美好的幻想。后来，也就是五年级的时候，他终于发现这个女同学的眼睛里始终有一丝忧郁。忧郁而沉静，并不是她刻意装出来的，是与生俱来的。同时，他也可以肯定，她的忧郁和沉静绝对不是自卑，是一种从里而外的气质。

恰恰在这个时候，同学们中间开始悄悄地流传着几本被视为大逆不道的禁书。

禁书的封面被牛皮纸糊得面目全非，其中之一是《青春之歌》，作者叫杨沫。经过几番近乎求爷爷告奶奶般地哀求和讨价还价，他也许是不合时宜地读到了这本长篇小说，读得如痴如醉。书里的林道静令他过目不忘、印象深刻，以致彻夜难眠。就这样，他在显得苍白、狭促和可怜的读书生涯，却因书中那个美丽得几乎令人窒息的林道静而移情那个女同学，竟然悄无声息地多了对一个异性的爱护，像一个沉默的孤独的守望者。当然，这个女同学是不会知道的，永远都不会知道。这是只有他一个人知道的秘密。这是难与人言的，也是令己自卑的。

他暗自发誓，他永远不对别人说出这个女同学的名字。

偶尔，他会自责，你才是一个五年级的学生，怎么能够产生如此不切实际的想法，是不是过于早熟了？也就是说，他的青春期到来得太早了。

从某种意义上说，早熟是有害的，是不应该的，是不光彩的。自责使得他自卑，自卑使得他郁郁寡欢，也使得他把课余的时间几乎全部投入到学习上。他的学习成绩很好，每次考试都是班里的第一名。他不知道促使他学习的动力究竟来自哪里，真的不知道，没有谁强迫他这样做。他打小就喜欢美术，通俗地说就是画画，画羊像羊，画骆驼像骆驼，总之画什么像什么，像是无师自通，连父母和哥哥大娃都觉得惊奇。他的美术作业成为同学们纷纷模仿的范本。他画的连环画，虽然很稚嫩，却被一个和他还算要好的同学珍藏起来，同时到处炫耀。他出的黑板报和墙报赫然地贴在教室后面和校园最醒目的墙上，深受老师的称赞，也引起了一部分同学，尤其是城里同学的嫉妒。他们对他的态度很不友好。

有一次，轮到他值日，同学们差不多都走了，教师里只有家在城里的三个女同学迟迟不肯走，假装继续做作业，她们显然是故意留下来的。她们不走，他就不能挪开她们屁股底下的凳子，就不能顺利地洒水扫地。当他鼓足了勇气请求她们离开自己的座位时，她们依然故我地坐在那里，冲着他轻蔑地笑了笑。其中一个女同学将一条腿跷起来搭在课桌上，并把一只鞋脱下来用一根手指头勾着，向他提出了一个要求，要求他闻一闻她的鞋子，否则，她们是不会离开教室的，那么他也就不能及时地完成值日。这种突如其来的侮辱和伤害，不啻为一种奇耻大辱，令他措手不及，不知道怎么应对。他只有逃跑，满含委屈的泪水无言地离去。他没有去宿舍，而是去了小镇那个小小的火车站。火车已经开走了，月台上空无一人。他坐在垛得整整齐齐的装满了盐的麻袋上，望着被夕阳浸染得红彤彤的小镇和那两条闪烁着金色光芒的铁轨，想了很多很多。

有一刻，他想到了退学，就此离开学校回到大漠深处的家，回到父母身边，像哥哥大娃那样，当一个地地道道的牧驼人。

他还想到了这样一幅场景，因为他的悄然离去，第二天教室里突然空了一个座位，少了一个学生，少了一个来自大漠深处的穿戴破旧、沉默寡言的少年。这个热爱学习的少年是那么的勤奋刻苦，经常受到老师的表扬，还是班里的学习委员。老师和同学们议论纷纷，肯定会对他的悄然离去感到惊奇的。他出了什么事情？为什么连个招呼都不打？他想，他们会到处找他吗？会找到他的家里去吗？他不敢再往下想了，鼻腔里又酸又涩，心给什么硬物戳得生疼。其实，学校的老师对他很好，尤其是班主任老师郝光俊。他高高大大的个子，很浓的眉毛，很黑的头发，一脸的慈祥。就是郝老师让他当了学习委员。他会永远记住这个给予他父爱般关怀的老师。因为喜欢画画，他还特别崇拜美术老师史金福。史老师也经常给学校办墙报，把在天安门城楼上的毛主席，把电影《闪闪的红星》里的潘冬子，画得惟妙惟肖。每逢史老师画宣传画，他就一心一意地站在旁边看着。有时候史老师就回过头来，冲着他温和地笑一笑。

想到这里，他哭了，在空荡荡的月台上哭得涕泗滂沱。

哭够了，他毅然掉头，向他心爱的学校走去。等他回到学校，食堂早关门了。他空着肚子饿了一个晚上，半夜里饿得招架不住，偷偷爬起来到学校食堂旁边的水管喝了一肚子凉水。没人知道他放学后去了哪里，饭也不吃。第二天，他起得很早，因为没有教室的钥匙，还是耽误了打扫教室的卫生。他理所当然地受到了同学们的指责和批评。他没有解释其中的原委，更没有向班主任郝老师告状，反而当着同学们的面违心地承认是自己错了，保证下不为例。而欺辱他的那三个女同学却一脸的平静，相互交换着从家里带来的零食，一边咀嚼一边嘻嘻哈哈地说笑着。难道她们一点都不愧疚吗？就那么心安理得吗？

过了很长一段时间，他的心情渐渐地平复下来。

后来，其中一个欺辱过他的女同学，在他值日的时候又故意留了下来。教室里只有他和她两个人。真是惹不起又躲不起，他的心剧烈地颤抖起来，以为又要重蹈覆辙，要再次遭受什么意想不到的欺辱。他没有躲，而是像一根微风中摇晃的高粱秆子一样站在教室里，愤怒地面对着她。如果她敢故伎重施，他就将她的那只鞋毫不客气地扔出教室，让她跳着脚去捡。她没有脱鞋。她微笑着走到他的面前，微笑着递给他几截乳白色的东西，说是麻糖，她父亲从北京带来的。说罢，她就背上书包蹦蹦跳跳地走了。

他才知道那东西叫麻糖，上面粘着一层香喷喷的虱子一样的芝麻。

麻糖在当时物质匮乏的年代是很稀罕的一种零食，小镇上难得一见，他更是闻所未闻。难道这是她对他的道歉吗？既然是，接受还是不接受？他很犹豫，五味杂陈，看着麻糖想了很久。他第一次感到接受别人的道歉同样并不那么好受，同样需要勇气，尤其需要宽容。当然，他接受了，也悄然地流泪了，从此知道麻糖是很香甜的，伴之以自己无法抵御的诱惑和脆弱。他也同样永远地记住了这个女同学，张阿琴，小巧玲珑，头发微黄，脸很白，鼻子两侧有一层淡淡的雀斑，看上去像趴着一只若有若无的蝴蝶。每当她笑的时候，那只蝴蝶也微微地颤动着翅膀，多少有点儿滑稽。让他感到安慰的是，他明明白白地遭受欺辱的事情只发生过一次，否则，他真的怀疑自己还能不能将这个学上下去。虽然只有一次，就已经让他刻骨铭心了，想忘都忘不了。老实说，这不是几截麻糖就能够消弭的。如果心灵遭受的打击和人格受到的侮辱，能够轻易地被物质所稀释和化解，那么这个世界上就没有那么多的恩怨情仇了，包括金戈铁马、硝烟弥漫的战争。让他同样意想不到的是，她递给他麻糖、背上书包蹦蹦跳跳地离去之后，就再也没有出现过，好像突然蒸发了。后来，他才隐约地听说，她父亲是一个参加过抗美援朝的老革命，高升了，调走了，全家去了另外一个城市。那个城市很大，远非眼前这个盐湖小镇可比。他想，他们全家人肯定是坐着火车离开小镇的。她走了之后，望着教室里那个长时间空出来的座位，他总觉得少了点儿什么……

二娃给大娃讲过不少故事，大都是自己在小镇的所见所闻，然后绘声绘色地描述出来。他有很好的语言组织和表达能力，他写的作文同样被语文老师当作范文在课堂上一字一句地读给同学们听。可是，他从来没有给大娃讲过有关那个女同学的故事，以及那三个女同学怎样欺辱他的故事，这是属于他自己的羞于告人的秘密，即便是自己最亲近和信任的哥哥，也不能告诉。

在小镇学校上学时，二娃去得最多的地方，就是盐湖和火车站。

盐湖距离学校有将近十里的路程，他会利用星期天早早地去那里，坐在高高的盐堆上，居高临下地看着采盐船在湖面上穿梭，轰隆隆的机器声不绝于耳，阔大的湖面和雪白的盐在太阳下闪烁着银子般的光芒。微风中弥漫着盐的咸味儿，有一点齁嗓子。他也会在盐堆上拣一些盐根，放假回家时捎给母亲，用来腌咸菜什么的。盐根自然也是结晶体，但比一般的盐粒密度大得多，尤其是纯度很高，几乎不含什么杂质。用盐根腌出来的咸菜，格外水灵脆爽，存储的时间也更长。盐根有棱有角，方方正正，非常漂亮，像玻璃一样晶莹剔透，在阳光的照射下，能够发出彩色的光。他还拿盐根刻过各种各样的印章，蘸上红色的印泥往白纸上那么一盖，像模像样的。缺点是这样的印章保存的时间不够长，遇着潮气就要开裂……他在盐堆上一坐一天，学校开晚饭之前返回。这样就能够在星期天省下早晨和中午两顿饭，将省下的钱累计起来，到小镇那个小小的唯一的新华书店，买自己喜欢的书。

在他的小木箱里，除了几件换洗的衣服，就是几本书和一小袋准备捎给母亲的盐根。

他也去看电影，看得很少。他几乎不进电影院。花钱买票看电影太奢侈了，于他并不合适。其他同学或热情洋溢或故弄虚实地谈论新电影的时候，他是不参与的，也没有资格参与。新电影都是在小镇那个唯一的电影院里放映的，买到几张电影票很不容易，得早早地到售票窗口排队。能够买到座位最好的电影票，就更加不容易了，要走后门。每逢新电影的广告贴出来，售票窗口便人满为患，拥挤得一塌糊涂，跟抢钱似的。有加塞的，有直接从人头上爬过去的，往往就引起一场纷争，甚至大打出手、头破血流。电影院的放映员具有相当高的知名度，可谓家喻户晓、妇孺皆知，比当时的镇革委会主任都有名。小镇的一些人可能不知道镇革委会主任叫什么名字，但是绝对知道放映员的名字。放映员叫谢猫子，这显然是他的绰号，或者他的小名。每当有同学提起那个谢猫子，眼里是崇拜，是向往，也有嫉妒。在他们看来，谢猫子拥有这个小镇最令人羡慕的职业。那么，近水楼台先得月，向阳花木早逢春，谢猫子的老婆就必然是小镇最幸福的女人了。只是不知道谢猫子的老婆是不是喜欢看电影，假如她不喜欢看电影，就太遗憾了。因为谢猫子不仅是电影放映员，可以第一时间看到新电影，而且他的手里握有最好的电影票，想卖给谁就卖给谁。有人巴不得和谢猫子常来常往，拉拉扯扯地套近乎，也就是人们所说的溜沟子、拍马屁。他也见过谢猫子，看上去平平常常、不苟言笑的一个人，个头不高，瘦瘦的，戴一顶当时人人向往的军帽，遗憾的是后脖颈那里少了碗底儿大的一片头发，露出皱皱巴巴的粉红色肉皮，乍一看，以为趴着一堆蠕动着的蛆虫，有些触目惊心。他爱看电影，对谢猫子也很羡慕。实在想看得不行，就看一场露天电影。露天电影翻来覆去就那么几部，还都是黑白片，有些台词他都能背下来了。他的记忆力很好，他要把这种优势用在学习上，是不应该轻易浪费的。

他去那个小小的火车站，看火车怎么在信号灯的指示下，将火车头从开来的方向调整到开走的方向。在他看来，这是一个繁琐的也很有趣的过程，火车头喷着黑色的烟和白色的蒸汽，在之字形的铁轨上循规蹈矩地进进退退。有一次，在夏天的时候，他和一个同样来自牧区的同学大着胆子，趁人不备之时，偷偷趴在那种敞开的垛满了盐麻袋的车皮上，被火车拉了一站路，然后徒步往回走。这是他第一次也是唯一一次坐火车，也惊异于那样两条细细的铁轨，能够承载如此巨大的钢铁家伙，实在是匪夷所思。是的，在小镇上学这几年里，他的脑子里产生过许多奇思怪想。看见盐湖上的采盐船，他想当一个开采盐船的工人。看见火车，他想当一个开火车的司机。看了几场电影后，他想当一个电影放映员。当然，他还想当一个画家，甚至当一个作家。就是没有想过当一个牧驼人。看见哥哥大娃对牧驼痴迷和执著的样子，他的心里真是酸涩并涌，尽管他对大娃有着由衷的敬重和感激。

于是，远离小镇和学校，远在大漠深处，在梭梭林里冬天的宿营地，睡在毡房里的二娃，却怎么也睡不着。他的思绪越过茫茫大漠，跳跃到了小镇和学校以及一些并不遥远的过往。然后，二娃又回到了现实。他的身边是已经睡着了的大娃和半明半灭的火塘，毡房外是卧在寒冷的夜幕下停止了反刍的驼群。风似乎小了许多，不再是先前的那种呜咽，偶尔碰在毡房上，是一种沙沙声，仿佛一个急匆匆赶夜路的人踏出来的脚步声。

这种沙沙声，倒是有催眠的作用和效果。

也许是想累了，二娃在沙沙的风声中，终于睡着了。

想，也是很累人的。

二娃做了一个梦。梦中的二娃果真离开了学校，离开了教室，身背一捆破旧的铺盖，走过小小的火车站和月台，走过小山一样的盐堆，走过明镜般的盐湖和湖面上的采盐船，向大漠深处的家和驼群走去。脚下的路长得没有尽头。

身后的小镇，越来越远，遥不可及……

6

天亮时，风终于停了。

后半夜，火塘里残存的热气好似耐不住寂寞，不愿在毡房里停留片刻，从门缝里悄悄地溜走了，毡房立时像一口冰冷的铁锅。好在被窝已经焐热了，又有沙沙的风声相伴，按理说，二娃能够睡个香甜的觉。

大娃轻轻地坐起身穿衣服，唯恐惊醒二娃。大娃知道二娃睡得并不踏实，夜里来来回回地翻了好几次身，直到天快亮时才安静了下来。二娃每翻一次身，他都会醒来，一整夜都是迷迷糊糊的。二娃毕竟是第一次走进大漠深处梭梭林里的冬营盘，一下子很难适应这样的环境，尤其是第一天的晚上。二娃起先还和他说了不少话，后来竟然不和他说了，表情也不大对劲。大娃没有问，问也是白问，二娃的脾气他清楚，犟起来像个驼羔子。有时候，二娃还敢和父亲顶嘴。在很多事情上，父亲和大娃总是顺着二娃的。这有两个显而易见的原因：一是二娃学习好，家里人都盼着他将来能有出息；二是二娃毕竟还小，大家都迁就着他。

其实，兄弟俩都没能睡踏实。他们共同听了一夜时紧时慢的大漠风声，共同度过了一个寂寥而寒冷的大漠冬夜。

大娃穿好了衣服，准备重新点燃火塘里的柴火。赶在二娃醒来之前，把毡房烧热了，再把二娃的衣服放在火上烤热。记得他们兄弟俩小的时候，母亲就是这样做的。每一个冬天的早晨，母亲都第一个起来，把屋子烧热了，把早茶煮好了，把他们兄弟俩的衣服烤热了，才叫醒他和二娃。二娃上了学，母亲才逐渐改变了这个习惯。问题是即便想这样，也是鞭长莫及，离得远啊。现在，在大漠深处梭梭林里的冬营盘，大娃要主动扮演好母亲那样的角色，小心翼翼地呵护二娃。大娃无意地转过身去，却诧异地睁大了眼睛。

微弱的光亮中，二娃的脸上分明留有几颗清亮亮的泪珠。

熟睡中的二娃哭了。

看着二娃，大娃呆愣了好一阵子。

二娃也许是做梦了，究竟做了一个什么样的梦呢？难道是思念回了老家的父母吗？似乎不大可能。二娃从九岁开始到小镇学校上学，离开父母的日子太多了，多少个学期加起来，必将是一串很漫长的日子。在这样漫长的日子里，除了假期，二娃在上学的中途没有回过一次家，坚持得很好，很有骨气，让父母感到骄傲，也很放心。毫无疑问，对于离开父母的日子，二娃早已经习惯了。这一点，大娃完全能够肯定。他有一种预感，二娃的睡梦和眼泪，与小镇有关，与学校有关。

大娃没有叫醒二娃，也没有替他擦去那几颗清亮亮的泪珠。

还是自己擦掉得好。大娃这样想。

7

日头升到头顶，沉寂的漠野才有了一点暖意。

大娃给火塘填好柴火，腰间扎一条驼毛缰绳，走出毡房。夜里没睡好觉，走路轻飘飘的，像个醉汉。想到醉汉，他突然想起了烧酒，咋就忘记喝上几口呢？牧驼人出门，还有个经久不衰的习惯，褡裢里要塞上几瓶烧酒，以备不时之需，冬天出门，尤其不能少。他对烧酒没有兴趣，觉得苦兮兮的，平时极少喝。爹是老寒腿，时不时地要喝上几口，酒里泡了锁阳和苁蓉，说是能舒筋活血、祛湿补气。依照大娃的意思，啥好也不如绵羯羊的肉好，不如骆驼的奶好。可惜的是，天旱了，草长得不旺，骆驼的膘情太差。母驼的乳房缩得跟一只拳头一样，挤不出几斤奶水，驼羔子饿得哇哇叫，哪还有人吃的。

如果遇上年景好的冬天，驼奶多得一家人想怎么吃就怎么吃，怎么吃都吃不完。

你想啊，一天挤十几峰母驼的奶，一家四口人怎么能吃得完呢？奶茶、奶皮子、酪蛋子、酸奶、酥油等，吃不完，就冻成盆坨垛在库房里，让周围放羊的人家来取。父亲在周围的牧人里，有着很好的口碑。他们每次来取奶，父亲毫不吝惜，能拿多少是多少，分文不收，白送。他们人吃，他们羊群里早生的春羊羔子也吃。羊羔子吃驼奶，吃了驼奶的羊羔子长得比其他羊羔子大，曾经是大漠深处牧区的一大景观，外人不大相信，却是真真切切的事情，一点都不奇怪。

今年冬天，一家人还没有喝过一口奶茶呢。

想到这里，大娃又回头钻进毡房，顺手拿了一个碗。

见大娃出了毡房，骆驼们纷纷站起来，人一样地伸伸懒腰，抖掉身上的沙土。几峰老骆驼向大娃围了过来，灵性的眼睛闪闪烁烁，充满了某种期待。它们是整个驼群里的有功之臣，贡献很大，资格很老，理应受到格外的尊重和照顾。十多年挨过去，大娃和它们朝夕相处。天长日久，便和这些温顺善良的无言的伙伴有了至善的亲情。但是，随着这个冬天的来临，它们的体力一日不如一日，两个驼峰像掏空了的布袋子，或左或右地耷拉在脊背上。它们走路时浑身的关节都在咯咯吧吧地响，仿佛一不小心，骨头就要散了架。按说，应该给它们补喂一些饲料的，比如高粱或者玉米什么的，黄豆或者豆饼什么的。有胡麻油那是再好不过的，从骆驼的鼻孔里溜进去，不要很多，有半瓶就够了。俗话说，吃一滴油，激灵三天呢。骆驼溜了胡麻油，很有精神。大娃后来才知道，骆驼溜了胡麻油，它的肠胃就变得润滑了，不再干燥，不仅有助于消化和吸收食物，而且还能帮助排除肠胃里的寄生虫。处在物质匮乏的年代，人都吃不饱，哪来那么多的高粱和玉米喂骆驼，更别提胡麻油了。

看着骆驼饿得皮包骨头，走路磕磕绊绊的，牧驼人实在没有办法，就到处打野兔，将野兔的皮毛扒了，煮成烂乎乎的肉汤灌给体乏无力的骆驼，以此作为补偿，增加营养，对它们已经十分孱弱的生命起一种延续的作用。骆驼天生是吃草的动物，让它吃肉喝汤显然不伦不类，是违反天伦和常理的，甚至是不道德的。牧驼人这样做，也是迫于无奈。不过，话还得反过来说，对生命的珍惜，就是最大的常理和道德。对牧驼人而言，驼群的存在意味着什么，不是昭然若揭吗？就不要苛求他们了吧。遇上干旱的年景，野兔一样少得可怜。生态环境恶化的结果，害苦了驼群，也害苦了牧驼人。

驼群在冬天里就只能进入梭梭林，只能咀嚼梭梭梢子。只要牙口好，即便是粗茶淡饭，照样能够滋养生命。况且梭梭是骆驼最喜爱的食草种类，即所谓的硬草。问题是，这几峰处在生命暮年的老骆驼，老得牙口都磨秃了，已经嚼不动梭梭梢子了。它们能不能熬过这个寒冷的冬天都很难说。大娃又没有高粱或者玉米之类的饲料补喂给它们。

大娃看着这几峰向他围拢过来的老骆驼，只能保持沉默，暗自祈祷。

这几峰老骆驼还没走到大娃跟前，就停下了。它们发现大娃的手里空空如也，并没有它们期待的东西：高粱或者玉米。哪怕只有一口，但一口也没有。骆驼是非常聪明的动物，有很强的识别能力。这几峰老骆驼曾经享用过这些饲料，味道蛮好的，因此记忆深刻，有了期待。它们温和地站在那里一动不动，静静地看着大娃，大娃也静静地看着它们，之间做着一种无声的交流。大娃无奈地摇了摇头，它们明白了他的意思，就自觉地掉转身子，摇晃着空荡荡的肚子走了。大娃还站在那里，看着那几峰老骆驼走远了，将脖子伸得长长的，开始艰难地将食梭梭梢子。在这几峰老骆驼的带领下，驼群分散开去，进入稀疏的梭梭林，安然地将着梭梭梢子细嚼慢咽。

驼群的咀嚼声此起彼伏，弄出了让大娃感到满意的动静。

许久没有下雪了，梭梭梢子被骆驼稍一触动，就烟似的腾起一阵尘土，然后缓慢地落下去。就是说，骆驼在吃进去梭梭梢子的同时，也要吃进去一些尘土。这样很不好，会大大地影响骆驼对食物的消化和吸收，不容易上膘，还容易生病。可是又有什么办法呢？下不下雪是老天爷的事情。看一看头顶上的天，狗舌头舔过的狗碗一样，被风刮得干干净净，连一朵像模像样的云都没有。有云才有雪。正如古人所言，皮之不存，毛将焉附？云都没有，哪来的雪？大娃叹了一口气，心里是一片汪凉。

大娃沿着驼群走了一圈，看到驼群在一心一意地吃草，放心了。

接下来，大娃要做一件事情，就走向一峰正在给羔子喂奶的母驼。羊是两年三个羔，骆驼是三年两个羔。骆驼是大牲畜，孕期很长，因此驼群发展缓慢，不像羊那样繁殖得很快，三五年就是一大群。这峰喂奶的母驼生了第三个羔，已经很有经验了，奶水比别的母驼充足得多，它喂养的驼羔子也比别的驼羔子壮实得多。母驼看见大娃手里拿着一个空碗朝它走来，就明白了其中的意思。它没有躲闪，而是主动配合，将正在吃奶的驼羔子用大腿轻轻地扒拉到一边，让大娃占了原本属于驼羔子的位置。它看了一眼大娃，心领神会、含情脉脉地抿了抿兔唇，闭上充满母性的安详的眼睛开始反刍。驼羔子虽心有不甘，也只好站在旁边等着，长长的漂亮的眼睫毛一眨一眨的。驼羔子那通体毛茸茸的精灵般的模样可爱极了。大娃于心不忍地看了一眼驼羔子，一边挤奶一边心里说，对不起，我知道你妈妈今年的奶水不比以前，很少了。但是，我得给弟弟熬一顿香喷喷的奶茶喝。就挤半碗。

大娃一离开，驼羔子就又迫不及待地扒上去，得意地啜住了母驼的奶头，竖起的尾巴摇得像一根旗杆。

大娃端着半碗驼奶，小心翼翼地往毡房走，唯恐洒落一滴。

看着碗里的驼奶，大娃突然觉得他和二娃有许多话要说。现在，他很想说说话。

令人焦躁不安的风，刮了一夜的风，终于停了。晴朗朗的天空下，驼群安然无恙，是个好兆头。照这样下去，驼群在梭梭林里快快活活地待上两三个月，就会出现可以预见的变化。让骆驼的双峰都直立起来，是不可能的，这需要很长的时间。但是它们的肚子里总算有了一些油水，膘情得到一些改善，身上的毛绒密实了，就能抵御寒冷，容易熬过这个冬天。只要驼群不出问题，往下的日子就好过一些。他也好向父母交代，包括弟弟。大娃想，就让父母在老家多住些日子，毕竟是十几年没有回去了。亲情难违，就让他们坐在老家的热炕上，叙个够，说个够，笑个够。

大娃边走边想，自己也笑了。

8

毡房里一片寒冷，像个冰窟窿。

大娃这才想起来，他出去之前忘了点燃火塘里的柴。昨晚喝剩下的茶水一夜之间冻成了黑黢黢的冰坨儿。大娃懵了一下，自责竟然犯了这样一个常识性的错误。不应该啊，火塘里的柴火都填好了，划一根火柴的事情。火柴就端端正正地放在旁边。千万不要漠视这一根小小的火柴，在大漠深处，在寒冷的冬夜，它是点燃热情、照亮生命的光源。其实，这里的牧人把火柴很形象地叫作火取子。火取子，大有深意呢。

大娃突然想起天亮时，二娃脸上那几颗清亮亮的泪珠。

再看二娃。二娃还在被窝里睡着，捂住脸，露出一堆乱发，刺猬似的。看来，二娃这次是真的睡着了，而且睡得很香甜。既然好不容易睡着了，就让他睡去吧。大娃没有叫醒二娃，默默地点燃火塘里的柴火，搭上缺了一只耳的铜锅熬茶。火苗儿呼隆隆地舔着锅底，烟雾开始弥漫，毡房里又逐渐地暖和起来。冻成冰坨儿的茶水化了，大娃将那半碗驼奶倒进去，用勺子反复搅动。茶香与奶香混合着飘散，使得毡房立刻多了如家的温馨。这一锅普普通通的奶茶如果放在平时，算不得什么，在这样一个干旱的年景、寒冷的冬天、大漠深处的冬营盘，倒是显得有些珍贵呢。更何况，其中还融入了哥哥对弟弟的一份情意。

香喷喷的奶茶熬好了。

二娃也该起来了。

二娃醒了，从被窝里伸出了头。大娃吓了一跳。二娃的眼睛里血丝遍布，眼角堆着两坨黄乎乎的眼屎，脸色苍白。大娃知道，这一夜，二娃基本处于失眠的状态。这样也好，作为牧人之子，二娃有必要补上这一课，好让他从今往后踏踏实实地走自己的路，有些东西是跳不过去的，是绕不过去的。既然跳不过去、绕不过去，那就只能坦然地面对。同时，他也心疼这个宝贝弟弟。大娃看着二娃一脸憔悴的样子，一时不知道该说什么，也不敢问二娃夜里到底做了一个什么样的梦，尽管他已经准确地预感到这个梦与小镇和学校有关。

大娃要给二娃烤衣服，被二娃制止了。

二娃不声不响地穿衣服。但是他把程序弄反了，先穿裤子，后穿棉袄。这样一来，光着的上身就袒露无余，受了冷。

大娃提醒说，反了。

二娃没有反应过来，懵懵懂懂地说，啥反了？

大娃说，天冷，先穿棉袄，后穿裤子。

二娃就笑了，露出两排白森森的牙花说，我忘了，打小就是先穿棉袄后穿裤子，娘给我们教下的。

二娃这么一笑，大娃也笑了，说，你该不是还思谋着夜里的那个梦吧?

二娃一惊,一只套进袖筒的胳膊半举在那里,举了许久才软软地放下来,才把衣服穿好。再看大娃时,二娃就有点不好意思。是的,他夜里做了一个梦,挺长的一个梦,与小镇和学校有关,而且还在梦里不知不觉地流了泪。这叫什么? 没出息。

二娃这时才感觉到自己憋尿了,特别急于排泄。揭开门帘时,一股冷气迎面扑来,二娃打了一个趔趄,往后退了几步,差点栽倒。二娃出去再回来,间隔了好长时间,可见这泡憋了一夜的尿有多少。二娃进来的时候,猴子似的跳着脚、搓着手,丝丝哈哈地直喘气,脸冻得红彤彤的。

驼群走远了,有的骆驼都看不见了。二娃说。

大娃说,不要紧,它们走不远,我给儿驼绊了三角绊子。

二娃没说什么,点一点头,意思是他知道了,也放心了。

儿驼就是驼群里的种公驼,专门负责给适龄的母驼配种。冬天的日子里,包括母驼在内,是骆驼发情的季节。草场越好,骆驼的膘情越好,它们的情欲也越旺盛,交配的成功率就越高。尤其是儿驼,在冬天几个月的发情期间,基本上不吃草料,只喝一点水。本能使得它们精力充沛,急于宣泄,无暇顾及其他,眼里只有异性。有趣的是,牧驼人不把儿驼发情叫发情,而是叫疯了。疯了,也是很形象的。疯了的儿驼满嘴白沫,牙齿咬得咯咯响,脑盖毛和脖子上的嗉毛纷纷扬扬,威风凛凛,与非洲草原上的雄狮简直一般无二。从某种意义上说,儿驼就是驼群的最高统治者,是主心骨,是灵魂。在冬天的季节里,整个驼群是围绕着儿驼活动的。给儿驼的蹄腕上绊了绊子,也就适当地限制了驼群的活动范围,使驼群不至于走得太远。这样做的好处是,驼群走散的风险会降低许多。

二娃知道驼群中的游戏规则。他想的是，要不要把夜里的那个梦，原原本本地讲给大娃听呢？对他来说，这才是最重要的。二娃犹豫不定。

两笼柴火烧罢，毡房里比先前温暖了许多。

现在，兄弟俩可以安安稳稳地坐在毡房里，吃早晨的一顿简单的茶饭了。

大娃给二娃递上了驼奶茶。二娃接了，同时又有些惊奇，哪来的驼奶？再看铜锅里，只是浅浅的一底儿。二娃说，哥，你也喝。大娃说，我已经喝过了，锅里是给你留的。在小镇学校，天天面对没有一丝儿油花，只有一碗白开水、一个只有二两重的大碱馒头的早餐，二娃曾经无数遍回味驼奶和驼奶茶。它的香甜似乎已经浸入他的骨头里，永远拂不去。尤其是将肥瘦相间的熟羊肉放凉了，削成纸一样透亮的薄片，泡进滚烫滚烫的驼奶茶里，再撮一点儿盐放进去，那个惬意和饱满。一顿吃饱，一天不饿。当然，也不能吃得太多太饱，一顿吃伤，十顿喝汤。问题是，在学校的日子里，他就没有吃饱过，总觉得肚子里蠕动着无数条馋虫，什么时候都是饿的。有一次，他们宿舍里的一个同学想从学校食堂的后窗翻进去，偷几个馒头回来。结果是馒头没偷着，反而摔伤了自己的一条腿。好在宿舍里的同学都替他保密，才没有招来更大的麻烦。

看着碗里黄澄澄香喷喷的驼奶茶，二娃不再坚持，心里明白，这是大娃专门给他熬的驼奶茶，哥哥一口没沾。

二娃喝了驼奶茶，吃了两块烤得焦黄的白面饼子，从里到外就都热了。

这一热，倒把那个梦给忘了。

9

十多天过去之后，二娃渐渐适应了冬营盘的日子。

四季轮回，冬去春来。早春的脚步在逼近，老天爷作美，其间很难得地下了一场雪。雪很薄，刚刚遮住地皮，刚刚在梭梭梢子上挑了几缕似有似无的雪絮，日头一出就化了，很快了无痕迹。雪后的天气风和日丽，空气洁净，冷虽冷，但没有刮那令人提心吊胆的黄毛风，应该算是很幸运了。

毡房附近的梭梭梢子被驼群捋尽了，驼群就往远处移动，离毡房越来越远。

二娃跟着大娃，兄弟俩早晨出去，围绕驼群转上一圈回到毡房。天黑前分头行动，再把驼群集中到一起，点个数，一峰不少，让它们在毡房旁边卧。大大小小三十几峰骆驼，天天在大娃的脑子里进进出出，心中有数。不过，还是要数一数的，一眨眼的工夫就数完了。驼群吃了十几天梭梭梢子，肠胃里有了可以持续消化的东西，显见地起了一些变化。它们身上的毛绒比刚来时顺溜了，油滑了。它们善良的眼睛里多了几分精气神，在阳光下闪闪发亮。尤其是驼群里几峰弥足珍贵的白驼，毛绒白得像初冬的雪，在微风的吹拂下，暄暄腾腾。儿驼也比前些日子安静了许多，完成了传宗接代、繁衍子孙的神圣使命后，不再那么狂躁，不再那么暴烈，嘴角的白沫日见减少。随着春天的悄然到来，儿驼体内的情欲正在减退，像一个凯旋的将军，要刀枪入库、偃旗息鼓了。儿驼接下来的事情，便是尽可能地多吃草快长膘，养精蓄锐，恢复已经严重透支的体力。

冬营盘这样的日子，没有风起云涌，没有大起大落，倒也悠闲自在。

一日晚间，吃喝罢了。兄弟俩守着火塘，相对而坐，大眼瞪小眼。他们沉默许久，似乎把兄弟俩该说的话，都说完了。其实，兄弟俩心照不宣地想到了父母。

是啊，父母回老家十多天了，没有音讯。也许，他们还在老家，被久违的亲情羁绊住，还要再多待几天；也许，他们已经启程了，正走在往回返的路上。如果是后者，最多再有十天，他们兄弟俩就能见到父母了。当然，最好是后者。而且，肯定是后者，因为父母的心里时时刻刻都惦记着他们兄弟俩和驼群。

可是，无论是谁，出门在外，都有可能因为不确定的因素而耽误行程。

可是，二娃开学的时间也在逼近，没有几天了。

日有所思，夜有所梦。二娃做了几次梦，几乎都与小镇和学校有关。

二娃不打算把自己做的梦讲给大娃听，觉得没有意义。父母什么时候从老家回来，倒是必须关注的，这与他上学有关。具体地说，父亲得给他准备下学期的学费，当然包括零花钱。尽管少得可怜，却是非常必要的。他要用这笔可怜的零花钱，到小镇那个唯一的小小的新华书店买自己喜欢的几本书。这是他的私心，是不可对父母和大娃说的。说出来，会让他们感到为难，会让自己感到尴尬。因为这样的愿望，对他来说，毕竟是奢侈的。问题是，父母什么时候才能回来？

二娃终于忍不住了，提出了这样的问题。

大娃想了想，说，快了。

二娃说，我就要开学了。

大娃说，还剩下五天了，对不对？

二娃没再说什么，默认了。

10

大娃背起一条驼毛褡裢走出毡房。

大娃走在梭梭林里，一边照看着疏散开来吃草的驼群，一边在梭梭下面来回逡巡，时不时地用脚后跟在沙地上踮一踮，动作谨慎，行为古怪，表情警觉，沙漠中的鸵鸟似的。

其实，大娃在做着一件至关重要的事情，照例与弟弟二娃有关。说白了，就是给二娃准备下学期的学费和一点零花钱。父母走的时候，显然是忙中有失，也许认为会赶在二娃开学之前回来，没有提早给二娃留下学费和零花钱。眼看二娃就要开学了，还不见父母回来的身影。不能再这样被动地等下去了，否则要误了二娃上学的大事。那么，这个任务就只能由大娃去完成了。怎样完成？大娃想到了就地取材，挖苁蓉。苁蓉就寄生在梭梭的根系上，俗称沙漠人参，是一味传统的名贵中草药。与寄生在白茨根系上的大量滋长的锁阳不同，苁蓉产量稀少，干旱的年景更是难以寻到。物以稀为贵，苁蓉是抢手货，能够卖个好价钱。苁蓉曾经是牧人的一项重要经济来源。由于过度采挖和连续的干旱，苁蓉已经面临严重的枯竭。现在能够挖到苁蓉，并非易事，跟大海捞针差不多。不过，只要寻见两三窝苁蓉，拿到小镇的供销社卖掉，二娃的学费和零花钱便有了保证。对此，大娃还是自信的。

如果不能够给二娃准备好学费和零花钱，作为哥哥，大娃是要深深地自责和羞愧的。

好在春天已经悄然来临，沙漠深处的地气正在上升，前些日子冻得邦邦硬的沙子开始松动。有苁蓉的地方，沙子是格外松软的，用脚后跟在梭梭下面转着圈反复踮量，就会感觉出来，十拿九稳。可是，这样的机会显然很少，原因自然是天旱，沙子里缺少能够使苁蓉正常生长的必要的水分。苁蓉像个精灵，千呼万唤不出现。脚后跟踮上去，沙子照样硬邦邦的，硌得生疼。

三天过去了，大娃的驼毛褡裢还是瘪瘪的，虽然有了一点儿收获，却只是几根大拇指粗细、一尺来长的苁蓉，品相也不怎么好，像僵死的蛇，萎靡不振的样子。这样的苁蓉拿到小镇供销社去，是卖不了几个钱的。大娃粗略地计算了一下，这几根苁蓉卖的钱，大概只够二娃下学期一半的学费，零花钱还没有着落呢。在渐渐合围的暮色中，大娃站在一棵梭梭下面，垂手而立，茫然四顾。

大娃和初春的大漠，构成了一幅静止的苍凉的画面。身后，是高远的深邃的瓦蓝瓦蓝的天空，是疏散开来的驼群。

身后传来一阵刷刷的响声。

是二娃跟了过来，走得焦急，没遮严实的额头上呈现出一片汗津津的亮斑。大娃木然地站在一棵梭梭下面，神情是那么的沮丧和无奈，脸也让梭梭梢子划破了，渗出的血凝成了一道道蚯蚓样的黑痂。中午，大娃就没有回毡房。二娃自己和了一点面，尝试着烙了两张饼子。火候掌握得不好，饼子糊了，黑得像关公的脸，还有点碜牙。二娃勉强吃了一张饼子，左等右等不见大娃，就跟了来。看见大娃孤零零地站在那里，二娃就知道是怎么回事了。今年的苁蓉少得可怜，连大娃这样经验丰富的高手都挖不着。大娃的信心受到了前所未有的挑战。

哥哥。二娃从怀窝里掏出一块焐热的饼子递给大娃。

大娃饿了，接过饼子狼吞虎咽地嚼了起来，噎得直抻脖子，把眼泪都憋了出来。二娃挥手在大娃的背后轻轻捶打。每锤一下，大娃的胸腔里就空闷闷地响一声。饼子终于咽进去了，大娃冲着二娃羞赧地笑一笑，说，这狗日的苁蓉，从地皮下面溜掉了。

二娃也笑一笑，内心却有一股真实的无法遏止的酸楚。眼前的大娃竟然是那么的无助和孤单，艰难的生活，过早地把他推进轭套里，颤巍巍地拉起一辆残破的木轮车，就似一峰还没长全口齿的小公驼，却被穿了鼻棍子带上缰绳，负重行走在弯弯曲曲、高低不平的漠野上，没有一声抱怨。以前，二娃很少这样替哥哥设身处地想过，现在他不得不这样想了，因为这十多天的游牧生活，虽然短暂，却让他更加感同身受地体会到了一个牧驼人的艰辛。面对大娃，面对再真实不过的大漠、驼群和梭梭林，二娃不敢再向往喧闹的小镇、明亮的教室、琅琅的书声。他和哥哥大娃一样，是牧驼娃。这是不可更改的事实。是的，过去那些在小镇学校上学的牧家娃，毕业后还不照样回到生养他们的大漠深处的牧区了吗？几年之后，他们娶妻生子，组成一个新的家庭，然后默默无闻地终其一生。这又有什么不可以呢？一辈又一辈的牧人，都是这样走下去的啊。仿佛突然之间，二娃痛苦地发现自己长大了⋯⋯

不要着急，会有办法的。大娃说。

二娃有点不信任地看着大娃。大娃坚定的神情，又打消了二娃的疑虑。大娃不会说假话虚话。但是，大娃究竟有什么办法呢？继续挖苁蓉吗？似乎已经不可能了。二娃的胸口突突乱跳，像从寒冬腊月一下子进入酷热的暑天，慌得浑身颤抖。二娃知道，一道严峻的考题，摆在大娃面前了，答案在哪里？不得而知。

二娃像是在赌气，突然说，我不想上学了。

你说啥？大娃瞪大了眼睛。

二娃说，我不上学了，就跟你放骆驼。

你再说一遍？大娃的模样变得十分骇人。

二娃憋着哭腔说，我已经说过了。

114

大娃举起的拳头呼啸着，要向二娃挥去。

二娃摇摇晃晃地跑了。

兄弟俩又是一夜无话。二娃在被窝里翻来覆去折腾得困乏了，天要亮了才昏昏入睡。偏偏这一觉睡得又太沉，醒来的时候，已是大天白日了。火塘里的柴火燃得正旺，茶水在铜锅里翻滚着，茶香扑鼻。旁边是盛好的一碗炒面，就等着二娃自己冲泡了。大娃不在毡房里，不知道是什么时候出去的。毡房里静得只能听见茶水翻滚的声音。今天又是给驼群补水的日子。也许大娃自己赶着驼群去了那口井上，留下二娃美美地睡一个回笼觉。

那是一口年代久远的梭梭井，处在距离冬营盘十里路外的一片开阔地界。那口井尽管处在开阔地界，四周也仍是让沙漠包围着的。说来也怪，多少年来都没有被肆虐的风沙填埋，而且水质清澈甘甜，不枯不腐。真是一口功德无量的水井呢，拯救了大漠深处无数的生灵。大自然造化的神奇和玄妙，的确是有板有眼，细细地品味起来，又难以理喻。二娃去了水井一次，就感觉到了这样的神奇和玄妙，印象深刻。他甚至这样想，下学期就以那口水井为题，写一篇作文，说不定又要被语文老师当作范文，在课堂上朗读。

二娃睡意全无，急匆匆穿好衣服，就要冲出毡房，追随大娃和驼群到那口水井上去。

这时，大娃走进了毡房。兄弟俩迎了个照面，差一点儿头碰了头。大娃的身后是鼓鼓囊囊的褡裢，给二娃的感觉是里面盛满了苁蓉。接下来，又令二娃瞠目结舌。褡裢里装的是驼毛，而不是什么苁蓉。大娃将驼毛掏出来，自顾自地抖起来。抖掉里面的草屑和沙土后，又自顾自地拧起了驼毛绞子，然后将驼毛绞子重新装进褡裢里，还有那几根萎靡不振的苁蓉。这样一来，褡裢就又变得鼓鼓囊囊的了。在做这些事情的过程中，大娃旁若无人，神情凝重，始终不说话，沉默得像个哑巴。

二娃也神情凝重，始终不说话，沉默得像个哑巴。

兄弟俩似乎都突然变成了哑巴。

二娃的脑子里却始终回响着轰隆隆的雷声。也就是说，大娃出去这半天，是从骆驼身上抓驼毛去了。挖不到苁蓉，就在骆驼身上下手，给二娃凑足了下学期的学费和零花钱。大娃是疯了吗？竟做得这种牧驼人最忌讳的事情。要知道现在只是初春，春寒料峭，春天的风一旦刮起来，冷得赛过刀子。把骆驼身上的毛抓掉了，骆驼怎么抵御寒冷？这不是罪过是什么？二娃想到这里，扑上去抓住大娃的手，说，我不上学了，还不行吗？

大娃却故作轻松地笑了，调侃地说，能行，我去上学，你留下来放骆驼。看爹娘答不答应，驼群答不答应，尤其是你的心里答不答应。

二娃愣住了。

大娃说，我心里有数。我在每一峰大骆驼的身上很匀称地抓了几把，不妨事的。有这些驼毛，再加上那几根苁蓉，到镇上的供销社卖了，你下学期的学费和零花钱就够了。你记住，你就不是个放骆驼的料。你将来是要走出沙漠、走出牧区的，走得越远越好。

二娃笑了。

11

一个晴朗朗的早晨。

大漠深处异常的祥和。一道道沙梁似乎还在沉睡中。清凌凌的晨风里，梭梭梢子呢喃低语，像是体会着每一天不同的晦明变化。驼群起身了，抖尽一夜的寒气，围绕毡房默默地注视着进进出出的兄弟俩。在清早的阳光下，它们的眼睛照例闪烁着善良而温驯的光亮，有如沉静的星星。毡房的尖顶上一缕黛青色的炊烟，裹挟着梭梭柴燃烧的特殊气味，蛇样地缥缈而去。

这是一个多么平常而又难忘的清晨啊。

二娃要上学去了，已经等不到父母回来，只能先走一步。大娃在毡房里煮着冻饺子。上马饺子下马面，让二娃吃了饺子再上路，图的是平平安安、顺顺当当。二娃要做的事情是，到身上被抓了驼毛的骆驼跟前，一一告别。还好，这些骆驼的身上几乎看不出被抓过驼毛的痕迹，使得二娃的心里多了几许安慰，少了几许愧疚。二娃心里说，我得好好学习呢，不好好学习，不要说对不起爹娘和哥哥，就连这些无言的生灵都对不起。

二娃要骑着黄骟驼，一路朝着小镇的方向不停地走。从冬营盘到小镇的直线距离，对擅长长途跋涉的黄骟驼而言，一天的时间足够了，当然，其间不能出现任何差错。从盐湖到小镇学校的路，就要靠二娃背上褡裢，自己走了。好在这一段路并不远，二娃在上学期间曾经走过多次，轻车熟路。

大娃反复安顿二娃说，一路上让黄骟驼跑一阵，再走一阵，跑和走交替进行。尽管黄骟驼经验丰富，但它毕竟老了，比不得那些精力旺盛的生驼羔子。到了盐湖边，千万记得摘掉黄骟驼鼻子上的缰绳，然后让黄骟驼打个掉头往回返。

大娃说，黄骟驼认得回家的路。

吃过了饺子，搭好了装满驼毛和苁蓉的褡裢，告别了哥哥和驼群，二娃启程了。

古老的驼背。

高高的驼背。

摇晃的驼背。

温暖的驼背。

哥哥——

二娃没有回头，任泪水纷披。

二娃知道，身后有一双深情的孤苦的眼睛在默默地注视着他……

草青草黄

萌芽将会继续膨胀

绿色的疯长将会爆炸

但你的脊骨已被粉碎

我辉煌的无主物，我的年代

——曼德尔施塔姆《我的野兽，我的年代》

1

夏末秋初时节，良子回家了。

苦苦地熬了十几年，良子终于从一座叫吉镇的小城中学毕了业，却没考上大学。名落松山，榜上无名，说明他已经被大学无情地拒之门外了，只得卷起铺盖回到牧村。随身带了一包书，是他读过的一些课本，舍不得扔掉。良子搭一辆去西山脚下盐场运盐的汽车，到离家最近的地方下来，再向南走十几里小路，趁天黑，做贼一样溜进自家屋里。良子进了门，说了声我回来了，往土炕的角落里一倒，蒙头就睡。正在煤油灯下吃饭的爹娘，还没看清儿子的眉眼，炕角的呼噜声已经山呼海啸了，响得能够揭掉房笆。

良子直挺挺地躺下没动弹，躺下是个什么样子，醒来还是个什么样子，只是一双鞋让娘给悄悄地脱掉了，臭烘烘的破袜子里露出了脚后跟。良子就这样一口气睡了一夜，第二天头重脚轻地坐起身时，头发乱得像鸡窝，眼睛肿成了羊尿泡，模样极是骇人。当娘的迷信惯了，只以为是儿子走夜路吓着了，不小心丢了魂魄，就翻箱倒柜地找了几张麻纸点燃，一边呢喃着，一边在儿子头顶上绕了七七四十九回。良子还是迷迷瞪瞪地一句话不说，那样子是不辨白天黑夜，不辨风轻月明。儿子迷瞪，娘懵懂，再加上麻纸燃烧后留下的灰烬和特殊的味道，屋里的气氛便古怪了，像一座充斥着妖风的孤庙。

只有当爹的是清醒的。爹也是一夜没睡好，早早起来坐在炕头上一个劲儿地抽烟，半天不说话。实在看不惯儿子这般软不邋遢的模样，跟抽了筋似的，就骂了一句：人活一辈子能叫屁胀死，莫非亏了你半肚子墨水不成？爹骂罢，提了立在门背后的牧羊鞭子甩得劈啪响，出去放羊了。

娘方才明白，就劝，命里有五升，强过起五更。

良子就抽抽搭搭地哭了……

2

牧村不大，很小。

小小的牧村就坐落在一片滩地上，距离那座叫吉镇的小城百余公里。

四下里望去，滩地平展展的，视野开阔，无遮无拦。牧村的南面有一条山水沟。每逢下大雨，西山上来不及渗掉的雨水便顺势而下，沿着山水沟蜿蜒而去，几天几夜水流不断。夜里，牧村的人听着这样的流水声，睡得格外香甜。据说，当初将这个小小的牧村安顿在这里，是请阴阳先生看过了风水的，枕山蹬水。风水好，不仅人畜兴旺，还有可能出响当当的人物。草野之地，藏龙卧虎嘛。至于是什么样的人物，文的还是武的，是双手写莲花字的，还是舞枪弄棒的，却不大好说，此一时彼一时，还要讲究个运道和造化。天时地利人和，一样不能少。问题是多少年过去了，春夏秋冬，日月轮回，牧村已经繁衍了几代人，也没有出现个有模有样的人物。天却越来越旱，天一旱，那条山水沟就无奈地闲置了，沟里不见一滴水，尽是馒头一样的碱泡子，脚踩上去噗噗地响，腾起的灰尘呛得人直打喷嚏。滩上不长草，就成群结队地死羊，有时候剥皮拔毛都来不及。牧人喊天呼地、日爹操娘，都不顶用。再远就是一道道沙梁，每逢夏天，空气干燥，不断蒸腾的热浪将沙梁搅得起伏不定、摇摇晃晃。经常出现所谓的海市蜃楼，牧人见怪不怪，不像城里人那样少见多怪，惊惊乍乍的。

人家不多，相距不远不近。十几户，五六十口人。

村里人共饮一口井水。这井是口老井，刚开始的时候水很浅，能拿做饭的勺子直接舀，多年以后随着天越来越旱，这口井的水便逐渐低了下去，村里人只好在井口旁边架起一种很原始的卧杆，利用杠杆的物理原理打水。于是，那前面拴一只帆布水兜、后面吊两块青石板的卧杆从早到晚不闲着，升起落下，咿咿呀呀，一年四季唱一首古老苍凉、单调寂寞的歌。不过，仔细想一想，这样一首歌竟然唱了几十年，倒是有些惊心动魄呢。村里人平时也不怎么来往，各忙各的事情，个别人家只在逢年过节的时候走动一下。因此，那口水井便成了村里人的公共场所，类似消息的集散地，一边汇聚起来，一边传播开去。有道是，针鼻子大的眼儿，穿过骆驼大的风。各种闲话往往是传着传着，就添油加醋、添枝加叶，改变了味道和模样，就不是原创的了，弄不好还引起纠纷，低头不见抬头见，谁的心里也不愉快。其实，牧村的大部分时光是安静的，安静得像一个空着的大房子。房子大，人少，空荡荡的。按说，还是热闹一些好，红火一些好。热闹了，红火了，说明人气旺。长时间地静着，空着，就显得寥落了。时间长了，似乎也不是个事儿。

与水井对应着，村里人颇费了一些工夫，在牧村的西头挖了一个涝坝，聚集起一池清水，在晴空朗日下，有如一只水汪汪的眼睛，遥望苍天，眷顾牧村，真是一处难得的风景呢。牧村依托涝坝，开垦了十几亩田，用沙枣树枝叉了围墙，种一些再普通不过的蔬菜，芹菜韭菜白菜、茄子萝卜辣椒之类，夏秋之时，让牧村人家的饭桌上有一点新鲜的绿色。原先种过西瓜，后来就不种了。种瓜费水费工，吃力不讨好。尤其待到瓜熟蒂落的季节，便有不安分的娃儿们锦衣夜行般地光顾瓜地，不分青红皂白，乱扯秧子胡揪瓜，一片狼藉。娃儿们调皮捣蛋或可原谅，假如大人们参与其中，必定惹出事端，影响和谐，很不利于安定团结。围绕涝坝和十几亩田，有白杨树、沙枣树摇曳着，树欲静而风不止嘛。这样的地方最容易招麻雀。有树做窝，有水解渴，有菜叶儿和虫子果腹，涝坝那里就成了麻雀们的天堂，天一亮，大会小会不断，叽叽喳喳嚷个不停，比人过得热闹和洒脱。有谁家的娃儿闲来无事，拾一块土坷垃朝着树上扔去，一群麻雀腾空而起，先是一朵灰色的云，而后是四散发射出去的弹丸。过不了多久，麻雀们又飞回来了，落在树上，蹭掉几片叶子，接着开会，继续热闹。

牧村是一个生产队，主业自然应该是放羊，那十几亩田也就是个点缀，否则就不叫牧村了。与种田相比，还是放羊实惠。说是放羊三年，给个县长也不当。这句话有个必要的前提，就是天不能旱，要夏秋有雨，冬天有雪，滩上有草，春天少刮风。不然，这句话的合理性和真实性就要大打折扣，是经不起推敲和琢磨的。另一句话是，家有万贯，肚子底下走风的不算。羊是肚子底下走风的牲畜，遇上天灾和瘟疫，麻烦可就大了。将这两句话综合考量，互为补充，进退有据，便符合辩证法了，这就是牧人的生存法则，也是牧人的哲学。于是，牧村虽小，羊却不少。家家都有一群羊，羊群或大或小，有山羊也有绵羊。山羊抓绒，绵羊剪毛，还有羊肉羊皮，卖了就是钱，是牧村人家维持生活的主要经济来源。牧村人家家境也都差不多，用他们的话说，席子铺在炕上，谁也高不过谁，一个球样。话虽粗鲁，却是实情。

每天清晨，羊群以牧村为中心，呈辐射状散在四周的草滩上。

牧羊人用各种各样的水壶背了水，走出自家的屋门，亦步亦趋地跟在羊群后面。往往这种时候，人和羊的关系就发生了转换，羊反倒趾高气扬，胜似闲庭信步，人却不敢有丝毫懈怠。羊白，人黑，对比分明。到了草滩上，羊低头吃草，缓缓地蠕动，是一朵云；人端坐在草滩上，半天不动一下，是一颗石头。当然，羊群已经被调教得乖顺，一般不会相互窜群，主人也就省下了许多麻烦和力气。一旦窜了群，那可热闹了，两家的人全体出动，各牵各的羊，一时间羊咩人叫，羊跑人追，尘土飞扬。好在每家羊的羊耳朵上剪有不同的记号，不会搞错。早出晚归，日落而息。一天下来，羊吃饱了，人却饿了。黄昏时分，日头将沉不沉之际，金色的光芒涂抹在小小牧村的身上，牧村就有了短暂的辉煌，呈现出一缕富贵的色彩。羊咩，鸡鸣，没有狗吠。有那么些年，上面有明确的规定，不让养狗，至于为什么不让养狗，语焉不详。习惯成自然，之后的村里人便也不怎么养狗了。有十几头驴，很野性，很放浪，是牧村最自由的家畜。它们成群结队，桀骜不驯，来去呼啸，在草滩上吃饱了，天女散花般到处撒粪；在水井上喝足了，在牧村人家屋后的灰堆上翻来覆去地打滚，尘土飞扬。

天苍苍，野茫茫。天像一座巨大的毡房，笼罩着牧村。天似穹庐，牧村则更显得小。于是，就很寂寞。村里人好像没有谁说过寂寞之类的话，于是，就不寂寞。

3

良子家的土屋处在牧村的最东头。良子家最先沐浴日出的光芒。

在小小的牧村里，良子家的土屋却最低矮、最破旧，看上去萎靡不振，一副衰败的气象。良子家属于独门独户，与牧村的其他人家不沾亲不带故，也极少相互走动。己扫庭院门前雪，何顾他人瓦上霜。良子家即便是逢年过节，也是自娱自乐，在自家门前象征性地放一挂鞭炮，听个响儿，动静不大。这样的人家，是很容易被轻视的。好在这样的日子过惯了，也就无所谓了。良子的父母在这方面有着很好的心理素质，己所不欲，勿施于人，日子平静得像一汪清水。如果说有什么动静，恰恰来自良子。良子就像一颗石子，尽管是一颗并不怎么起眼的石子。但是，无论什么样的石子投进水里，都会激起涟漪，涟漪一旦扩散开去，就会形成波动。

现在，良子就坐在自己家门口。

良子坐在自己家门口那个很有一些年头的土墩子上，瞄那白的天空、白的沙梁。

一只鹰在牧村上空一圈一圈地飘，像一只老旧的风筝。这是一只孤鹰，在牧村上空飘了多年。多年飘过来，这只鹰自己也老了，成了名副其实的老鹰，可谁也不知道它究竟在什么地方栖息，至少它没有栖息在牧村西头涝坝旁边的大树上。白天的时候，它从某个方向飞来，或东或西，或南或北，它飞来的方向并不是固定不变的；天黑之前，它便从某个方向消失，消失的方向当然也是有所不同的。这样来来去

124

去的，这只鹰的行踪就显得很神秘。尤其是它如人里头的君子，有着很好的思想境界和道德情操，不抓鸡不逗猫，不啄食羸弱的羊羔，倒像是牧村的一个保护者，不惹是生非，恪尽职守。村里人于是心照不宣地宽容了它的存在，有时候无意地抬头，当画儿看。有鹰的天空，真的是一幅言简意赅的画儿呢。良子也看那只孤鹰，起先是百无聊赖的那种。境由心生，良子看着看着，就联想到了自己现实的处境，心生落寞，几多感慨。

这时，从良子眼前闪过一个人影。是一个穿戴朴素，围着花头巾只露出眼睛的小媳妇。为什么是个小媳妇呢？因为她身后还背着一个娃儿。这个小媳妇是谁？良子当然不认识，但能够判断出来是牧村的，大概结婚才一两年，很快有了娃。由大姑娘到小媳妇再到年轻的母亲，这就是一条现实主义的道路，对良子也是如此，只不过需要转换一下性别和角色罢了。由女而男，虽然角色不同，环境却是一样的。一直以来，这个小小牧村的人们恪守传统，心无旁骛地放羊。但是，时世在变，牧村现在已经有人开始外出打工了，主要是几个肚子里有几滴墨水的不安分的年轻人。这个小媳妇原本走得匆匆忙忙的，经过良子身边时却放慢了速度，脚步停顿了一下，也许是觉得良子蹲在土墩子上像一只孤鹰，模样实在滑稽有趣。小媳妇乌溜溜的眼睛向他闪烁了几下，然后扬长而去，留给良子一个渐行渐远的巧妙的背影。小媳妇身后的娃一声不响，一动不动，安静异常，大概是将母亲的后背当作摇篮，舒舒服服地睡了。

良子看着这个陌生的小媳妇渐渐远去的背影，无限的惆怅，全身打个冷战，心想要这么一辈子过下去，如何是好？良子曾经夸下海口，考重点大学不敢吹牛，考一个普通大学还不是随便一个动作。三根指头捏筷子，十拿九稳。当初，人们都信，因为这个牧村就良子初中毕业后，又顺顺当当地升进吉镇唯一的高级中学，表明距离大学的门槛又近了一步，甚至可以说是一步之遥。实在是造化弄人，良子高中学满，期间也勤勉刻苦，结果却名落孙山，只揣个高中毕业证灰溜溜地回了家，岂不遭人耻笑？从哪里来，到哪里去，绕了一个大圈子，又回到了原点，似乎是归零了。这样的结果，即便别人不说什么，良子自己也会感到尴尬和羞愧。

在牧村里，良子还是有几个儿时的伙伴的。也就是说，儿时是，现在不是了，只能说是曾经的伙伴。

良子回到牧村后，却躲在家里不出门，更不和曾经的伙伴打招呼。但是牧村太小，东头放屁，西头也听得见。消息不胫而走，都知道良子没有考上大学，卷铺盖回家了，而且是趁天黑回来的，偷偷摸摸地跟做贼一样。如果良子果真考上了大学，还不得衣锦还乡似的，大摇大摆地从牧村招摇而过？确认良子没有考上大学的消息后，几个曾经的伙伴心理平衡了许多。心理一旦得到某种平衡，其言也善，就有几个曾经的伙伴主动找上门来，大热的天，关怀嘘暖，反倒使得良子坐立不安、手足无措，憔悴难对满面羞，恨不得找个老鼠洞钻进去，从此不再见人。

看见良子几个曾经的伙伴主动找上门来，又是一脸诚恳地问这问那，良子的父母受宠若惊，先就被感动了，沏好放了白糖的凉茶端到炕桌上，借故躲了出去。良子父母的意思是，这样也好，让这几个曾经的伙伴给良子宽宽心，安慰安慰他，免得他一时想不开落下什么癔症，往后的日子疙疙瘩瘩、别别扭扭的，一家人谁都不好过。榜样的力量是无穷的，这几个曾经的伙伴不要说上大学，连高中都没有上过，不也过得好端端的吗？退而求其次，啥样的日子不是人过的？良子父母生育得晚，良子又是独生子。良子的父母不是不想再生个一男半女，而是生不出来，不知道是哪儿出了问题。人丁不旺，就成了良子父母的一块心病。由此可见，良子在这个家庭里拥有怎样特殊的地位，其重要性不言而喻。单就传宗接代、延续香火这一条，就容不得良子有任何闪失。显然，现在处于人生低谷和尴尬境地的良子，还顾不上考虑这个传承家族血脉的重大问题。现实的问题是，良子觉得自己已经在几个曾经的伙伴面前丢尽了颜面，躲还躲不及呢，更不要说和他们握手言欢、重叙友谊了。因此，良子面对他们，一言不发，面无表情。接下来就更显得不可理喻了，甚至不近情理，良子那点可怜的自尊受到刺激后，反倒很虚无地膨胀起来。

良子最终用沉默拒绝了曾经的几个伙伴的探视，那扇心扉关闭得紧紧的，严丝合缝，滴水不漏。

曾经的几个伙伴只能扫兴地离去。热脸蹭了别人的冷屁股，谁都不乐意。一段时间过后，有关良子的笑话便传出来了，真真假假，虚虚实实，像一锅添油加醋的滚汤，沸沸扬扬地传得满世界都是。有好事者还很细致地总结了一下，是这么几条。

其一，有一个曾经的伙伴问良子，秀才，一只山羊两年三个羔，一峰骆驼三年两个羔，究竟是咋回事？良子吭哧了半天回答不上，脸红得像猴子的屁股，然后说等他查一查书再回答这个问题，说是书上什么都有。后来，良子说书上没有，是这个伙伴故意日哄他呢。这个伙伴就讥讽说，良子你念了十几年书，反倒把书念进狗肚子里了，狗肚子盛不住二两酥油，狗肉上不了席面，你咋能回答上这个已经存在了成千上万年的问题呢？还是老老实实地问你爹去吧，你爹虽然没有文化，放了一辈子牲畜，但你爹比你清楚。

其二，牧村是一个正儿八经的生产队。三级核算，队为基础，每年都要统计生产成本和收入、牧民工分和分配什么的。有一天，队长正儿八经地找到良子，说原来的会计年老眼花，经常算错账，要良子这个牧村唯一的高中生代司其职。良子却当场拒绝了。队长很生气，认为良子骄傲自大，不给面子，就批评良子说，这样的好事别人打上灯笼都找不到，良子的脑子让驴给踢了，不知天高地厚。良子不得不说实话，他不会打算盘，中学里教"爱克丝""弯""赛因""靠赛因"，不教算盘。队长听得一愣一愣的。末了，队长说，高中生不会打算盘，不懂"九归架架"（算盘的一种打法），你日哄我呢？那好，敬酒不吃吃罚酒，这辈子你就端着个鸡屎棍子（知识分子）的臭架子，戳羊沟子去吧。

其三，有一天早晨，良子的爹突然心血来潮，要考一考良子。良子的爹说，羊要到滩上吃草了，你去点个数儿。良子站在羊圈门口，只觉得眼前白花花一片，闹嚷嚷一片，反反复复数了几遍，几遍下来几个数儿，也不知道是数多了还是数少了，是数对了还是数错了，就眉头一皱、计上心来，取近似值向爹报告说，一百一十八。良子的爹沉下脸说，贼娃子，鬼日的啊，让你当家可不得了，搭上羊不说，把你爹也得活生生地卖掉。不是一百一十八，是一百二十九。

这三个笑话编得可谓有鼻子有眼、有胳膊有腿，村里人都当故事听。听的人都心领神会，忍不住大笑，笑罢了胃口大增，说是一顿能多吃两老碗干饭。村里人都说，良子的爹是花了个大价钱，买了个臊巴眼，良子连他爹也日哄呢。

这么不被人看重，惹得许多奚落，良子心里憋着火，肚子里含着委屈，眼睛看什么都不舒畅，都幸灾乐祸似的。

良子想：这日子可怎么过下去？

4

　既然是日子，就得往下过。

　良子接过爹递过来的软溜溜的牧羊鞭子，无奈地跟在羊屁股后面。

　噢什，良子学着爹的样子喊了一声。由于不受任何干扰和阻挡，这一声喊在空旷的草滩上特别响，立刻被放大了许多倍，也不像是从自己嘴里发出来的，良子心里慌张，就前后左右地看，才相信是自己的声音。良子觉得自己真是没出息，忍不住想哭，可又哭不出来，憋在心里十分难受。噢什，噢什，良子就连着喊了几声。一群羊本来循规蹈矩地走得好端端的，突然受了惊吓，草也顾不上吃了，狼撵似的腾起一股尘土，冲到远处的沙梁下才停住，然后回过头来，可怜兮兮地盯着腰来腿不来的良子慢慢腾腾地向它们走近，满眼的困惑。等到羊群再折回草滩，差不多已经到了中午，草叶上那点可怜的露水早干了，灼热的阳光将草滩晒得又要冒烟。今年夏天的雨水少，草长得稀稀落落的，羊群又耽误了吃草的好时辰，这一天只能混个半饱。

　黄昏时分，羊群懒洋洋地回来了。

　在井上打水饮羊时，爹见所有的羊都瘪着肚子，走路无精打采地垂着头，有几只老山羊的长胡子还像笤帚一样懒洋洋地拖拉在地上，就猜到了七八分。爹阴沉着脸说，羊咋惹着你了，你咋折腾羊了？良子支支吾吾地不敢说实情，主要是不知道该怎样表达自己当时沮丧的心情。娘也在井上，见良子有口难辩的样子，就打了个圆场，赶紧岔开话题说，你的眼睛咋肿了？良子说，日头晒的。娘说，不是有草帽吗？你咋就忘了戴了。良子低头一看，手里的草帽当了扇子，早让他揉捏得龇牙咧嘴地卷了边儿。爹狠狠地瞪了良子一眼，叹口气，不再说什么了，说也白说。黑窟窿里捣棒槌，谁的儿子谁清楚。良子在城里上了十几年学，脑子里跑马走车，给一架飞机都敢开上满天撒欢，早已经看不上放羊这个古老的行当了，却是心比天高，命比纸薄。

饮罢了羊，一家人赶起羊群往屋里走。羊群在前，人在后，缓慢悠然，像一幅淡定而自足的牧归图。其实，羊没能吃饱草，空下的肚子全让清凉凉的井水给填满了，看上去却圆鼓鼓的很富态。水多草少，羊在走路的时候，肚子里就咣当咣当地响个不停，跟大肚汉子喝了稀粥一样。良子听见了，自知有错，既然有错，就该补过，便接过爹肩膀上挑着的水桶，直通通地朝前走去。桶里的水丝丝缕缕地晃荡出来，洒了一路，等到挑进屋里，满桶水成了半桶水。爹没有发火，只是神情忧虑地坐在炕沿上吧嗒吧嗒地抽烟。娘端来放了白糖的凉茶，良子喝不下去。望着爹娘瘦弱的身子、花白的头发、满脸的褶皱、浑浊的老眼，良子不知道说什么好。不怨天，不怨地，不怨爹，不怨娘，只能怨自己没出息，良子就乖乖地喝掉了糖茶，感觉比汤药还苦涩。

良子就一日一日地放羊。

三百六十行，行行出状元。俗话说，干啥的务啥，讨饭的务棍。放羊有放羊的学问，其中的规矩正经不少。能够成为一个优秀的羊倌，并非那么容易。对良子而言，放羊是他长时间落下的一门功课，而且已经很生疏了，必须老老实实、循规蹈矩地从头学起，才能够有一个好成绩，才能够对辛苦了大半辈子的爹娘有一个完满的交代。当然，放羊和上大学相比较，到底还是两码事，甚至风马牛不相及，是两个完全不同的领域。不过，打一个不甚恰当的比方吧，即便是一个和尚，也不可能一辈子念一本正经，还要念一些别的什么经。反观，对现实的良子而言，他就是要念好牧羊经，而且是一本正经。

放羊的间歇，良子就坐在草滩上继续瞄那白的天空、白的沙梁以及那只孤鹰。那只孤鹰一如既往地早出晚归，似乎永远不知疲倦，就在牧村上空不厌其烦地飘来飘去，远了，近了；近了，远了。有时候，孤鹰也越过牧村，飘到草滩上空，飘在良子的头顶上，似是表示理解或者友好地振一振翅膀，像一张拉开的弓，然后无声无息地飘远了。看着远去的孤鹰，良子也会海阔天空地胡思乱想一阵儿，偶尔喊一声，悠起一块土坷垃，很自信地甩出一条优美的抛物线。土坷垃便在头羊的犄角上碰成一朵纷纷扬扬的花，然后尘埃落定。头羊是一只资历很深的公羊，情欲旺盛，阅羊无数，儿孙满堂，经验丰富，中流砥柱一样，在羊群中起着举足轻重的核心作用。头羊得到指令后，很警惕地看了看良子，就停止了对母羊的骚扰，乖乖地站在一道隆起的土坡上，似在反思自己刚才的不良行为。良子学过抛物线什么的，放羊时来了个活学活用，练了几次就掌握了基本要领，八九不离十。良子当然明白这样的学问使用在放羊上，实在是大材小用、不伦不类，让人啼笑皆非。至于应该用在哪里，不得而知，恐怕他这辈子都没有那样的机会了。村里人原本说得没有错，打算盘他确实不会，数羊他总是数错。一只山羊两年三个羔，一峰骆驼三年两个羔，他至今没有搞清楚是怎么一回事情，也不想搞清楚，没有任何兴趣。搞清楚又能怎么样，照例还是放羊。

有道是，谁和命运摔跤，谁就要被命运摔个仰绊子，最后头破血流的还是他自己。耳闻目睹也好，感同身受也罢，一旦明白了这个道理，良子果然老老实实、循规蹈矩地放起了羊，掌握了其中的基本程序。一段时间过来，良子不再像抽了筋似的，而是日出而作，日落而息，该吃吃，该睡睡，已经不把那些有关他的流言蜚语以及无厘头的故事当回事了，一副大智若愚的样子。这样就好，哪里的黄土不埋人呢。天有天道，地有地理，人有人伦纲常，放羊也有放羊的规矩、好处和乐趣。前面不是已经说过了嘛，放羊三年，给个县长也不当。有一群羊好端端地放着，就能往下过日子。

日子是什么？

日子，就是日子。

是日子，就得往下过。

就得一日一日地过下去。

爹那张松垮垮的老脸开始有了笑容。一笑，脸上的肉就挤到耳根子下，露出被劣质纸烟熏得焦黄的牙齿，阳光一照，满嘴都是金子似的。爹这辈子就没有刷过牙，娘也是，省下的牙膏钱大概能买一头骡子了。骡子非驴非马不能生育，如果能生育，就是一群骡子了。良子有时候看着爹的模样，思想开了小差，脑子里会冷不丁地产生一些匪夷所思的联想，想笑却又笑不出来。这样想过了，他又有一些后悔，怎么能这样对爹，大不敬啊。爹当然不清楚良子想了些什么，只是由衷地说，岁数不饶人，人老不中用，骂归骂，为谁好？家还要由儿子来当，一群羊也装不进棺材里带走。娘说，只要我们两个老东西上了天堂，天堂里也有我们放的羊。爹的一席话，有交班的意思，让良子将放羊进行到底。良子装糊涂，一声不吭。娘随便搭的一句话，让良子听了更是一惊，让他的情绪又萎靡不振了。他其实还没有完全想好，到底接不接这个班。良子如果接了，结果不言自明，爹的现在，就是他的将来，这是一条再现实不过的道路。

娘的想法更加具体，更加现实。在充分认可爹的安排的前提下，娘的意思是男大当婚，该给良子说个媳妇了。如果看上了谁家的闺女，娘托人去说媒提亲。娘这样一说，爹立马表示赞同，甚至将不孝有三、无后为大这样老掉牙的古训都搬了出来，大有逼婚的架势。爹娘不识字，却记住了不少古训，运用得也恰当。老两口一唱一和，一个白脸，一个红脸，跟演戏似的。好汉架不住旁人劝，何况是自己的亲爹亲娘，更何况句句说在点子上，都是虽然没有腿却能够走遍天下的大道理。良子一边听，一边笑，模棱两可，照例阴阳怪气地装傻充愣。被爹娘说急了，良子就一个蹦子跳出屋门扬长而去，或者挑上水桶到井上挑水去了。

其实，爹娘说得次数多了，良子也真是动了心思，是该找个媳妇了。男人的一半是女人，迟早的事情。但有一点很明确，他不要别人给他介绍对象，更不要父母给他包办婚姻。现在都什么时代了，这样做也太封建了，太落后了，很不文明，对不起自己上过的那十几年学，对不起自己肚子里的那些墨水。他要自己找，自由恋爱，像城里的年轻人那样。城里的年轻人怎样恋爱？电影里有，电视里有，书本里有，他都看过，也曾经想入非非，朦朦胧胧地设计过自己未来的爱情和婚姻。像城里的年轻人那样恋爱，很浪漫，有情调，有滋味，当然也很文明。良子没有考上大学，也入不了城镇户口，成不了城里人，但可以做一个文明人。做文明人也并不是城里人的专利。无论在城镇还是乡村，做一个文明人应该是很高尚的事情，值得提倡和鼓励。良子的这种想法，无可厚非。

良子一心一意想做个文明人。因此，爹娘一再唠叨良子找媳妇这事，良子一再拒绝。

良子说，不不不，我要自己找。

5

秋天如期而至。

牧人有一句很经典的话，夏旱不算旱，秋旱连根烂。

今秋雨多。良子虽然没有考上大学，却难得地赶上了一个多雨的秋天。良子记不清已经是第几场秋雨了。雨多草盛。草盛羊肥。羊肥毛厚绒多。羊肥了，毛厚了，绒多了，就意味着牧人的腰杆子要硬起来了，硬起来的原因再简单不过，怀窝里揣着大把的票子。羊毛出在羊身上，羊群就是牧人的银行，游动的银行，自然也是靠天储蓄的银行。雨多了，草盛了，羊群壮大了，牧人的银行就开源了；反之，则要节流，甚至赔钱，连本金都要赔进去。总而言之，牧人是靠天吃饭的。天比祖宗大。天公作美，牧人的日子就好过，比县长差不到哪里去；天公不作美，牧人的日子就过得苦涩，捉襟见肘，比县长差远了，因为县长被许多人养活着，伺候着，过的是旱涝保收、衣食无忧的日子。好在和普通老百姓比起来，县长很少。假如县长比草滩上的羊还多，就供养不起了，包括牧人在内的普通老百姓是要遭殃的。

　　良子毕业的第一个秋天，就是这样一个丰收的季节，这也许是个好兆头呢。

　　良子的心理在这样一个郁郁葱葱的秋天里，不知不觉地发生了微妙的变化。在这样一个季节里，良子心情爽朗地坐在草滩上，围绕他的是白花花的羊群。经历了几场秋雨的沐浴和洗礼之后，这个秋天的羊群格外洁净，也格外高贵。尤其是地处南边不远的贺兰山顶上，经常堆砌着大团大团的积雨云。云是雨的家，风是云的翅膀，说不定什么时候刮起了东南风，那些云朵就从贺兰山那里飘了过来，又是一场或大或小的雨。南方水多，是因为雨多，雨落到地上就变成了水。小河流水大河满，才形成了众多的江河湖海。然后，云携着雨乘着风长途跋涉，翻山越岭地从南方来，其中很少的一部分云就在贺兰山上停驻下来，等待时机滋润西北干旱的大地，包括这个小小牧村所拥有的草滩。秋天的草滩经过雨水的多次眷顾后，如同铺了一层绿毯，绣着各种各样的花朵，紫蓝的是马莲花，淡黄的是苦菜花，粉红的是蒲公英花，粉白的是沙葱花，深紫的是猫儿油花，还有几种叫不出名字的什么花，在草的葳蕤中摇曳有致、顾盼生姿。草滩上还有蝴蝶飞，有蜻蜓飞。西北的秋天其实是短暂的，所有的植物便不遗余力，竞相生长，必须赶在冬天来临的时候，播下自己的种子。如果仔细地嗅一嗅草滩上的空气，是隐含了一丝悲壮气息的，并不完全是莺歌燕舞、鸟语花香。良子嗅到了吗？不得而知。

良子觉得小小牧村的秋色，确实很美。

思绪万千的良子，触景生情，坐在草滩上哼《马兰花开》《花儿与少年》和《梁山伯与祝英台》，自小在学校里听的，调儿从头到尾都会。哼到《梁山伯与祝英台》时，良子的心情不再像先前那么开朗了，尤其是哼到十八相送和化蝶时，便有了忧虑和伤感，主要是联想到了自己未知的命运以及所谓的爱情。良子哼了一遍又一遍，一曲终了，脸上有泪，被微风一吹，湿漉漉的，凉丝丝的。良子知道是自己动了情了，男人的一半是女人，他却不知道自己的那一半究竟在哪里，长得什么样子，有没有文化。通俗地说，是想媳妇了。怎么能够不想呢，到了这个年龄了嘛，人生的必由之路，人之常情，不想才怪呢。又想，牧村太小，才十几户人家，姑娘更少，可供自己选择的范围太小。

良子这样一琢磨，就觉得他的那一半肯定不会在眼下这个他生于斯，长于斯，也很有可能死于斯的小小牧村里，因为村子里年龄相仿的姑娘只有那么几个，留给他的印象也不深刻，可心可意的更是没有。到村子外面去找，于他而言也不现实。准确地说，不是不现实，是良子不愿意。因为现实是，村子里的年轻人，包括良子那几个曾经的伙伴，都无一例外地到远在农村的父母老家领回来一个姑娘做媳妇，有的本来就是亲戚，亲戚套亲戚，甚至男女双方辈分都不合适，还要堂而皇之地遮人耳目，美其名曰亲上加亲，这难道不是欲盖弥彰吗？这也太轻率了，儿戏一般。总之，是太不文明了。良子不想走这样的老路，他要先恋爱，后结婚，再生儿育女。在人的一生中，真正的婚姻只有一次。真正的婚姻必须是以爱情为基础的，因此爱情弥足珍贵。从婚姻到家庭，爱情就像是皇冠上的那一颗明珠，应该一尘不染，永远闪闪发亮。

可是，良子的爱情在哪里？

6

秋天，往季节的深处一步步走去。

小小的牧村笼罩在秋天的气息里，喝得醉醺醺的汉子也像雨后的青草，突然多了起来。

汉子们提了烧酒瓶子，开始挨家挨户地乱窜，热情高涨的同时，脚下却越来越不稳当，走路跟拌蒜一样，后来，连自己的舌头都捋不直了。即便是过去有一些芥蒂而鲜有走动的人家，好像也在这个绿色的丰盈的秋天里，突然得到了神明般的启发，终于意识到再这样别扭下去不是个事儿，因此变得空前地宽容，不计前嫌了，例外地亲近起来。女人们则大呼小叫，乘机在自己的男人面前撒一撒娇，有几多甜蜜，甚至几多风情。风情得过了，大概就是风骚了。有的汉子有一些把持不住自己，醉倒在别人家的炕头上，嘴变得比脸还大，脸变得比屁股还大，跑风漏气般地胡言乱语、放浪形骸。这家的主人也不多心，就让醉汉胡说八道去，然后丢展了死猪一样地睡去，等到睡醒了，再接着喝，喝醉了接着再睡。日月常在，何必忙乎？喝来喝去，总有个彻底清醒的时候，然后摇摇晃晃地回家去，找自己的媳妇去，爱咋折腾咋折腾，哪怕把自己家的土炕折腾塌了呢。

这是牧村的风俗，延续多年。只要能够延续下来，就成为了传统，再上升到某种层面，或许就成为了一种文化。什么文化？俗文化，酒文化。

有意思的是，良子也加入了其中。

并不是良子自己主动的。按照良子的心性，他是不屑与之为伍的。他宁肯像牧村上空的那只孤鹰守护着牧村一样，沉默地守护着自家的土屋、父母和羊群。更准确地说，他宁肯沉默地守护着自己的内心。也许正是良子的不事张扬，反而格外地引起了村里人的关注。究竟是不是这样的，良子还没有来得及琢磨，就被几个曾经的伙伴连拉带扯、身不由己地挨家挨户地串起门来，不分东西南北，不论张三李四，随心所欲，走到谁家是谁家，走到谁家喝谁家、吃谁家。良子根本来不及拒绝，更不容他解释什么，几乎就是被他们劫持的。因此，良子很被动。

这些日子，几乎家家户户都杀了羊，杀得不多，一两只而已，尝尝鲜，解解馋。今年秋天的草场好，羊装的是一肚子青草，羊肉的腥膻味儿就浓了一些。再者说了，秋天的羊正是蓄膘长肉的时候，杀了未免可惜，等到冬天它们吃上了黄草，不仅能够多长十几斤肉，而且肉的味道更香浓更醇厚，皮毛也更值钱。牧村人家的日子过得仔细，细水长流，就怕一顿吃伤，十顿喝汤。那么，这一两只羊的肉便要剔下来，抹上细盐面子悬挂在阴凉处风干，吃上许多天。于是，汉子们三五成群地走家串户，进门上炕后，一般都能吃上肉，尽管少了许多。严格意义来说，这不叫吃肉，叫尝荤腥。因为即便是一只全须全尾的整羊煮好放在桌子上，也是经不住像饿狼一样的汉子们瓜分的，他们自小就是吃肉的好手。酒倒是可以尽情地喝，醉了才好，说明你喝透彻了，喝畅快了，喝舒心了。最好是让主家也醉倒，若要喝好，主家醉倒。这样的结局，主家才有面子，才能有好的口碑。村子里的汉子有一句话是这样说的，男人娶媳妇为了睡，男人喝酒为了醉。这样的说法实在是直白了一些，粗俗了一些，不文明，不宜提倡。

良子酒量很差，平时滴酒不沾，更没有经历过这种轰轰烈烈的阵势，也就是所谓的酒文化，喝个酒跟打仗似的。再加上几个曾经的伙伴的热情相邀，良子一时激动，之后渐入佳境，由被动而主动，早忘了他们编排下的奚落他的那些故事，就放开了喝。沉闷了这些时日，也应该痛痛快快地醉上一场，不就是个喝进肚子里胡日鬼的汽漏水嘛。有了这样的心理暗示，良子的胆量猛增，酒量却在一截一截地下降，喝到西头那一家时，脸色苍白、不省人事，和别的汉子一样，终于直挺挺、软绵绵地躺倒在了人家的土炕上，连鞋都不知道脱，呼呼大睡。几个曾经的伙伴一看良子不省人事的样子，也就不管不顾了，丢下良子，摇摇晃晃地出门而去，蛇一样地蜿蜒前进，继续进行他们的俗文化和酒文化。反正屋里有人，良子已经用不着他们几个醉汉操心了。等到良子睡醒了，自然会回去的。挣钱养家，天黑找妈，天大的道理。

不，对良子来说，现在要紧的不是找妈，是找媳妇。

良子终于睡醒了。良子睡醒后，并没有急于起身，和往常那样，他认为自己顺理成章地睡在自己家的土炕上，心安理得。问题是在他大睡不醒的过程中，酒精的作用已经减弱了，他的意识开始变得越来越清晰。良子睁眼一瞧，首先映入眼帘的却不是自己家那长年累月被烟熏得黑漆漆的土墙，而是一面抹得光溜溜、黄亮亮的土墙，墙上竟然贴着一张色彩鲜艳的画儿，是电影明星的大头照。这个电影明星不是别人，正是当时炙手可热的，令许多男人想入非非的刘晓庆。青春美貌大脑门儿的刘晓庆定格在画儿里，睁着一双火辣辣的丹凤眼注视着一切，同时也对着良子微笑呢，那是一种堪称经典的似笑非笑又确实在笑的笑。屋里静悄悄的，洋溢着一股淡淡的胭脂香。良子心里一惊，才知道自己醉了之后，睡在了别人家的土炕上，而且只他一个人，几个曾经的伙伴已经神出鬼没地，早就不见了影子。如果像电影里的故事情节那样，他被丢弃在了战场上或者一望无际的青纱帐里倒也罢了，可这是在别人家里，而且良子敏感地意识到，这家里有比其他牧人家讲究的女子，因为氛围和环境明显不同。良子不声不响地扭头观察了一下，在一盏精巧的煤油灯的映照下，屋里整齐而洁净，似乎不落一丝灰尘。

良子突然产生了一种被出卖的感觉，接下来的强烈反应是，此处虽好，却不可久留。

连羞带愧，良子一着急，便昏昏沉沉地下了炕，稀里糊涂地往外走，脚下不稳，出门时打了一个趔趄，差一点栽倒。这时，有一只胳膊悄无声息地从旁边伸过来，及时地扶住了良子。良子感觉到有人扶他，就扭头多看了一眼。这一看，令醉眼蒙眬的良子惊诧不已。但见灯影下，果然有一个女子悄无声息地出现了。一个穿碎花褂子的女子扶着他往外走，照例是魂儿般悄无声息。女子眼睛大大的，嘴唇抿得紧紧的，始终不说话，半遮半掩地低着头。女子出门送了良子一程，见他没有什么危险了，才折回去。良子下意识地回头，那女子刚好进门，小巧的身子像是镶嵌在镜框里，在灯光的映衬下，犹如一幅剪纸画儿。遗憾的是，女子并没有过多停留，门扇吱呀一声，就关上了，随即一片漆黑。不知为什么，伴随着那一声吱呀，良子的心莫名地颤抖了一下，虽然很微妙，却被他准确地感觉到了，酒也就紧跟着醒了。

良子知道，那个女子当然不是什么魂儿，是一个活生生的人。那个女子搀扶良子出门的时候，良子通过她袒露的一截胳膊，微妙地领略了作为女性那暖暖的独有的体温，还有幽幽的鼻息。只是那个女子没有和他说一句话。

恰恰是那个女子的沉默，让良子觉得很特别，颇为心动。

7

良子是后半夜回到家里的。

良子虽然浑身酒气，却已经清醒了，口渴得厉害，胃里火烧火燎的，进屋就找水喝。娘仔细，早已经把一壶凉茶放在灶台上。爹睡了，躺在土炕的一头，在灯光照不到的炕角一心一意地打着呼噜。

多年来，只要良子不在家，这面土炕就躺老两口子两个人，空落落的。良子回来后，这面土炕就显得拥挤了，人气更是比先前旺了不少。现在，良子是彻底回来了，不仅回来了，接下来还有个添丁添口、延续香火的大事情，也就是说，不仅有老两口，还要有小两口，两代人要变成三代人。只样一来，这一间屋子和一面土炕是不够用的，应该考虑给良子另盖一间新屋子了。爹睡去前，和娘就这个问题进行了初步商议，达成了一致意见，趁着这个雨水多，羊膘肥体壮、毛绒厚实的秋天，赶在天冷之前将良子的新屋子盖起来。娘就在煤油灯下一边做着针线活，一边等良子，要告诉给他盖新屋子的事情。娘等到后半夜，便有些担心了，越来越焦急。正焦急间，良子进门，娘非但没有埋怨，反倒笑了。

娘说，出去走一走也好，远亲不如近邻。一个男人家，还能一辈子窝在家里？醉了也不要紧，醒了，该干啥还干啥。不要像你爹，除了放羊，就知道窝在家里唉声叹气，连个串门的人都见不着。也是的，谁家的门槛比你家的低？你家的门槛又比谁家的高？你不往，人家还不来呢。比方说盖屋子这事情，总得有人搭手帮忙吧，就你爹那德行和脾气，说不定到时候连个人影子都请不来。

娘说到这里，眼里便立竿见影地有了忧虑和不安。

良子抓起茶壶一阵猛灌，灌足了，嘴一抹，一点礼貌都不讲，大大咧咧地往炕上一躺，这才想起问娘，你刚才说啥？看来是娘刚才掏心掏肺的一席话，全都白说了，他一句都没有听进去。娘瞪了一眼良子，说，酒是汽漏水，喝进肚子里胡日鬼。你把我的话全当耳旁风了，你到底是醒了，还是没醒？

良子说，我已经醒了。

娘一语双关地说，啥醒了？酒醒了，还是人醒了？

良子含含混混地说，都醒了。

娘说，醒了就好。就怕你酒醒了，人还醉着。

良子自言自语地说，那是谁家？

娘说，哪家？

良子说，就是最西头的那一家，离涝坝不远，离菜园子不远，门前好像还有一棵沙枣树。

娘先是一怔，接着就笑了，说，还能是谁家？那是赵家。

良子说，那个女子是谁？

娘说，你莫非吃了驴脑髓？你忘性比记性差。赵家屋里的，自然是赵家的。

良子说，谁？

娘说，秀秀。

良子心里一惊，说，她还没嫁人？

娘说，你也知道，秀秀小你两岁。那女子心气高，媒人都踏破了门槛，她就是不松口。都说女子大了不中留，越留越记仇。那赵家两

141

口子急得火烧眉毛鬼打墙的，秀秀就是不答应。村里和秀秀差不多大的女子原本就没有几个，她们都嫁了，有的还生了娃。只有秀秀，恨不得把娘家的炕坐塌呢。

良子不再问了，躺在炕上半晌无语。

娘看着半晌无语的良子，先是愣怔，接着便笑了，像是明白了其中的什么奥妙，将那盖新屋子的事情忘在了脑后。娘后来唠叨了几句什么，良子照例是一句没听进去。

是啊，秀秀比他小两岁，良子当然记得的。

秀秀学习好，初中毕业后，按说能够考上高中。她的父母死活不同意，认为一个生活在牧村这种远天远地、穷乡僻壤的女子，不是个睁眼瞎就行了，迟早要嫁人的，何必再念书。嫁出去的姑娘，泼出去的水。在对待儿女的问题上，村里人有自己的账算，小九九打得精明。愚昧也好，落后也罢，观念一旦形成、成为传统，往往根深蒂固、冥顽不化，很难彻底破除。秀秀哭过闹过，终究抗不过父母，只好卷了铺盖回家。秀秀至今没有嫁人，在这个小小的牧村确实是个例外。十八九岁的姑娘一朵花，秀秀长大了，也出落得越来越漂亮了。良子和秀秀打小就相熟，还一起上过学，只不过不在一个年级。秀秀那时候爱笑，笑的时候爱捂嘴，手一松开，满脸羞涩。其实，秀秀是个性格开朗的女子。寒暑假的时候，他们结伴而行，为的是方便相互照顾。青梅竹马、两小无猜虽然够不上，关系还是不错的，感觉也挺好。后来，秀秀不上学了，他们之间也就断了来往，几年没再见面。时间一长，良子对秀秀也就淡忘了，不知道秀秀这几年是怎么过来的。村里人家的女子嫁得早，早嫁早省心。秀秀还没有许配人家，用书里的话说，还待字闺中。那么，秀秀为什么至今还不嫁人呢？难道就因为心气太高的缘故吗？如果是这样，秀秀到底想嫁一个什么样的人呢？

难道？良子心里咯噔一下，这一声响动，像是沉沉的夜幕突然划开了一道罅隙，让他的眼前有了一点缥缈的亮光。良子寻着这一点亮光，飘飘然，很轻盈，有了一种飞翔的快感。

回到牧村的良子，心上终于有人了。这个人近在咫尺。不是别人，就是被他淡忘多年的秀秀。良子一夜未眠。

哦，秀秀。

8

剪呀剪呀剪羊毛，牛犊子撒欢马儿叫。有一首歌就是这样唱的，欢快、明朗、幸福。

羊毛出在羊身上。羊毛剪了。家家院里就攒起一堆小山样的羊毛，在阳光的照射下，虽然充斥着一股难闻的腥膻味，却也像云朵那样白得耀眼。如果说羊群是牧人流动的银行，这羊毛就是票子，牧人嘴里吃的、身上穿的都有了。之前，他们和吉镇的一家毛绒分梳厂签了合同，这几日运羊毛的汽车不断，来来回回扬起的尘土遮住了半边天，牧村更是裹挟其中，热闹非凡，盛大的节日一般。

牧村的婆姨媳妇们穿起大红大绿的新衣服，坐在车楼楼（驾驶室）里或者车厢的羊毛垛上进城去。回来的婆姨媳妇们则大包小包撑得满满当当的，惹得汉子们骂骂咧咧，说咋不把城里的百货商店也搬来，省得你们一趟趟地跑，磨破了鞋底和嘴皮不说，还在城里到处丢人现眼，让城里人看不起咱牧村的人。婆姨媳妇们家里家外忙碌了一年四季，就痛快了这么一回，这节骨眼儿上也就不客气了，反驳汉子们说，城里的大姑娘小媳妇个个打扮得花枝招展，前挺奶子后撅腚，有本事你们去勾搭啊。汉子们说，当我们不敢？有钱能使鬼推磨。婆姨媳妇们说，敢？让你们进不了家门，一个个变成孤魂野鬼，推那盘永远都推不转的磨去。汉子们无奈，接过婆姨媳妇们的大包小包往家走，嘴里还在唠叨，下不为例，小心打折你的干腿棒子。

爹也让良子去，一来是散散心，二来是收毛款。

良子最近的表现不错，把一群羊放得很扎实，羊毛也收得比往年多。爹很满意，终于从良子的身上看到了自己的影子，应该是个合格的接班人。让良子进城，以此作为奖励。良子毫不客气地接受了，样子也是问心无愧，就该着他出去一趟。其实良子早就盘算好了，要去一趟吉镇，他曾经辛辛苦苦求学十几年，却名落松山的伤心之地，但总觉得时机还不成熟。爹这样一说，恰好提供了方便，等于是瞌睡遇上了枕头，良子就来了个顺水推舟、就坡下驴。至于良子的葫芦里到底卖的是什么药，只有他回来后才能见分晓。别人都是来去一两天，良子一去五天，爹娘等得着急，继而一想，也许是见他城里的同学去了，合情合理，就放下心来。

五天后，良子回来了。

城里回来的良子，从运毛的车上卸下好几个大大小小、花里胡哨的纸箱，还有几截长长短短、粗粗细细的铁管子。爹绕来绕去地看了半天，却两眼抹黑，始终没有看出个究竟，不知良子搞的是什么名堂，就有了很深的疑惑，疑惑渐渐地变成了强烈的不信任。不信任逐渐发酵后，又变成了强烈的危机感。如果让这种强烈的危机感持续下去，必将是一场风暴。

爹说，去了五天才回来，日鬼捣棒槌的，你弄来个啥？

风力发电机，电视机。良子回答得很随便，很自信，然后表情淡然地从衣服兜里掏出剩下的钱递给爹。其实，还有几样东西，良子没来得及说，电灯、蓄电池、望远镜。

爹手蘸唾沫数了一遍，五百。再数一遍，还是五百。天哪，这还了得？还有好几千呢？

良子理直气壮地说，买了它。一边指一指那几个纸箱，一边低头看安装风力发电机的说明书。

于是，一场风暴终于降临了。

父子俩站在当院，互不相让，你一句我一句地争吵起来。

贼娃子，鬼日的，把钱拿来。

不是已经给你了吗？

青天白日的，你给老子装神弄鬼？

对不起，这个家我能做一半的主。

你做的啥主？败家的主。

我要搞家庭革命。

革命不革头，我是你老子。

苦死扒活一辈子，图个啥？

老子不进棺材，就容不得你胡日鬼。

钱不能带进棺材，不如享几天清福。

老子不如你排场，天生跟羊沟子的命。

太封建，太落后，太愚昧，太顽固。

……

当爹的犟不过儿子，言语比舌头还短，就只剩下个打，顺手操起一根立在当院的砍柴的镢头。如若不是良子躲得快，如若不是娘夺得快，后果不堪设想，恐怕良子当场就被劈成了两半，一个良子变成了两个良子，还血糊淋漓的。在父子俩争吵的时候，围了不少人看热闹，眼看着要出人命才好言相劝，连拉带拽，终于平息了这场家庭革命。对于这个小小的牧村而言，这是一场空前的罕见的家庭革命，因而议论纷纷，基本上是贬，褒几近于无。

都说，儿子哄老子，风刮草帽子，这下有热闹看了。

人们对新鲜事物总是很感兴趣，与植物具有趋光性同属一理。牧村遥远，偏僻落后。村里人原本出门就少，出远门的时候更是少得可怜，说他们孤陋寡闻一点都不过分。村里人对良子的家庭革命再怎么议论，再怎么贬大于褒，再怎么不认可，这样难得一见的热闹还是要看一看的。不看白不看，白看谁不看。看了也白看？这倒未必。接下来，村里人便看出了一些名堂。

第二天，就有人看见良子在自己家的屋顶忙上忙下地胡日鬼，一只不安分的猴子似的。良子的多天不见亮就起身，早早地赶着羊群去了草滩上，而且走得比往日远得多。眼不见心不烦，作为老子，他丢不起这个人呢。良子的娘则躲在屋里，始终不敢露面，也是觉得愧对村子里的人。有什么办法呢？铁板上钉丁，既然已成既定事实，就让良子折腾去。说到底良子是他们的儿子，还真能拿镢头给劈了？天大的笑话。怪就怪让良子上了高中，脑子里跑马走车。考上大学，那是另外一回事情，另当别论。考不上大学，就得乖乖地放羊，少胡思乱想。

折腾了一上午，良子将风力发电机竖起来了。

风力发电机是立在屋子后面的。一根锹把粗细、五六米高的空心铁管被三道斜拉的铁丝固定住，铁管上面举着一个装了三个叶片的怪模怪样的东西，风一吹就摇摇摆摆。有人问，良子解释说，那上面的东西就是发电机，那三个叶片其实就是风扇。村里人没见过这么大，而且悬得这么高的风扇，看上去挺吓人的。他们心里虽然很疑惑，却不说什么，有等着看笑话的意思。在人们的疑惑中，发电机的风扇先是有气无力地摆动了一阵后，突然顶了神般呼嗒嗒地转动起来了，令人眼花缭乱。还有那根所谓的电视机天线，像一个被放大了几十倍的蜘蛛网，高高地悬在屋顶上，与呼嗒嗒旋转的发电机相守相望，很默契的样子。这两样东西在这个偏僻落后的小小牧村，有如横空出世，使得良子家原本低矮破旧的土屋立刻变得高大了、威严了，同时也不好理解了，像一只莫名其妙的怪兽蹲在那里，头顶上很突兀地长出了一长一短、模样古怪的两根触角，指向高远莫测的天空，然后俯瞰着小小的牧村，很傲然的样子，有一股匪夷所思的霸气。围观的人是沉默的，眼睛紧紧追随着良子的身影，表情随着良子的举动而发生微妙的变化，从不屑、怀疑、好奇，到惊异。

良子此时却有着很好的定力，并不在乎别人的表情，只顾自己在那里旁若无人地忙碌。也可以这样比喻：这是一出戏，主角当然只能是良子，而且演员只有他一个，唱的是一出独角戏。好在还有大大小小十几个观众，否则就太冷清了，显得很不成体统。良子心里是怎么想的，这十几个观众不得而知。有一点他们看得分明，在一心一意放羊的这些天里，良子已经被晒得黝黑，只有牙齿是白的，偶尔一笑，电影里的非洲人似的。如果让他扮演铁面无私的包公，都不用化装。问题是，良子演的这出戏，不仅与包公无关，而且与放羊也无关。那么，良子究竟演的是一出什么戏呢？

后来，良子看一看围观的人们，平静地说，日头落了，你们再来。

人们都满腹狐疑地散去。

9

这个小小的牧村果然第一次亮起了电灯，果然第一次看上了电视。

只是电灯并不像城里人家的那么明亮，光线黄黄的。电视也是黑白的那种，小小屏幕上雪花多了些，里面的情景和人影清晰一阵模糊一阵，声音还不错，基本上能够听清楚，有男声有女声，有音乐有歌唱。无论怎样，有影有声，就比收音机优越了许多，当然也就奢侈了许多。面对这两样东西，村里人觉得自己和那座叫吉镇的小城的距离一下子拉近了，城里人的生活也不再那么遥远了。良子家里有了这两样东西，一时间成新闻传开了。过去门可罗雀的良子家，开始非凡地热闹起来，夜夜人不断，先是娃儿，后是大人，个个将屁股粘在良子家的炕上和板凳上不后悔，一坐就是大半夜。

良子出尽了风头。

有人说，城里商店摆的电视机，买一个行不行？

良子说，不行不行，那是用交流电的，我这是用直流电的，必须和风力发电机、蓄电池什么的配套。意思是说，电和电还不一样，既有交流的，又有直流的。电这种东西，看不见摸不着。村里人对电没有什么概念，缺乏最基本的常识。良子这样一说，他们便不在这个问题上纠缠了。也有人心生羡慕，动了心思，要良子帮忙给弄一个。良子说这事情难办，他也是托了城里的同学走了后门才办成的。那时候，风力发电机和直流电视机刚刚出现，属于新生事物，远没有达到普及的程度。这也说明了一个很实质的问题，光有钱不顶用，还得有知识有文化。问的人便不好再问，满脸堆笑，目光变得服帖。谁说不是？没知识，没文化，能够制造出这些稀奇古怪的东西吗？没知识，没文化，会使用这些稀奇古怪的东西吗？

良子的爹也看。刚开始思想斗争很厉害，起先不看，又想不看白不看，一月半载下来，看得上瘾，瞌睡也少了。天傍黑，就叫良子开机子，他自己不敢动，生怕把电视机弄坏了，感觉这种东西总归是娇气得很。娘也说到底是电灯比煤油灯好，屋里亮堂了许多，做针线活看得清，还省煤油钱。还有，那个望远镜，爹也用得顺手了，站在屋顶上四下里一看，羊群就在眼皮子底下，两只羝羊打架都看得清清楚楚。只是爹站在屋顶上手举望远镜的模样，多少有些做作，有些滑稽。娘就看不惯望远镜，说这才是真正花了个大价钱，买了个臊巴眼。良子并不生气，就笑，说下次给娘买个老花镜戴上，穿针引线时，看见的针鼻子比筷子还粗，一穿一个准。娘也笑，笑罢了，不无忧虑地说，儿子啊，莫不是叫娘一辈子都给你缝缝补补、洗洗涮涮、扒锅抹灶？既然看上了人家，咋就不吭声？娘的话外音，良子一听就明白。

八字还没有一撇呢。良子只能转移话题。

良子说，爹，晚间可消闲？

嘿嘿。

爹，望远镜可好？

嘿嘿。

良子不见得十分爱看电视。由于村子离得远，信号还是弱了些，尤其是遇上刮风的日子，电视的图像就更不清晰了，只能看个大概而已。良子想的是，干什么事情都能够占个第一，才显得不一般。村里人编排他的那些故事，曾经令他斯文扫地、无地自容，憋屈了好长时间。现在，风力发电机和电视机这几样东西，算是给他挽回了面子，让他有一种从先前那种强烈的失落中起死回生、找回自我的感觉。这是因为什么呢？说到底，是知识的力量，文化的力量。但是，知识和文化属于精神范畴，很多时候往往是抽象的，良子就是要通过风力发电机和电视机这种物质的具象的方式，让村里人耳闻目睹，感觉到知识的力量，文化的力量。尤其是要让他们彻底改变对他的看法，对他产生由衷的佩服，包括羡慕。当然，即便是有一些嫉妒，也是好的。但是，到良子家看电视的这些人里面，始终没有良子那几个曾经的伙伴，他们对良子这番处心积虑的所谓家庭革命，保持了高度的沉默，好像是集体失语了。同时，也没有秀秀。这让良子感觉很遗憾，以至五味杂陈。尤其是秀秀的无动于衷，更让良子心里凉沁沁的。一段时间过去，良子的自信心又一次受到了打击。

其实，良子无时无刻不想着秀秀，盼着秀秀。

有时候夜里梦见了，秀秀就活灵活现地站在良子身边，长长的眼睫毛一眨一眨，笑意盈盈。也还是多年前那样，秀秀笑的时候，用手捂嘴，手一松开，满脸羞涩。有时候梦见秀秀在哭，良子手足无措，刚要安慰几句，秀秀却突然消失了，眼前有一片奇怪的空白。良子也醒了，惊出一身冷汗。醒了，意识还在刚才的梦里继续延伸着，良子就再也睡不着了，眼睁睁地等到天亮。梦里的秀秀，说笑就笑，说哭就哭，说来就来，说去就去，一阵风似的，一张纸似的，缥缥缈缈，既真实又虚幻。这样的梦，究竟预示着什么，意味着什么，是福还是祸？一旦陷入这种虚无缥缈的梦境，进行这种没有答案的思考，是很折磨人的。

良子盼着真实可感的、有血有肉的秀秀来看电视，天天来，天天看，而不是像个影子那样虚无缥缈地出现在他的梦里。之所以冒着很大的风险买电视机，说白了，其实就是为了秀秀。秀秀看电视，他看秀秀，两情相悦，相互吸引，应该是一件很浪漫的事情，很温暖的事情。可是，该来的不来，不该来的却来了。

于是，良子这场轰轰烈烈、热热闹闹的家庭革命，也就在很大程度上宣告失败了。

草青。草黄。

静朗的天空开始有大雁往南飞，它们时而人字形排列，时而一字形排列。嘎咕嘎咕，踏上浪迹天涯的漫漫旅途，还叫得那么庄重。大雁飞过之时，草滩上的各种花朵已经凋谢，它们各自孕育出了丰满的果实，甚至能够听见它们的籽房在阳光下劈劈啪啪炸响的声音。这无疑是爱情成熟的欢乐，尽管它们在千姿百态的自然界，只是普普通通的植物，是不起眼的草，生命也很短暂。

有道是，野火烧不尽，春风吹又生。

有一种叫霸王的植物更加有趣。良子在放羊的间歇，仔细地观察过这种植物，并且触景生情地产生了诸多联想。霸王这种植物，应该是介于草木之间的。说是木，它的植株过于低矮，高不过一米；说是草，它的茎秆又过于粗硬了一些，叶片浑圆肥厚，胖嘟嘟的。霸王这种植物在草本的群落里，如同它的名字一样，居高临下，确实有着一股霸气。木本分乔木、灌木和半乔半灌。霸王这种植物看来是灌木，也有可能属于半乔半灌。它的果实有人的手掌心那么大，从上到下有三道十分规则的凸起的棱子，模样像精致的荷包，在母体的生长过程中缓慢地由绿转黄。黄色自然意味着成熟，成熟之后，它的果皮是透明的，薄如蝉翼，不仅果皮上的脉络清晰可辨，就连里面的籽实都看得清清楚楚。微风吹拂时，果实铃铛似的刷拉刷拉响个不停，好像一个怀春女子的絮叨，颇有一番情趣。其实它的里面原本是充满了气体的，一旦被炽热的阳光照射之后，就嘭的一声爆裂开来，黑色的籽实便借助气休膨胀所产生的力量，四散弹射出去，寻找新的栖息地，然后在土壤里静静地蛰伏，等到来年春暖花开、雨水降临的时候，生根，发芽，开花，继续繁衍后代，生生不息。这同样是爱情成熟的欢乐。

是啊，即便是一棵普普通通的草木，也是有爱情的。先有草木，后有人类。人类关于爱情的表情达意，很有可能是从草木的身上首先获得启发的。

爱情绽放花朵。

爱情催生果实。

爱情延续生命。

爱情酿造甜蜜。

爱情弥漫芬芳。

爱情播撒欢乐。

那么，良子的爱情呢?

11

云飞扬，秋草黄。

说着，说着，一年一度的打草时节就到了。今年秋天和往年秋天一样，村里人照例要去北边沙漠的湖道里打草。那里的湖道是这个牧村共用的湖道。如果说羊群是村里人流动的银行，湖道就是村里人固定的银行，存储的期限是一年，一年一取，整存整取，取的时间是在秋天。这是规矩，不能有任何逾越，这或可称之为道法自然。只有固守这个规矩，顺其自然行事，牧村的人们才能够相安无事，过和谐的日子。

所谓湖道，就是沙漠里面自然而然形成的湿地，有大有小，大的有几千几万亩，小的还不到一亩。湿地的周围是一道道沙梁，高低不等。湖道地势低洼，犹如锅底，有的还会形成大大小小的湖泊。逢雨水充足的年景，湖道里的草就长得格外旺盛，或曰葳蕤。书面语称绿洲，听上去文绉绉的，当然也是很诗意的。牧人们不讲究，没有那么多的繁文缛节，干脆叫湖道，也很贴切。湖道里生长的植物主要是芦草。或许是芦草的命贱，有点雨水就不遗余力地生长，大面积地扩散开去。就像穷人的孩子，好养活。芦草穗子成熟的日子里，湖道里飘满了洁白的花絮，五黄六月下大雪似的，煞是壮观。这样的场面说悲壮也可以，毕竟是离离原上草，一岁一枯荣了嘛。也有少量的沙竹糜子掺杂其中。顾名思义，沙竹糜子茎秆挺拔，叶子修长，乍一看确实像生长在南方的竹子。沙竹糜子的优势在于拥有发达的根系，牧人称之为蓄根。蓄根窜到哪里，沙竹糜子就生长在哪里，沿着长长的蓄根延伸而去，无风的时候，像一排排挺立不动的哨兵，忠实地守护着湖道。沙竹糜子同时具备很好的实用价值，用途广泛，被当地的牧人收割了，编成簸箕、箩筐或者笸子之类的器物。湖道里没有狼虫虎豹这种凶猛的动物，只有鸟雀、野兔、狐狸、獾猪、刺猬什么的小动物出没，发出各种各样的叫声，它们按照各自的生存法则，繁衍生息。于是，秋天的湖道里，总是弥漫着这些小动物们求偶的欢娱和生殖的气息。

秋天的湖道，几多风流，几多倜傥。

打草的工具是镰刀，和农人的镰刀一模一样。只不过农人收割的是麦子，牧人收割的是芦苇或者沙竹糜子一类的牧草。古人云：工欲善其事，必先利其器。家家磨刀霍霍，将磨好的镰刀挂在墙上或者立在屋门背后。晚间，这样的镰刀在煤油灯的照射下，就会发出贼人目光一样锃亮的光芒，看准目标后，随时准备出击。还是按照以往的规矩，每家都出劳动力，一家一个，既不能多，也不能少。个体的力量不同也不能相差太大。因此青壮年居多，几乎是清一色的汉子。

在广大的西部牧区，在天高云淡的秋天到湖道里打草，是最浪漫的一件事情，也是最能够展示自己豪情壮志的一种体力劳动。从某种意义上说，这种集体劳动就是现实主义和浪漫主义的完美结合，然后盛开劳动之花，收获丰收之果。打草时节同样又是快乐的时节，甚至是一种集体狂欢。从早到晚，欢声笑语，除过放羊，到湖道里打草，便意味着牧村这些年轻人充沛的精力找到了另一种宣泄的渠道。之前，他们就在精心准备，彼此心照不宣。没几天，湖道里就架起了几顶白色的帐篷，在绿草的葳蕤中，像几棵巨大的蘑菇突兀而生。遗憾的是，男多女少，女的少得可怜，使得这一年一度难得的集体狂欢阳刚有余，阴柔不足，比例严重失调。还要说明的是，这几顶帐篷围绕着一间低矮的黄土小屋，众星捧月般。小屋专供打草的人们熬茶做饭用，也就是厨房。这种格局已经延续了多年，习惯成自然。

出乎意料或者在意料之中，秀秀就在小屋里。秀秀的任务很单纯，也很温暖，充满了人间烟火，给大家熬茶做饭。十几个汉子，只有秀秀一个女子。秀秀真的成了一枝独秀，十分惹眼。

这是大家极力推举的结果，秀秀没有推辞，可能是盛情难却吧。都说，秀秀你就给我们熬茶做饭吧，别人有啥，你也有啥，啥也不少，你的那一份草，完美包圆了。还有人调侃说，秀秀的手气好，熬的茶做的饭格外香，就连你腌的咸菜疙瘩都比别人家的清脆，咸淡正好，我们吃了格外有精神。你看今年的草长得多好，我们一定要多打草，打好草。过几天，我们再打几只野兔，美美地吃上一顿。潜台词是，细皮嫩肉的秀秀，漂漂亮亮的秀秀，你天生就是晒不得日头的，打的哪样草？待在屋里最合适。有你秀秀陪在我们身边，已经很不容易了，我们看着就喜欢。更深层的意思，就不大好说了，谁的心里都明白，镜子似的。这样一来，秀秀就不能拒绝了，否则，就是不近人情。这种不近人情的事情，秀秀是做不出来的。秀秀心里当然也很明白，也镜子似的。明白对明白，就是明明白白。

在沙漠深处，湖道是一道风景。

秀秀走进了湖道，秀秀便成了湖道里的另一道风景。

照此说来，到湖道里打草的汉子们真的是有福了。什么福？眼福。看湖道，看湖道里的秀秀，物的风景和人的风景，两样风景一起看，岂不是大饱眼福？

小屋却很简陋，只有一门一窗，窗子小得仅容得一只狗出入。远远地看上去，小屋就像一只独眼豁嘴的怪兽蹲在湖道里，寂寞而无奈地仰望着天空。人去屋空，小屋闲了整整一年。小屋的门窗遮挡得不够严实，不仅又经历了一年的风吹日晒雨淋，而且里面堆了不少沙土和野物们的排泄物，主要是它们的粪便。这很好理解，人去屋空之时，小屋便成为一些野物们遮风避雨的临时居所。现在人来了，这些野物们只得撤退，离开小屋到草丛里去。都不用秀秀多说什么，汉子们个个争先恐后，不消一时三刻，就将小屋打扫得干干净净、像模像样了。锅台、灶眼和烟囱都重新盘了一遍，散发着新鲜的泥土味。火燃起来了，一股炊烟在屋顶上飘飘摇摇地攀升。沉静了一年的湖道，又有了人间烟火。

气氛很好。

秀秀难得地笑了。

秀秀一笑，所有帮忙的汉子们也都笑了，笑出许多内容。

给秀秀帮忙的汉子里没有良子。给秀秀帮忙的汉子里有良子那几个曾经的伙伴。良子一声不吭，袖手旁观，站在旁边傻呆呆地看着。他插不上手，也不知道该怎么插手，像个甩手掌柜，更像个局外人。其实，他是很想像其他汉子那样，像他那几个曾经的伙伴那样，实实在在地帮秀秀一把。给秀秀帮不上什么忙，这让良子感到尴尬和不安，心里很是过意不去。不过，看见秀秀笑了，良子也笑了，不由自主地，他自己都不知道自己笑了没有。秀秀笑得很轻，几乎不出声。良子也不出声，心里却很响，咚咚咚，敲着一面小鼓。在这个闹闹嚷嚷的过程中，包括良子那几个曾经的伙伴在内，他们都不怎么看良子，更不和他说话，就像他是一个根本不存在的人。进入湖道的第一天，良子就被莫名地冷落了，成了孤家寡人。良子很委屈也很生气，心想，一个大活人站在旁边，竟然没人理睬，难道我连一个泥塑的桩墩子都不如吗？泥塑的桩墩子上还时不时地拴一匹马或者驴子什么出气的活物呢，或者落一只鸟雀。

秀秀竟然也没有看良子一眼。

天渐渐黑下来的时候，良子的心也跟着西沉的落日凉了冷了，他只能转过身去，悄无声息地回到自己的帐篷里去。

湖道的夜晚，断断续续地吹过清爽的风。芦草和沙竹糜子被夜风吹拂得一波一波的，在湖道里低吟浅唱。间或，沙竹糜子修长的叶子擦着地面时，又发出一种独特的沙沙声响，犹似大合唱中一个特殊的声部。偶尔传来一阵鸟雀们的叽喳，之后，就安静了下来。鸟雀们安静了，草丛里的虫子又叫得发疯，此起彼伏。大漠之夜的天空高远而深邃，星星又稠又密，大星亮闪闪，小星也亮闪闪。没有月亮，没有云朵，无遮无拦，星星就格外的亮，亮得令人心悸，甚至是亮得不怀好意，令人无端地产生一些不祥的联想。星夜之下的沙梁划着一道道弧线，很柔和的样子，却不能盯得太久。盯得太久，那沙梁好似一条条巨蟒，在夜空下睁开了睡眼，庞大的身躯紧跟着扭动了起来，起伏着伸向远方。

良子坐在帐篷门口，盯了一会儿沙梁，就再也不敢继续了，抬头仰望星空。星空浩瀚，银河是通天长廊，没有尽头。天上一颗星，地上一个丁，据说星星和人类之间存在着古老的对应关系。良子能够辨识那几个著名的星座，但始终不能够确认自己究竟属于什么星座，尤其是自己未来的命运究竟会怎么样。在那个叫吉镇的小城里上中学的时候，他曾经从同学那里借阅过一本相关的书，按图索骥地对照，最后还是不了了之。据说，人的星座比血型更能够准确地说明性格特点，甚至预见自己的命运。想起学校，良子的心止不住又一阵扑腾。他的好几个同学如愿以偿地考上了大学。这就是分野，命运的分野。他们虽然同窗多年，但自此天各一方，恐怕再也不会谋面。而他自己呢，泥牛入海无消息了。不，比泥牛入海更加不堪，他是一粒沙子，被命运的风，无情地吹回大漠深处。没有哪个同学会留念他，更不会在若干年后还记得他。他也一样，随着时光的流逝，会忘却经历过的许多事情，就像一篇文章被删除了许多段落，变得面目全非，不忍卒读。

闹闹嚷嚷的汉子们钻进帐篷，点了煤油灯或者蜡烛，三五一伙地凑在一起，大呼小叫地玩了一阵扑克，喝了一些酒，就早早地睡了。原本洁净的空气中，还残留着一丝淡淡的酒香。自从那次大醉后，良子再没有喝过酒，而且是滴酒未沾。他对酒实在是提不起什么兴趣，甚至很厌恶。玩一玩扑克嘛，还说得过去。尤其是现在，在湖道里，在寂寥的夜里，玩一玩扑克什么的游戏，的确是一件有趣的事情，可以消磨无聊的时光，尽管他平时很少玩。这样一想，良子就有了这种渴望，也在静静地期待着。在家靠父母，出门靠朋友。良子懂得这个浅显的道理。如果他们发出邀请，良子是不会拒绝的，甚至还很愉快呢。然而，没有谁邀请他喝酒或者玩扑克。他们的冷漠，让良子觉得自己真的成了孤家寡人。那么，自己是不是应该主动地参与其中呢？

想来想去，他还是放弃了这种打算。良子没有主动参与其中，不是不想，而是抹不开自己的面子，万一被他们拒绝了怎么办？一旦出现这种尴尬和难堪的局面，他该怎样应对和收场？良子隐隐约约地感觉到了一种潜在的危险，并且就是针对他的，却说不清道不明究竟是怎么回事。当然，他们都不敢玩得太疯，不敢喝得太多，明天要起早，赶在日头出来之前这个宝贵的时段多打草，这同样是规矩。清早的芦草是脆的，打起来轻快顺手，也不怎么费刀刃，能够得到事半功倍的效果。除了良子，牧村的汉子在这方面经验丰富，个个都很老练，个个是打草的一把好手。本来嘛，按照以往的惯例，这次到湖道打草，良子爹是要来的，却被娘给制止了。娘为什么要更弦改辙，要良子到湖道打草？良子心里明白，爹心里也明白……

这时，吱呀一声，小屋的门开了。秀秀出屋了。

哗啦一声，秀秀倒掉了一桶洗锅的泔水。

良子这才意识到，在湖道打草的时节，只有秀秀睡得最迟，起得最早。她要赶在大家出工前熬好茶做好饭，等大家吃喝罢了，再洗锅刷碗，继续准备下一顿餐饭。说来说去，起早贪黑的秀秀其实最辛苦。

吱呀一声，秀秀进屋了。

小屋里的灯光，亮了很久……

12

良子几乎一夜未眠，听了一夜的虫鸣。

天要亮了，东边露出了一丝鱼肚白。虫鸣终于歇息，良子才睡着，而且睡得很死。醒来，薄薄的白布帐篷在阳光的照射下像一只透亮的灯笼，说红不红，说白不白。这时辰，就剩良子一个人还在帐篷里。

其他帐篷里都空了，大家都走了。再看湖道里，已经静悄悄地呈现出一副劳动的场面。十几个脊背弯得很低地分散开去，与地面平行地在草丛里往前蠕动着，每个人的身后是一溜儿裸露的沙土，像剃光了头发的青湛湛的头皮，然后是一排排躺倒的芦草。感觉是许多人在给一颗硕大无比的脑袋剃头，猛地看上去有些惊心动魄，当然也很壮观。阳光下，十几把镰刀深深地扎进草丛，再张扬地挥舞起来，刺眼地闪烁，星光垂落了一般。草被烫疼了似的纷纷躲避着镰刀，躲避不及的草只能俯首听命，就在滚烫的镰刀下沦陷了，倒伏了，像挨宰的羔羊一样，这就是草的命运，在这样的秋天里终其一生。青草和镰刀，本来风马牛不相及，一个满含新鲜的水分，一个凝结古老的铁元素，一柔一刚，在这种特殊的境遇中，却刚柔相济，共同演绎着一场庄重的游戏。打草打草，一个打字，悉心琢磨起来，形象而生动，朴素而贴切。已经热烈起来的空气中，飘浮着芦草分泌出的那种清甜的草香味。清甜中，甚至还有着淡淡的铁腥气。

一旦开了镰，打草的人便保持着少有的冷静和沉默，心照不宣地展开了竞争。他们心无旁骛，无暇左顾右盼，思想和行为在举起镰刀的一刹那，立刻变得单纯而迅捷，直奔主题，决不旁枝侧溢。现在，他们的眼里都是草，绿色的草，摇曳的草，风姿绰约的草，洋溢着生命芳香的草。寄托着牧人憧憬和希望的草。十年九旱，他们逢上了不旱的一年。这是天空和大地给予他们的馈赠和恩赐。作为牧人，他们没有理由，也不敢轻易地放弃天空和大地给予他们的馈赠和恩赐。这种馈赠和恩赐是慷慨的，是神圣的。牧人必须接受，否则就是一种罪过。看吧，风吹草动，风是秋风，草是秋草。秋风知劲草，路遥知马力。

看着这一幕，良子被感动了，也羞愧了。羞愧大于感动。

良子猛地意识到了自己的失误，不能再这样观望下去了，更不能患得患失，必须丢掉一切烦恼和私心，必须振奋精神，立刻融入眼下这壮丽的劳动中去，毫不吝啬地挥洒自己的汗水，包括自己的青春。一个非常棘手的问题却也不合时宜地出现了，良子找不见自己的镰刀了。一共两把镰刀，前几天已经被爹蘸着盐水磨得锋利无比，准备轮换着使用，现在却一把都找不见了。良子清楚地记得，那两把镰刀就立在帐篷门口的一侧，昨天晚间睡觉的时候，他还看见了的。两把镰刀并排在一起，模样极其相似，双胞胎似的，就连木头把儿都无二致，一样的长度，一样的弯度，良子因此笑了一声。这无疑是爹的杰作，可见爹是一个多么细致的人。就是这样一个心思缜密、谨小慎微的人，却将日子过得稀松平常，总是赶不上牧村里的其他人家。这样一想，再盯着那两把镰刀时，就觉得那两把镰刀静静地立在那里，包含着一种嘲弄的意味，良子笑不出来了，便有些凄然。后来，他迷迷糊糊地睡着了，什么也不知道了。

良子像只无头苍蝇，围着帐篷转来转去好几圈，还是没有找见那两把镰刀。

后来，良子看见帐篷旁边多出了几行陌生的脚印。风吹草低，风吹沙动，那几行脚印已经变得模糊了。虽然辨不清鞋底留下的花纹，但良子完全能够肯定，这脚印不是他自己的，是别人的。这表明镰刀的消失与这几行陌生的脚印密切相关，构成了因果关系。是有人在和他开玩笑吗？也许是的，这并不奇怪。某种潜意识却告诉他，不是。既然不是开玩笑，那又会是什么呢？良子的脑子嗡地响了一声，肯定是有人搞恶作剧，趁他睡着后将镰刀拿走了，或者藏在了什么地方。总之，镰刀不见了。联想到大家对他的冷漠，对他的不屑一顾，以及那些编排他的笑话，良子更加确认了自己的判断。

良子脚下生风，气喘吁吁地往湖道里走去。

经过这一番折腾，良子走进湖道里时，已经是晌午了。晴朗朗的天上高悬着一颗燃烧得刺眼的太阳。湖道里湿漉漉的，没有风，空气就有些闷热，再加上心情烦躁，良子的脸色十分难看。良子稳定一下自己的情绪，在那几个曾经的伙伴面前站了很久，一声不响，意思是玩笑可以开，但现在该收场了。可是，效果并不理想。那几个曾经的伙伴头都不抬，只亮给良子几个裸露的起伏的脊背，没有人吭声，一个个都保持着高度的沉默，然后是汗流浃背。良子认为自己再不能沉默下去了，就粗声大气地说，你们谁看见我的镰刀了？那几个曾经的伙伴照例是头都不抬，对良子的问话充耳不闻，只顾弯腰打草。

沉默，还是沉默。

良子只能看见他们汗津津的脊背，看不见他们的脸。在一片沉默中，良子看见几只隐蔽在草丛里的虫子没有躲过一劫，被锋利的镰刀给拦腰斩断了。它们身首异处，一片狼藉，不忍目睹。有一只虫子，不，只能说是半只虫子仍然扭动着小小的脑袋，在那里做着垂死的挣扎，看上去十分恐怖。后来，它不挣扎了，从被切开的小小的剖面流出了一些草绿色的黏液。可怕的沉默。良子被眼前的场面刺激了一下，突然有了一股莫名的悲愤。

你们把我的镰刀交出来。

你们把我的镰刀交出来。

你们把我的镰刀交出来。

……良子一个个地问过去。

问到第三个曾经的伙伴时，这个曾经的伙伴终于停止打草，抬起头，满头大汗地面对良子，笑嘻嘻地明知故问，良子，你不在帐篷里待着，你找啥？

良子郑重地重复了一遍，镰刀，我的镰刀，你们把我的镰刀交出来。

这个曾经的伙伴直起身，向左右两边看了看，一本正经地说，你们谁看见他的镰刀了？没有人应答，依然是沉默，只有刷刷的打草声不绝于耳。这个曾经的伙伴说，你的镰刀上有什么记号吗？良子被问愣了，无法回答。他的镰刀上究竟有没有记号，他真的不知道。进湖道的时候，爹也没有告诉过他。再说了，给镰刀做记号，有这个必要吗？又不是长着腿到处流窜的活物，马牛羊什么的牲畜。显然，良子已经处于一种非常尴尬的境地。这就是说，他的镰刀没有记号，那么寻找起来就会很困难。不过，良子毕竟是高中生，脑子转得快。良子想了想说，你们的镰刀上都有记号吗？这个曾经的伙伴说，我们的镰刀上也没有记号，但是我们拿的是自己的镰刀。良子说，你们的镰刀上没有记号，怎么能够确定是你们的镰刀？这个曾经的伙伴说，这很好解释，我们的镰刀现在就在我们自己手里，难道你能确认我们手里的镰刀不是我们自己的镰刀，而是你的镰刀吗？良子当然不能确认。至此，良子知道自己不仅仅是处于一种尴尬的境地，是已经落进一个圈套里去了。而且他还准确地意识到，不能再这样毫无意义地辩论下去了，表面上看像一个类似白发三千丈的语言游戏，但其实就是一个陷阱。再这样辩论下去，他会越陷越深的，以至难以自拔，甚至自取其辱。仿佛是专意证实良子此时此刻的所思所想，几个曾经的伙伴意外地停止打草，都一律直起身，迎着白花花的灼热的阳光，浪声浪气地唱了起来：

钱呢？

掉井里了。

捞呢？

捞不着了。

　　咋呢？

　　越捞越深了……

　　浪声浪气的谐曲子唱罢。良子呆若木鸡。

　　呆若木鸡的良子，竟不知道自己已经急出了一身汗，恰好有一丝风悄然地吹来，让他在白花花的灼热的阳光下觉出了一丝莫名的冷。良子本能地打了一个寒战，他不知道自己接下来应该怎么办，留下还是离开。手里没有镰刀，自己打不了草，留下有什么用？那么，就离开湖道，拂袖而去，去哪里？却是一个新的棘手的问题。接下来，良子想的是，即便是离开，也应该是理直气壮的，而不是缩头缩尾的，因为自己并没有做错什么事情。但是，这样做，实际上也不妥当，就像俗话说的，狗皮袜子没反正那样，理直气壮也好，缩头缩尾也罢，反正是等于承认了自己的失败和无能。落荒而逃，等于是把人丢大了，日后又会被他们编排出什么新的不堪入耳的笑话和故事呢。就在良子进退维谷的时候，有人说话了，依然是先前说话的那个曾经的伙伴。

　　这个曾经的伙伴依然笑嘻嘻地说，你的镰刀在哪里，我们咋能知道。或许是不小心埋进沙子里了。你想想，这是很有可能的。一把镰刀算个啥呢？就是一只羊卧在沙地上，也会被埋得无影无踪的。你也不要太着急，等到打完草收工后，我们帮你找，不就是几把镰刀嘛，还能突然长了膀子飞到天上去？再说了，你是知识分子，抓的是笔杆子，都多少年没有摸过镰刀把子了，一天能打几捆草？有我们这些面朝黄土背朝天的伙伴们在，已经够了。

　　良子痴痴地说，我要打草。

　　这个曾经的伙伴说，这样吧，你先到小屋那里去，给秀秀帮帮忙。

今年雨水多，草好，活重。我们人多，能吃，都是大肚子罗汉。一日三餐，秀秀一个人忙不过来。

旁边几个曾经的伙伴也停止打草，抬起头，说，就是就是。

沉默。这下轮到良子沉默了。

良子还想争辩什么，这个伙伴说，去吧。

另几个曾经的伙伴也说，去吧。

去吧去吧。

13

良子垂头丧气地站在了秀秀面前。

秀秀没有任何思想准备，大吃一惊，说，你咋来了？你咋不去湖道里打草？

天热，屋子小，一大锅开水沸沸扬扬地翻着跟头，小屋里热气喧天，热得像蒸笼。时辰不早了，秀秀正在做中午饭，脸被灶膛里的火烤得汗涔涔、红扑扑的，越发地光彩照人。良子终于面对了他朝思暮想的秀秀，却心情复杂地立在地上，不知是祸是福。如果是福，来得突兀了一些，尤其是隐隐约约地觉得被一只看不见的手在暗处操纵着，有一种说不出的别扭，使得他的心里并不怎么踏实，脚下有一种悬空的感觉。在这种古怪心情的影响下，良子的舌头短了半截，很不灵便，半晌说不出一句话。

秀秀不明就里。见良子呆头呆脑、魂不守舍的样子，秀秀就等。秀秀等了半天，良子还是不说话。这样沉默下去不是个事儿，谁知道良子心里想的是什么，被别人看见了也不好，秀秀只好说话。秀秀说，你啥时候变成个闷嘴葫芦了？说罢，秀秀就笑了。秀秀一笑，良子受

164

到了些许鼓舞，在一旁仅容得一个人睡的土炕边坐下。很显然，秀秀晚间就睡在这里，伴着一屋子的烟火。秀秀哦了一声说，你早上没吃东西。良子说，气都气饱了。秀秀奇怪地说，大清早的，哪来的气受？

情绪终于稳定下来后，良子讲了丢失镰刀的事情，还说了那几个曾经的伙伴的意思。

秀秀听了，沉吟一阵，突然又笑了。

良子很敏感，思维大幅度跳越，说，你笑我没有考上大学，窝囊，丢人，没出息？

秀秀善解人意地说，天底下的人都能考上大学，大学也就不是大学了，叫小学还差不多。天底下的人都能考上大学，谁当牧民？谁放羊？谁打草？良子说，那你笑什么？秀秀说，放心吧，你的镰刀没有丢。良子说，为什么？秀秀却又答非所问地说，你不是已经到处找过了吗？也问过了吗？急也没用。良子说，我还得打草呢，我不去打草，岂不又要遭人笑话？秀秀说，你连自己的镰刀都看不住，还打的啥草，拿手拔啊？既然他们这样安排，你就给我帮厨吧。事情已经是这个样子了，良子就不再坚持了，还自圆其说，也许一场风，就把镰刀给刮出来了。秀秀听了，沉默了一阵，若有所思地说，那得多大的一场风啊。

良子说，那天去你家喝酒，你没认出我？

秀秀说，早认出来了。

你为什么不和我说话？

因为你喝醉了。

你不想看电视？

想。

想，为什么不去？他们都去。

我爹不让去。

你爹和我爹一样，老封建，老顽固。

两个人就又沉默了。

秀秀闷闷地看灶膛里的火苗舔着锅底。锅底上有大片火星精灵般地绕来绕去。秀秀看着灶膛，良子则看着秀秀，看着看着，心潮澎湃，蠢蠢欲动，突然想伸手摸一摸秀秀那张红扑扑的脸，想搓掉秀秀手掌上的面疙巴。良子思想斗争很激烈，脑子里像有一汪湖水，按进葫芦浮出瓢，七上八下的。再看秀秀，端端正正地坐在旁边，和他保持着一定距离。良子斗争了一阵，还是忍住了。良子不敢，一旦被秀秀拒绝，往后就不好办了，凡事都得讲究个循序渐进，就像写作文一样，顺理才能成章。良子懂得这个，好歹也是个高中生，写了很多永远发表不出去的作文。从书本到实际，从理论到实践，活学活用，挺好的。关键是良子目前还不能确认，秀秀是不是也同样喜欢他。好在他们都到湖道里来了，可以天天见面。天天见面，机会多多。小河流水大河满，感情也一样，是需要一点一滴培养的。

照此说来，真要感谢那两把丢失了的镰刀，尽管丢失得莫名其妙，丢失得匪夷所思。也要感谢那个曾经的伙伴，一番天衣无缝、滴水不漏的大道理之后，指使良子给秀秀帮厨，尽管同样蹊跷。人非圣贤，良子顾此失彼，在这两件事情上没有静下心来认真琢磨，什么莫名其妙啊，什么匪夷所思啊，什么蹊跷啊，都被他暂时丢到了脑后。良子现在是触景生情，宁肯相信是因祸得福，是失而复得。具体来说，就是虽然丢失了两把普普通通的镰刀，却得到了和朝思暮想的秀秀独处的大好机会。比较而言，和秀秀独处的机会更加难得，更加重要。既然得到了，就不应该轻言放弃。

因为良子要恋爱了。

恋爱，是良子目前压倒一切的头等大事。

良子心想，既然是给秀秀帮厨，就该做些什么，空口大白话，难免让秀秀看不起，必须首先给秀秀留下一个踏实肯干的好印象。良好的开始是成功的一半，殊途同归，这和写作文也是一个道理，良子有这方面的体会。良子在帮秀秀干活这件事情上倒是开始琢磨了。一日三餐，揉面蒸馒头他不会，切菜炒菜他不会，洗锅刷碗又不合适，琢磨来琢磨去，认为拾柴和拉水最恰当。男人嘛，就该干一些力气活。于是，良子说，我去拉水。秀秀说，水桶是满的，够用好几天。良子说，我去拾柴。秀秀说，你看那柴垛，够烧好几天的。良子说，我到底能干些什么？秀秀说，你就坐着，陪我说说话。

良子就坐着没有动。

秀秀起身，从屋门背后拿过来一只布袋子。

布袋子是用裁剪之后剩下的各种碎布头拼接缝合而成的，村里人叫它掐花布袋子，有大有小，朴素，厚实，耐用。这种掐花布袋子，曾经像手工的绣花枕头一样流行，让牧村的大姑娘小媳妇乐此不疲，既打发了寂寥的时光，又给单调的生活增添了许多乐趣。和绣枕头一样，做掐花布袋子，也是她们展示自己女红本领的重要手段。曾几何时，牧村的大姑娘小媳妇人人拿着五彩缤纷的丝线或者形状各异的碎布头，三五成伙地坐在谁家的土炕上，一边绣枕头或者做掐花布袋子，一边张三李四、家长里短，其乐融融。人们也还记得，她们就这样坐在一起，有时候伴着一台小小的百听不厌的收音机，轻轻地哼唱过不少歌曲。上世纪七十年代，曾经有一首很流行的民歌《绣金匾》，一绣毛主席，二绣总司令，三绣周总理什么的。她们很虔诚，唱着唱着，就有人被感动得流了泪，甚至联想到了自己苦难的身世和生活中的种种不如意。她们并不清楚这是一首古老的民歌，曾经流行于陕甘宁地区，她们也不清楚陕甘宁是一个怎样的地理概念。她们同样不清楚这首旋律深沉、曲调委婉的民歌因为某种政治需要，被改了歌词。她们唱的其实就是已经被改了歌词的《绣金匾》。即便是这样，这一首被改了歌词的民歌，它的旋律和曲调仍然是深沉的，仍然是委婉的，甚至是忧伤的。这就是音乐的魅力。凡此种种，这样一道世俗的风景，是很令人感慨的。后来秀秀是不是也曾经加入其中？不得而知。良子对此没有什么兴趣，他的兴趣在眼前的秀秀身上。

秀秀将掐花布袋子打开，从里面掏出了几样东西：沙枣子、胡萝卜干、锁阳干。

良子有点多余地说，哪来的？

秀秀说，沙枣子是我从西头涝坝旁边的沙枣树上打的，胡萝卜是我自己种的，锁阳是我在刺疙瘩下面挖的。我打的，我种的，我挖的，我晒的，咋样？秀秀的潜台词，良子一听就明白，是挖苦他城里念了十几年书，忘了他们儿时的许多乐趣和嗜好，包括这些土里土气的日常零食。牧村里流传的一则笑话是，进了三年城，不认爹和娘，分不清骚胡和羝羊。

良子不好意思地哦了一声。

秀秀说，你还想问啥？

良子说，不问了。

秀秀笑了。

良子也笑了。

他们就吃起了沙枣子、胡萝卜干、锁阳干。

牧村的人从小时候开始，就爱吃这几样东西。这是他们的日常零食，也可以说是平民的美食。这几样零食都有共同的特点：涩、苦、甜。涩中带苦，苦中有甜，往往是苦和涩大于甜。在上世纪六十年代初发生的那场旷日持久的自然灾害期间，这几样东西曾经代替极其金贵的粮食，拯救了许多西北人的生命，可谓功德无量。作为大自然的馈赠，它们同样深受牧村人的青睐，并且逐渐沉淀演变为永远无法抹去的温馨而感伤的记忆。

良子对这样的零食当然记忆犹新，只是自从到城里上学后，便不大接触了，时间一长，多少有点儿淡忘了。现在重新咀嚼这几样朴素的零食，无疑会勾起良子的许多记忆，尤其是他和秀秀从小到大的一段友情，质朴，单纯，洁净，诚恳。事实上，味觉记忆是一种很奇特的心理感受，往往妙不可言，在亲情和乡情中具有不可替代的功能，它的强大和持久，足以让一个漂流在外的游子刻骨铭心、没齿难忘。譬如你小时候饥饿难耐，吃了母亲做的一碗粗茶淡饭，到你终于走完自己的一生，行将就木的那一瞬间，很可能唯一回味的就是母亲的那一碗粗茶淡饭。

难道秀秀是在用勾起味觉记忆这样的方式，不动声色地向良子暗示什么？

如果是这样，秀秀不简单。

吃着吃着，良子就想，秀秀真是可怜，这样一个端端正正、漂漂亮亮的女子，偏就落草在了这个小小的偏僻落后的牧村，只能用苦涩的沙枣子、胡萝卜和锁阳什么的，满足作为一个女子喜欢零食的嗜好和愿望。当然，还有沙米凉粉和碱柴籽儿炒面什么的。城里的女子自小就吃各种各样包装得花花绿绿的零食，包括各种各样的水果。同样是女子，城里的女子和牧村的女子差别为什么就这么大呢？这很不公平。良子替秀秀难过，替秀秀打抱不平，突然就有了一种崇高的感觉。感觉一旦崇高起来，很容易自我膨胀，很容易忘乎所以，胆子也就大了起来。

良子很想对秀秀表达些什么。

这样一想，良子就情不自禁了。情不自禁的结果是，光天化日之下，良子鬼使神差地捧起了秀秀那张红扑扑的脸，然后便亲吻。秀秀应该是没有任何防备的，在良子面前放松了警惕。秀秀被良子蝎子般突如其来的举动蜇得手足无措、全身僵直，继而浑身颤抖。出人意料的是，秀秀竟然没有反抗，没有拒绝，由着良子亲吻，由着良子拥抱，娇巧温热的身子软得像刚出笼的发面馒头。在良子忘乎所以的亲吻和拥抱下，秀秀哭了，泪水涟涟，湿了胸前的衣襟。

在秀秀无声的哭泣和流泪中，良子终于清醒了。

良子说，秀秀，你扇我耳刮子吧，扇上十个耳刮子。越疼越好，往死里扇。

秀秀没有扇，反而止住了哭泣。

良子说，秀秀，自作主张买电视机，是要收拢你的心，你一次都不看我真伤心，我知书达理，你有什么不称心？良子这一激动，倒把话说得挺顺口，虽然凄惶，却像唱歌，无意地表现出他毕竟是个高中生的一番学问来。

秀秀听良子这样一说，实在忍不住，破涕为笑。

秀秀说，以后再不许你这样。

良子说，大城市里的男女谈恋爱都这样，没有这个还叫什么恋爱？上海有条黄浦江，黄浦江上有座桥。天一擦黑，桥上就有人一对一对地谈恋爱，挤挤挨挨的，没人管。良子眉飞色舞，那样子好像他亲自到上海黄浦江的那座桥上考察过一遍似的。上海很远，远得都上了大海，所以才叫上海嘛，恐怕良子今生今世都去不了，秀秀就更不用说了。不过，尽管牧村人孤陋寡闻，却也知道上海出产的东西很有名，尤其是上海牌手表、凤凰牌自行车、海鸥牌照相机、大白兔牌奶糖什么的。还是那句话，良子考上大学，去上海的可能性就要大得多；

如果在牧村里放一辈子羊，那就很难说了，几乎没有去上海的可能性。你想啊，一个放羊的人，到上海这样的国际大都市干什么去？除非你腰缠万贯，去旅游。

秀秀说，羞死人。

良子说，你还是个初中生呢，封建。

丢人败兴。

你还到城里上过学呢，落后。

你在城里找一个女人，不封建，不落后。

良子一下子噎住了。他恨城里人，包括男人和女人，尤其是女人。城里的女人都不是好东西，眼睛长在脑门上面。他不会忘记上学时，班里的女同学都不愿意和他坐一张课桌，都叫他沙老鼠、土鳖子。尽管良子也像城里人那样，每天早晚刷两遍牙，可她们还是说他身上有一股骚烘烘的羊膻味。

良子说，城里的女人都是些什么东西，驴粪蛋子面面光。还是你秀秀好，不用打扮就能气死她们。

油嘴滑舌的，人家都说你不实在。

什么叫不实在？我知书达理，劳动也踏实。你也这么想？

我没有这么想，才愿意跟你好。

这就对了。我们是自由恋爱，受法律保护。

良子还想往下说什么，秀秀突然制止了他，说，你赶紧走吧，打草的人要收工了。

是他们让我给你帮厨的，怕什么？良子不愿意离开。

秀秀说，你是不知道，他们啥话都能说出来。

良子说，我已经说过了，我们是自由恋爱。

秀秀说，等他们吃喝罢，去了湖道里，你再来。

171

良子明白秀秀是为他好，就离开了，回到自己的帐篷里。

14

一个月满，打草的人们统统撤出湖道，回到牧村去。

人去湖空。人去屋空。红红火火、热气腾腾的小屋又一次完成了它的使命，吹灯拔蜡，熄火封门，又开始像一座废弃的古老的烽火台一样，寂寥地守望着空荡荡的湖道。闹闹嚷嚷的湖道便彻底安静了下来。打草的人三五成伙地牵着毛驴，驮着帐篷、铺盖什么的，一拨一拨地离去。良子是最后一个离开的。良子离去的时候，竟然有些恋恋不舍，一步三回头。别人都走远了，甚至秀秀也走远了，他还磨磨蹭蹭地站在一道沙梁上，向湖道里张望。良子之所以有这样的举动，是可以理解的。这个湖道，是他初恋的发生地，在这里，开始了他别样的人生之旅、爱情之旅，意义非凡。良子是那么火热地感觉到了生命的澎湃、激荡，爱情的浪漫、温馨。当然，这一切都是因为秀秀的存在。

已经变得空荡荡的湖道里，留下了一个大草垛，巍峨，壮观，出类拔萃，引人遐想。

良子说，大草垛，你要为我和秀秀的爱情作证。

大草垛像个睿智的老者，沉默不语。

15

所谓失而复得。

良子丢失的那两把镰刀也神秘地出现了。

离开湖道的那个早晨，良子看见自家的那两把镰刀静静地立在帐篷门口。

只是，镰刀已经有了斑驳的锈迹。

16

回到牧村，良子的自由恋爱蒙上了一层浓密而恐怖的阴影。

牧村里到处流传说，良子去了一个月，竟然吊儿郎当，不务正业，不到湖道里打草。起初，也有人表示怀疑地说怎么可能呢，一家出一个劳动力，冬天喂羊的时候，那个大草垛每家都有份，很公平的。如果良子不打草，那个大草垛就没有他家的份，他家的羊群该怎么过冬呢？谁都清楚，那可是寒冷而漫长的冬天啊。没吃过猪肉，还没见过猪跑？良子再不实在，再不正经，再是个二杆子，毕竟是个高中生，喝了多年墨水，不会不明白这样一个浅显的道理。传话的人说，让事实说话嘛，所有去了湖道的人都能够证明。良子去了一个月，连镰刀把子都没有摸过一下，还说镰刀丢了，找不见了。后来完工的时候，他的镰刀又出现了，岂不是咄咄怪事？他的镰刀都生了锈。有人说，他良子不去湖道里打草，还能干啥，莫非躺进帐篷里睡了一个月的大头觉？还不把头给睡扁了。传话的人说，你们如果不相信，去问秀秀嘛。有人说，这和秀秀有啥关系呢？传话的人说，秀秀啥都知道。听话的人兴趣大增，就紧着问传话的人。传话的人说，良子从早到晚钻在小屋里，和秀秀黏糊在一起。还说良子和秀秀黏糊来黏糊去，就那个了。听话的人和传话的人随后就笑，笑得呱朗朗的，像一群争风吃醋的呱呱鸡。

有人去问良子。

良子说，我确实没有打一把草，我的镰刀丢了。我的镰刀直到收了工，第二天回家的早晨才找到，是别人悄悄地立在我帐篷门口的。我现在都在怀疑我的镰刀为什么莫名其妙地丢了，一个月后又莫名其妙地出现了。镰刀确实已经生了锈。有人说，才一个月，镰刀咋会生锈呢？良子说，我分析镰刀是埋在湖道里了，湖道里湿气重，镰刀被水湿了才生的锈。如果埋进沙子里，不会这么快就生锈，说不定早让风给刮出来了。有人说，你不会借上别人的镰刀打草？十几个人几十把镰刀呢。良子说，他们不让我打草，让我给秀秀帮厨，说一日三餐，秀秀一个人忙不过来。有人说，你就老老实实地给秀秀帮了一个月的厨，没干点别的？良子说，什么意思？有人就极其暧昧地笑了，一边笑，一边伸手做了一个极其下流的动作。良子很无奈，很气愤，说，我和秀秀是自由恋爱，没有什么见不得人的，信不信由你。有人说，儿子哄老子，风刮草帽子，你连自己的爹都日哄呢，谁信？也难怪，湖道里一定有千年修行的狐狸精在作怪，要不年年都出这码子丢人现眼的事。

有人说罢，扬长而去。

至此，良子才确认，他一步步地掉进了一个早就设好的圈套。

不过，良子满不在乎。

早些年，湖道里是出过一起所谓的男女苟且之事，传得沸沸扬扬、风风雨雨的。女的三十几岁，是个寡妇，叫许金花；男的是个光棍，村里人都叫他田大。至于他的名字真正叫什么，无人知道。他是从贺兰山南边的河套地区辗转来到牧村的，牧村之所以收留他，是因为他是个赶马车的好把式，将一杆长鞭甩得花枝招展、风生水起。许金花和田大两个人确实是在湖道里打草的时候偷偷好上的，却做得滴水不漏，打草的人谁都没有看出来。许金花做得一手好饭，就在小屋里抹锅上灶。田大倒没有给许金花帮什么厨，而是和其他人一样，早出晚

174

归地去湖道里打草，很勤勉，从不偷懒，不仅是一个赶马车的好把式，还是一个打草的好手。也许正是这一点，让许金花最终看上了年龄比她大好几岁的田大，心有所属，决定两个人铺铺盖盖地合伙过日子。回家的前几天，月黑风高的一个深夜，有人出去撒尿，听见草垛里发出窸窸窣窣的声音，便心生好奇。于是，他们两个人在大草垛里一丝不挂地被捉住了，捉奸拿双，证据确凿。在那样一个年代，他们两个人后来的处境可想而知，被当作流氓双双被批斗，然后采取隔离的方式接受劳动改造。没有几年，许金花和田大错前错后地死了，也没有被埋进本家坟场，只在很偏僻的地方立了两座孤坟。他们两个人至死也没有走到一起。后来，政策松动了，许多人的冤假错案开始平反。由于许金花和田大已经死了多年，恐怕早就变成了四处游荡的孤魂野鬼，便无人提及。

关于许金花和田大的故事，良子不是不知道。鉴于他们两个人你情我愿，属于自由恋爱，良子早就在心里给他们平了反。

良子可以给死人寡妇许金花和光棍田大平反，活人却不给良子平反，使得他的自由恋爱蒙上了一层巨大的阴影，这也很不公平。碰见良子的人都怪模怪样、挤眉弄眼地笑，好像他的脸上突然烂了鼻子少了眼睛长了麻子，变成了一个令人恶心的丑八怪。良子说，你们都是思想封建，狭隘落后。听的人并不去琢磨这几个字包含的历史与现实内容，认为是骂人的话，也不示弱，极其恶毒地回敬良子说，你是女人裤裆里装镢子，溜 × 呢。良子被给了当头一棒，翻一翻眼睛，舌头又短了半截，一句话说不出来。旁人笑得更加开心。别看良子是个在城里上了十几年学的高中生，知道不少书本上的知识，一旦和村里的人理论起来，一下子就被他们脱口而出的不堪的俚语打倒了，打得落花流水，毫无招架之功，更无还手之力。真正是秀才遇上兵，有理说不清。既然说不清，那就不说也罢，惹不起，躲着走。过了些日子，良子便也无所谓了，全当是耳旁风。

　　令良子伤感的是，他不能和秀秀见面了。

　　秀秀家没有养狗。秀秀的那个爹比狼狗还要气势汹汹，白天晚上不离屋门，死守着秀秀。秀秀一步动不了。良子设计过不下十种和秀秀见面的方式，都失败了。良子没有办法，给娘说了，尽管娘很支持良子和秀秀找对象，却也没有办法让他们两个人见面，就给爹说了。爹这些天被良子所谓的自由恋爱折腾得六神无主、七窍生烟，不敢出门，像一只掉了毛的老雁窝在家里的炕上唉声叹气。见良子还要继续折腾下去，就再也不买这个风流加糊涂的账了，骂得佛跳墙鬼吹灯，儿子败姓，老子跟上羞先人。无奈之下，娘豁出去一张老脸，低三下四地请求牧村里一个平时处得还不错的老姐妹递过话去，正式提亲。意思是多说些软话，将错就错。秀秀终究是要嫁人的，良子好歹是个高中生，模样也不差。再说了，全家人都喜欢秀秀，让她进门就当家，不受一丝委屈。

　　那个老姐妹带着良子娘的旨意和期待去了，又很快传过话来，说是好话说了几箩筐，秀秀爹死活不同意。嫌良子不实在，念了几天书到处张狂，丢人败姓，不是个正经过日子的。去了湖道一个月，竟然一根草都没打，还说把镰刀丢了，这不是红口白牙说胡话吗？没有打下草，自家的一群羊冬天咋过？他家的屋顶都开了窟窿，夜晚数星星，那土墙酥得咳嗽一声往下掉泥皮，咋不说补一补抹一抹？买的啥发电机电视机，耍的啥排场？这叫光屁股追狼，死要面子不要命。秀秀嫁给这样的二杆子，算是睁着眼睛往穷坑里跳。秀秀的爹出口成章、妙语连珠，把良子数落得有皮没毛。不，是没皮没毛，里外不成形。那个老姐妹像是还有话没说出来，问得紧了，才说因为秀秀和良子在湖道里做下的那码子见不得人的事情，挨了她爹的打，躺在炕上动不了身。良子浑身一激灵，像打在自己身上。

不中用的爹。

不中用的娘。

不中用的媒人。

良子要自己去，去的时候神情很悲壮，单刀赴会。他不信秀秀的爹真的是老糊涂了，成了一块劈不开的榆木疙瘩。爹娘劝不住，也就作罢。只怪自家养了个不争气的货，屎把脸糊了。不消一时三刻，良子摇摇晃晃地回来了，脸白得骇人，像裱了一层麻纸，眼神瓷登登的，暗淡无光。良子去了，实际上是等于没去。良子根本就近不了屋门，远远地就被秀秀的爹堵在了半道上。秀秀的爹还是那个老姐妹学说过的几箩筐话，然后恶狠狠地补了一句，再敢走近我家的屋，敲折你的干腿棒子。

狗日的秀秀爹。

老不死的秀秀爹。

……

17

深秋。

秋深了，天也就一日一日地冷了。

秋天的一只脚已经踏进冬天的门槛。

牧村上空的那只孤鹰也莫名其妙地消失了。某天，小小牧村还在黎明前的黑暗中沉睡，偶尔的一声啼哭，不知是谁家的娃从梦中突然醒来，随即又睡着了，接着是长久的静谧。牧村最东头那座低矮破旧的土屋里，却早早地亮起了灯。因为没有风，风力发电机停止了转动，一副垂头丧气的样子。屋里灯光昏暗，隐隐地回旋着一丝鬼魅的气息。其实，这一家三口彻夜未眠，一边包饺子，一边嗡嗡嚷嚷地说了许多话，还夹杂着娘断断续续的抽泣。天快要亮了，良子也吃罢了饺子。饺子很好吃，里面放了切得细碎的干羊肉和沙葱花，轻轻地咬一口，满嘴流油，香气扑鼻，余味悠长。

良子说，我该上路了。

爹娘没有再说什么，也没有出门，怕着什么似的，不愿意惊动这沉寂的夜，清凉的夜，冷冰冰的夜。

屋门吱呀一声开了。

从屋里走出来了良子。屋门又吱呀一声关上了。良子没有回头。良子能够感觉出来，爹娘那沧桑的目光早已经穿透薄薄的陈年的墙壁，满含忧伤和悲戚地落在他的脊背上。爹娘的目光尽管沧桑，却也像刀子，柔软的刀子。良子身背他在城里上学时用过的一卷铺盖和一个书包。良子要去的地方，正是他上了十几年学的那个叫吉镇的小城，那个熟悉而陌生的小城。他要离开爹娘，离开秀秀，离开小小的牧村，到那个叫吉镇的小城打工，用自己的汗水和血水一边养活自己，一边治疗情感的创伤。

良子经过寡妇许金花和光棍田大的坟头时，天际正好露出了鱼肚白。良子突然停下脚步，站在两座孤坟之间，默默地注视了许久。坟头上枯草萋萋。此时此刻，看着这两座孤坟，良子究竟想了些什么，只有他自己知道……

布和收音机

——我的七十年代

1

　　那天，父亲很高兴的样子。

　　平时，父亲的脸总是紧绷着的，如果好长时间没有刮胡子，那张脸看上去就更加严肃了，甚至有些可怕。那天，父亲站在井口上饮完了一群羊后，没有像往常那样回屋，而是绕过我家那个小小的菜园子，直接去了老聂家。我家在东边，老聂家在西边。我家的羊圈在我家屋子的东边，老聂家的羊圈在老聂家屋子的西边。这样的布局在当初砌羊圈的时候很偶然，但是后来给我的感觉却像是一种必然，太阳每天从我家的羊圈里升起来，从老聂家的羊圈里落下去，循环往复，以至无穷。两家之间，还隔着几道小沙梁和一条枯水沟。顾名思义，在没有水的日子里，这条沟是干枯的，有时候难免风沙肆虐，像有一群野驴桀骜不驯地尥蹶子撒欢，攘起一股又一股沙尘。水从哪里来？是从北边的巴彦乌拉山上泻下来的雨水。天不下雨，巴彦乌拉山上便没有水，这条沟里也就不会有水。下雨的日子很少，巴彦乌拉山自己都干渴得要冒烟，光秃秃地几乎不生长树木，皲裂得像一个历尽沧桑的老

179

人的皮肤。其实，我们东西两家，都是各忙各的生活，日出而作，日落而息，一年四季少有来往。就连羊群也是这样，以枯水沟为界，各到各的草场吃草，各回各的井上饮水，各进各的羊圈歇息，讲规矩，守本分，不僭越。一般情况下，从我家徒步走到老聂家大约需要两个小时。父亲一去多半天。太阳快要落下去的时候，父亲回来了。回来的父亲就变了模样，不仅刮了胡子，还顺便把头也剃了。一看就是老聂的手艺，顶上功夫不错，真是应了一幅古老的对联：虽然毫末技艺，却是顶上功夫。老聂也是这样的，每逢需要剃头或者刮胡子的时候，也要到我家来，让父亲给他操作，然后顶着一颗光秃秃明晃晃肉囊囊的脑袋，满意而去。老聂是典型的五短身材，腿还罗圈，一旦剃成光头，脑袋就显得更大，也更加矮胖了。剃头刮胡子的过程中，他们嘴里也不闲着，议论牧业方面的经验、气候方面的变化以及一些道听途说的事情。每逢他们这样一边手里和头上忙乎着，一边嗡嗡嚷嚷地说话，我就会联想到黑白电影（那时候，我们牧区只能看这样的电影）里的某个画面，两个地下党以剃头刮胡子这种方式为掩护，互通信息，交换情报，布置任务。来而不往非礼也。父亲和老聂这样彼此关照的交情，已经有几十年了。

父亲个头不低，胖瘦适中，又因为刮了胡子剃了头，看上去立马年轻了好几岁，比先前精神了许多。我要说的是，那天的父亲终于一改往常在我们面前的不苟言笑，平时总是紧绷着的脸有一些舒展，亮堂堂的。更重要的是，整个人和蔼了不少，温暖了不少。这也正是我们全家人期盼的，向往的，巴不得父亲至少十天或者半个月就刮一次胡子剃一次头。也许这样一来，父亲的和蔼和温暖就能够长时间地延续下去。因为父亲平时的态度和表情，直接影响着家里的气氛，甚至我们的思想和行为。在这方面，父亲是一个强势的人。我们都知道，父亲不是那种表情易于外露的人，即便是遇到了什么顺心的事情，脸上也只是淡淡地掠过一丝微笑。那笑幽微地一闪，很快归于平静，像是刻意地隐忍着什么似的，了无痕迹。能够让父亲毫无顾忌地大笑几声，极其难得，一年都见不了一次。能够让父亲开怀敞亮地大笑几声，那是太奢侈了，太意外了，奢侈和意外得有如你想得到一只小羊，却意外地拥有了一匹高大健壮的骏马。作为儿子，我这样啰里啰唆地说三道四，是不是不守本分、不讲规矩？对自己的父亲有所不恭、有所不敬呢？这倒未必，不必多虑。即便是有所僭越，那也是写这篇小说时需要这样做的，属于语言叙述方面的技巧问题，根本不在道德层面上。

其实，父亲是个很有主见的人，做事很果断，从不拖泥带水，从不贪图小便宜，而且往往呈现出一种孤寂和落寞的效果，有时候会令人觉得不可思议。

2

那天，父亲和蔼和温暖的表情，就首先与布有关。

我这样一说，也许读者觉得很突兀。什么布？就是用来做衣服或者缝被褥什么的布嘛。布也叫衣料，主要是棉布、绸缎、呢绒等材质。将布按照不同的尺寸和要求裁剪缝纫好了，就叫衣裳或者衣服，穿在身上遮蔽身体和御寒。衣食住行（穿衣、吃饭、居住、行走），在日常生活中，穿衣是排在第一位的，可见其有多么重要。翻葫芦倒马勺地说来说去的，父亲这种和蔼和温暖的表情，到底与普普通通的布有什么关系？各位看官，这就是不可思议之处。就连作为儿子的我，当时也是莫名其妙。说来话长，得容我慢慢道出。

在我的印象中，父亲作为一条汉子，却始终有一个与众多汉子不同的嗜好：买布。父亲对布的痴迷程度，甚至到了令人匪夷所思的地步。牧业大队部距离我家有二十里的路程，徒步一个来回需要整整一天的时间，因为途中必须翻越大大小小十几道沙梁，很是累人。大队部坐落在沙漠深处的一片开阔地上，用一圈土屋子围出一个四方形院子，开南北两个大门，仿佛古代官兵们戍边的驿站，平时由几个大队干部轮流值勤，人烟稀少，冷清寂寥。早些时候，距离大队部不远处有一座寺庙，晨钟暮鼓，几个喇嘛，香火袅袅；"文化大革命"期间，被从巴彦浩特城（当地的旗政府所在地）来的一帮所谓的红卫兵三下五除二地拆除了，据说连一根木头都没有留下，完全彻底，白茫茫一片真干净。一年四季，也就是六月末和年底的两次社员大会，大队部能够热闹那么几天。为了方便牧民的日常需求，大队部设有代销店，有一个代销员一年四季蹲守着。除去到分销店进货的那几天，这个代销员差不多天天都在。店面不大，两间土屋子而已，熟门熟路熟人，用不着小题大做地挂什么招牌。货架十分简陋，和城里的百货商店没法比，天上地下。因陋就简，泥砌的土台子上搭几层木板，上面摆着货物，无非是针头线脑、香烟糖果、烧酒砖茶、煤油蜡烛什么的，当然还有布匹，而且占的份额很大，被摆放在最显眼的位置。前台也是泥砌的，台面照例是一块长而宽的木板，涂了厚厚一层红色的油漆，很亮，能照见人的影子。台面上放着一把算盘、一把尺子、一把剪子。剪子通常不用，像个摆设。因为这个代销员经验丰富，将布的尺寸量好后，两手捏着量好的布，大拇指对在一起左右一扯，布就刺啦一声扯开了，干净，利索，清脆，声音很好听，裂帛似的，引人入胜。天大地大，牧民居住分散，来一趟大队部并不容易。来了，就要眉毛胡子一把抓，办许多事情，包括到代销店购物，走的时候一条褡裢撑得鼓鼓的，脸上是一种满足的喜悦。高寒地区，酒风很盛，尤其是当地的蒙古族牧民，对烧酒情有独钟。酒的蒙古语叫爱勒克，在我听来也是蛮有意思的，似乎有一个热乎乎或者火辣辣的爱字在里面，连发音都相同，暧昧得很。他们盛酒的容器大都是十几斤或者几十斤的铜鳖子，要么是与之容量相当的塑料壶。这叫一次购得，多次消费，驮回家慢慢享用。因此，代销店里除过布匹，最显眼的东西，就是垛在墙角那几只硕大的箍了三道铁圈的铝合金酒桶。偶尔一瞥，这冷冰冰的几只酒桶，仿佛竖着的几颗重磅炸弹，难免让我心惊肉跳，产生一种莫名的警惕。牧民们隔三差五地来，代销店里便隔三差五飘出一股股酒香，然后弥漫在不大的院落。汉族牧民则逊色多了，每次买烧酒也就两三瓶，逢了婆媳妇嫁女儿这样的喜事另当别论。父亲也是，对烧酒不感兴趣，尽管他的酒量正经不错。父亲不会像蒙古族牧民那样，对这种无色透明却又让人迷醉的液体出手大方。需要表明的是，我这样进行对比，毫无贬低他人的意思。事实是，我的少年生涯也是受到了蒙古族牧民的生活习惯乃至他们的独特文化潜移默化的影响，他们那种善良、宽容、淳朴、豪放的性格和品质，至今令我敬佩不已。蒙古族牧民普遍信仰佛教，十分虔诚，对家里的老人尤其孝顺敬重，而且越老越尊贵，被当作佛一样供奉着，有什么好穿的好吃的，先紧着让老人享用，不让老人受委屈。这一点，我们汉族牧民是比不了的，是问心有愧的，我们应当认真反思，向他们好好学习。

父亲的注意力，集中在代销店货架上的那些布匹上。

在那个物质匮乏的年代，国人实行的是供给制，作为这个大家庭的成员，牧民自然也不例外。买布，就得有布票（好像没有酒票，至少在我们生活的牧区是没有的，这也许是政府对牧民的特殊照顾）。我家的布票就掌握在父亲手里，家里的其他成员包括母亲都不能轻易染指。每次去大队部，父亲贴身的衣兜里，必定装着一沓花花绿绿的布票，印得很精致，乍一看像粮票，从几尺到几寸不等，似乎比钱都要金贵。父亲一去，时间或长或短，这要看是什么情况，如果是驮粮买面，来回一天；如果是开社员大会，五六天不等。父亲一去，家里就会出现一段空白。这一段空白，就由我们几个半大不小的儿子进行填补，主要是我和三哥，类似于上墙揭瓦、掏鸟捣蛋，搞得家里乌烟瘴气、鸡犬不宁，惹得母亲唉声叹气，惹得尚未出嫁的姐姐们怒目呵斥。她们制止我们的最有效手段就是信誓旦旦地恐吓我们，将我们的不轨行为告诉父亲。我们都怕父亲，尽管父亲平时并不怎么发火。我们对父亲的怕，是源于骨子里的敬畏，或者感恩。从记事起，尤其是从自觉不自觉地接受启蒙教育开始，在我们的意识里，就逐渐形成了这样一种男权社会的传统观念，父亲就是天。母亲又将这种传统观念进行了通俗而直白地诠释，我们吃父亲的，喝父亲的，可不敢惹得父亲心生烦恼。父亲塌了，就是天塌了，全家人的日子就没法过了。母亲言传身教，在日常的生活中给我们做出了很好的榜样。母亲对父亲，必定是言从计听的，尽管母亲比父亲大三岁。俗话说，女大三，抱金砖。光灿灿的金砖没有抱上，倒是人丁兴旺，生了三女四男，我们兄弟姊妹七个，而且个个无病无灾、生龙活虎，香火绵延不绝，像一棵大树一样，枝繁叶茂。大概对于一个寻常百姓家而言，这就是抱金砖的原本内含或者延伸之意吧。在我们这个人口多、生活并不宽裕的家庭，父亲享有许多特权。而且在相当长的时间里，父亲的特权根深蒂固，无人能够撼动。举一个最简单的例子：每天早晨，父亲的碗里要多出三样东西，打成絮儿的鸡蛋、黄澄澄的酥油和溶化了的白糖（有时候是红糖。在我的记忆里，红糖很稀罕，只有坐月子的女人才可以享用）。父亲这样的早餐，几乎雷打不动。直到我大哥结婚生子，父亲有了第一个孙女，他的早餐依然如故。这当然是母亲坚持的结果。有趣的是，父亲每天营养还算丰富的早餐，后来终于被他的孙女分得一杯羹。每天早晨，爷孙两个分坐在小炕桌两边，一老一少头对头地吸溜着香甜的鸡蛋白糖酥油茶，其乐融融，而且乐此不疲。每每至此，大嫂也乐得满脸开花。爷爷和孙子，隔代亲嘛。这是后话，不提也罢。

父亲每次从大队部回来，肩头必定搭着一些从代销店买的布。

布的颜色有青有蓝有灰有白。青的蓝的灰的是斜纹布。白的是市布，缝衣服缝被子时用作衬里的那种布。偶尔也有花布和红布，是给姐姐们买的。后来家里有了大嫂和孙女，偶尔也给她们买。有时是十几尺，有时是几十尺，最多的一次竟然是十丈。一丈十尺，十丈就是一百尺。不同颜色的布匹垛在一起，共同散发出那样一种特殊的气息，让我们惊叹，也让我们感觉到日子的温暖和厚重。母亲将这些布一一展开，用手仔细地将过一遍，再按照原来的样子重新叠好。这些在原野上经过阳光雨露（棉花），在工厂里经过千丝万缕（纺织），在路途中经过千山万水（运输）的布，终于来到我们家里，带着父亲的执著和母亲的手温，整整齐齐地码放进屋门背后靠墙的那只大木箱里。这些布到了母亲的手里，便能够由母亲自由支配了。母亲是欣慰的，安详的，心里对父亲充满由衷的感激。这样的感激，我们能够从母亲似乎是不经意的眼神里觉察到。当然，父亲的意思，母亲也是再明白不过了。穿衣吃饭是居家过日子的基本需求。一个人如果连裤子都穿不上，那便是真正穷到家了。缝缝补补自然是母亲的事情。母亲就用父亲买回来的这些布，把我们全家人从里到外地包装起来。后来，父亲通过我城里的大姐，想方设法买了一台上海生产的飞人牌缝纫机，作为聘礼送给了大嫂。大嫂进门，裁裁剪剪、缝缝补补的事情，就自然而然地交到了她手上。此后，家里便隔三差五地响起缝纫机转动时发出的那种轻盈欢快的嗒嗒声，感觉生活很美好。其实，那些年月里，人们的生活水平普遍低下，应该说还很贫穷，距离美好相去甚远。据说连住在北京城里的毛主席他老人家，一日三餐都不吃肉。那么，父亲这种买布的举动，就有囤积的意思在里头，也算是有备无患，想得周到。

人要衣装，佛要金装。人配衣裳，马配鞍。在那些年月里，我们一家人就没有穿过打了补丁的衣服，走在别人面前就有一份摸得着看得见的光鲜和齐整。至于别人是不是嫉妒，会不会说什么闲话，我们不得而知。不过，再光鲜的衣服也总有穿旧穿破的时候。衣服穿破了也很好办，拆散了一层层地糊成袼褙做鞋底子，物尽其用，一点都不浪费。俗话说，马瘦毛长，人穷志短。这是常态。但是，马瘦了还有一身乱糟糟的毛遮丑，人要是没有衣服穿了，就要光屁股露肉，丑陋得一塌糊涂，门都出不去的。即便是讨吃要饭，也不能光着自己的身子吧？人穷也有志不短的，那就得加倍承受生活的种种磨难和压力，其中不可或缺的是跑生计跑活路，费心思费力气的同时，也格外费鞋子。穷人费鞋，是很有一番道理的。这样说来，布与鞋子之间，就理所当然地形成了一种符合逻辑的依存关系，并且完全能够经得起反复推敲，就像一个路人的鞋子不断地叩响大地。你想啊，有了布，才能够有衣服穿；衣服穿破了，才能够用这样的破布做出鞋子。当然，必须强调的是，这只是穷人的逻辑，与富人无关。因为富人可以穿皮鞋，可以穿裘皮之类的衣服，皮草是也。问题是，在这个令人眼花缭乱，而且贫富不均的世界上，历朝历代总是穷人多。穷人最大的闹心事，就是穿衣吃饭没有保障，讨吃要饭伤害自尊。

当然，在囤积布匹这件事情上，父亲也闹出了笑话，如同经验也会过时。这与时代的发展变化密切相关，似乎是怨不得父亲的。也正是这个原因产生的诱发作用，我才觉得自己获得了一点灵感，觉得有必要写一篇与之相关的文章，权且叫作小说。

伴随着父母的逐渐衰老，伴随着我们儿女的逐渐长大，时世也不可逆地发生了变化。所谓时代的车轮滚滚向前，势不可挡。既然势不可挡，就要毫不留情地碾碎一些东西，包括一些传统的落后的观念。时世的变化，体现在老百姓的家庭和个人身上，就是生活逐渐地变好，人们的穿戴也紧跟着发生了变化，色彩和式样变得丰富了起来，不再是过去那种单调的青蓝灰白，以及千篇一律的中山装、列宁装和农村装（大襟棉袄、大裆裤）。于是，轻车熟路的父亲，终于遇到了一件棘手的问题。这个问题说大不大说小不小，这就是，父亲多年来处心积虑囤积下的那些布匹，开始受到冷落，尤其让我们几个儿女不屑一顾，真正成了压箱底的陈年旧货。根据我们的估计，父亲囤积下的那些布匹，全家人还能穿十几年，穿到儿孙满堂。在这个问题上，一向很有主见的父亲开始不那么自信了，只是以沉默的方式保持着一种不愿服输的自尊。我们都心知肚明，也故意不去说破，同样以沉默的方式维护着父亲曾经的自信。可是，这样做并不能够从根本上解决父亲的心病，这是其一。其二，这么多的布派不上用场，继续压在箱底不见天日，终究不是个办法。时间长了，这些布是要瓢掉的，变得一文不值，岂不可惜？这样一来，浪费和损失可就大了，真正是得不偿失。

父亲几乎不喝酒，也反对我们儿女喝酒，认为酒后误事不说，还容易伤身体，划不来。有一天中午，父亲让母亲用珍贵的胡麻油炒了两颗鸡蛋（他们爷孙俩各吃一半），主动喝了一点酒，酒后不软不硬地发了一顿脾气。不软不硬，说明父亲心虚，在囤积布匹这件事情上理不直气不壮，也找不到有效解决的办法。父亲是这样对我们儿女表示的，压了箱底的那些布就不要再计较了，既然我们都看不上，他们老两口就当老衣缝出来准备好，到时候从头到脚、里三层外三层地穿穿戴戴、铺铺盖盖地带进棺材里去，省得让儿女们再花钱置办。父亲说这番话的时候，大嫂、三哥和我在家。母亲当时正在灶台边做饭，听了父亲这番阴森森的话后，大惊失色，手里的捅火钳子哗啦一声掉在了地上。谨小慎微的母亲，责怪父亲酒后失言，青天白日的，竟说出这种不讨好不吉利的话。然后，母亲开始安慰父亲，意思是他们老两口背井离乡，从甘肃农村老家走到千里之外的内蒙古阿拉善牧区，受了那么多的苦和累，生儿育女，总算站住了脚，多活几年也是应该的，阎王爷也会手下留情。母亲一向怕父亲，顺从着父亲，夫唱妇随地习惯了，但是在这个问题上，母亲却很坚持自己的观点，不让父亲多说什么。事实是，母亲的话后来或多或少地得到了验证，父亲享年七十二岁，母亲享年八十一岁，这在当地的牧区，可以认为是比较长寿了，至少让我们儿女们不会觉得十分遗憾。在母亲的制止和劝解下，父亲好长时间不再提起有关布的事情，看样子是那些压了箱底的布，谁愿意拿走就拿走，愿意送谁就送谁。如果送不出去，就让它瓢掉去。那只盛着布的箱子从此不再挂锁，有顺其自然的意思。父亲因为自己囤积布匹而酒后发脾气的时候，我的几个姐姐已经先后出嫁，在距离我家几百里外的城镇定居生活，过起了相夫教子的日子。大哥和二哥也不在家。大哥在一座盛产湖盐的小镇当装卸工，主要是往火车皮上扛盐包。小镇每天往返一趟火车，拖着一长串车皮，把品质上乘的湖盐送到祖国的四面八方。据说小镇的湖盐还被加工成精盐，进了远在北京的中南海和人民大会堂呢，这无疑是一件让小镇的人们倍感自豪的事情。二哥高中毕业后当民办教师，不期然地赶上一次十分难得的招工，成为一名维护长途线路的电信职工，骑着一辆绿色的幸福250摩托车，在连接城镇和牧区的公路上来回穿梭。

他们偶尔回来看望父母，住不了几天就走了，对那些压箱底的布不但不感兴趣，而且还时不时地给父母买几件衣服。对儿女们这份养育之恩的回馈，父母客气一番后，当然只能接受，不能拒绝。

3

后来，我三哥中学毕业，作为回乡知识青年，被大队部安排到代销店，当了代销员。

原来那个代销员告老回家，放羊去了。老代销员虽然已经老眼昏花，却不忘倚老卖老，临走时给三哥留下的话是，让你老子准备好一群羊，等着给你补窟窿吧。老代销员的言下之意是，代销员必须是个头脑灵活的人，干的是精打细算的营生，代销员不是谁想当就能当得了的。你一个刚出校门的学生娃娃，两筒筒鼻涕都擦不干净，两眼抹黑，啥都不懂，不赔个精光才怪。老代销员的威胁也并不是完全没有道理。譬如说，量布就很有讲究，全看代销员手上的功夫。每一匹布的长度不仅有定数，并且在出厂的时候就留有一点余地。但是，每次量布时手上怎么量，必须心里有数。手紧一紧，就能够多出一截布头；手松一松，就有可能短掉一截布头。手这样日积月累地松下来，真的是不赔才怪。据说，这个老代销员从来不买布，他们一家人身上穿的衣服都是他量布的时候一截一截紧出来的。更绝的是，曾经有人对此提出质疑，扯完布后要求当场量验尺寸，竟然分毫不差，反倒弄得提出质疑的人很尴尬，反过来给老代销员赔情道歉。可想而知，老代销员该是怎样的得意啊。三哥被老代销员的一番话吓得不轻，回家和父亲商量，有打退堂鼓的意思。你想啊，弄不好要将一群羊都搭进去，该是多大的窟窿呢。百姓居家过日子，就怕落下饥荒，然后拆了西墙补东墙地补窟窿。这样补下去，这窟窿岂不是越补越大？三哥把自己

189

的顾虑和想法一说，没想到被父亲结结实实地臭骂了一顿，然后恩威并重地鼓励说，即便是赔上一群羊也得干，不能给家人和祖宗丢脸。那个老代销员不是有经验吗？经验是啥？就是经过了才能验证。你不经过，咋能知道自己行不行？父亲甚至搬出了毛主席语录，你要知道梨子的滋味，你就要亲口尝一尝。实践出真知嘛。三哥打小胆子就大，受到父亲的鼓励后，撸胳膊挽袖子，立即走马上任。事实证明，父亲是对的，三哥将代销员当得风生水起，不仅没有赔一只羊，没有丢掉这只泥饭碗，还因此改变了自己的命运，若干年后顺利地进了城，在一个乡镇综合经营管理部门供职，也算是人尽其用，业务对口，将泥饭碗换成了铁饭碗，直到退休。这在当时的境况下，是非常难得的，令周围的牧民羡慕不已。

父亲那纠结多年的囤积布匹的问题，也有了转机。

当了几年代销员，积累了一定的经验，明白了里面的头头道道、是是非非之后，三哥的胆子水涨船高，也学着干起了打擦边球的事情。这叫近水楼台先得月。三哥瞒着父亲，将父亲囤积多年压了箱底的那些布匹，分几批重新摆在代销店的货架上，做得神不知鬼不觉。过了一段时间，终于将这些布不显山不露水地卖掉了。卖给了谁？自然是周围的牧民，既有汉族牧民也有蒙古族牧民。这些牧民又都是父亲的熟人，平时有来有往，交情不错。等到父亲知道这件事情后，木已成舟，无法挽回了。你总不能低三下四地将那些卖出去的布再赎回来吧？此地无银三百两，后果不堪设想。这样做，三哥的代销员还当不当了？口碑很好的父亲和母亲成什么人了？我们全家还怎么在当地立足？父亲原本要发火，但看着家里人个个惶惶然的样子，还是控制住了自己。父亲的心情很矛盾，很是忐忑不安，觉得这样做实在对不起买这些布的人，都是些交情不错的人。毕竟是有了一些年头的陈布，到底不比新布那么结实耐用。如果遇上一个细心的牧民，不说别的，只要闻一闻这些布，就有可能发现其中的端倪，就明白是怎么一回事了。这些布已经没有了那种新鲜而特殊的浆染的气息，只有一股陈旧的味道。当三哥把卖布的钱如数递给父亲时，父亲伸出来的手竟然有些颤抖，像面对一团滚烫的火炭，眼里甚至流露出孩子做了错事般的羞愧。那时的父亲差不多是六十岁的老人了。

父亲没有做过亏欠别人的事情，倒是在许多事情上吃了不少亏。

俗话说，萝卜是个菜，便宜是个害。占小便宜往往吃大亏。父亲兴之所至，偶尔也给我们讲讲过去的事情，说说生活中的道理，既浅显又深奥，就看自己怎么理解。其中既有道听途说的，也有自己的亲身经历。父亲年轻的时候，也就是十七岁那年，从河西走廊那个极度贫穷的农村老家，辗转来到内蒙古阿拉善大高原落脚，最初是在定远营的祥泰隆商行开办的贸易货栈跑腿，记账、送货、收银子、放牧。定远营始建于清雍正八年（1730年），为阿拉善和硕特札萨克多罗郡王阿宝的驻地，史书记载"擅园林之胜，四周白墙皑然"，故有"沙漠中的白宫"之称，有诗赞曰"登高眺西域，翘首望瀚海。千里定远营，万方安邦城"，可见其地理位置的重要。新中国成立前的定远营，即现在的巴彦浩特。巴彦浩特，蒙古语，意思是富饶的城。就其历史而言，祥泰隆早于定远营。有民谚为证，先有祥泰隆，后有定远营。尽管有定远营的石碑作为物证（至今还在，保存完好，收藏于阿拉善博物馆），但孰先孰后的历史沿革是不可随意改变的。那时，祥泰隆的规模很大，它的商业贸易范围涵盖了西北大部分地区，包括包头、磴口、五原、呼和浩特、张家口、山西、北京、天津，往南方延伸到成都、重庆、汉口、南京、上海。祥泰隆在西北广大的牧区设有许多贸易货栈，主要是和当地的牧民做皮毛生意，以布匹、砖茶、土特产等日杂和百货为主，收购羊毛、驼绒、药材以及其他畜产品，其中一半的生意采取以物易物、物物交换的方式，很古老很原始。据父亲说，当时一盒白头儿洋火，也就是白磷火柴（蒙古语称取灯），能够换一张羊皮；一斤黄色的冰糖（蒙古语称喜克勒），能够换一张牛皮。物以稀为贵，你还真不好断言是商家见利忘义，赤裸裸地剥削了牧民，各取所需嘛。我家的所在地，就是那时祥泰隆在牧区开设的一个贸易货栈，并且逐渐形成了一个拥有二十几户人家、五六十口人的牧村，这在那时人烟非常稀少的牧区，规模已经不小了。包括我父亲在内，这个牧村的户主多一半在货栈里跑腿，养活家人。父亲说他那时的年俸（一年的工资）是五十个银元，穿衣吃饭自己解决。够吗？我们忍不住这样问。意思是够不够养活一家人，况且我们家的人口在陆续增加。父亲没有正面回答我们的疑问，而是说当时平遥县正七品知县的年俸才四十两白银。我们没敢继续问下去，主要是心里没底，五十个银元和四十两白银应该怎样换算，之间到底有多大的差距？显然，父亲对他那时五十个银元的年俸是满足的。祥泰隆是山西平遥人开办的，他们肩挑货郎担，渡过黄河，经过鄂尔多斯台地、毛乌素沙漠和银川平原，翻过贺兰山，在阿拉善大高原驻足。祥泰隆作为晋商崛起的产物，始于明末清初，兴于民国时期，不仅是晋商向西北地区扩张的重镇，而且最终成为雄霸一方、声名远扬、贸易远至海外的老字号。祥泰隆在鼎盛时期，每次从天津进货的商业驼队，多达几千峰骆驼，浩浩荡荡绵延数里，走一趟得耗时几个月。购销大宗货物时，一次需要白银几十万两。父亲说，山西商人（上世纪七十年代，因为重农贬商，似乎还没有晋商这个明确的概念）为什么能够将生意做得风生水起、长盛不衰？主要是礼让和灵活。尤其这礼让二字，大有讲究和学问。说到这里，原本严肃的父亲，意外地笑了，故意卖个关子说，你们都好好想一想，这礼让到底是个啥意思？我们也就像完成一道作业题一样，很严肃地思考起来。顾名思义，答案无非是礼貌、忍让、包容之类，好像并没有什么太深奥的东西。父亲说，都对，却少了关键的一样，你们想啊，做生意嘛，还有个利字吧？是的，我们恍然大悟，俗话说无利不起早，更何况是经商呢，赔钱的买卖谁愿意做？除非脑子里进了水。父亲说，你们的这种想法既对又不对。父亲这样一说，又弄得我们不明就里、一头雾水。接下来，父亲却不急于告诉我们答案，突然要求我们背诵乘法口诀，从一一得一，一直背到九九八十一。我们不敢违命，将滚瓜烂熟的乘法口诀背得口干舌燥，父亲却听得兴致盎然。我们背罢了，父亲说，我再提示你们一下。父亲提示说，礼让倒过来讲，其实就是让利的意思。见我们依然迷迷瞪瞪、不知所云的样子，父亲说，在商言商，山西商人也有他们自己的乘法口诀。后来，我们终于从父亲那里知道了山西商人的乘法口诀是什么。随便举个例子吧，四四十三，七七四十六，八八六十一。这就是让利，将这三分利积极主动、无怨无悔地让给对方。做生意千万不能满打满算、密不透风、滴水不漏，十成的生意做到七成就足够了。一夜暴富不可取，薄利多销才是正道。做生意是这样，那么做人呢？一样的道理，不可自满，不可自负，不可自大，不可自傲。无论做什么事情都必须留有余地，正所谓与人方便，与己方便，千万不可自欺欺人。就是孔老夫子曾经说过的，也是儒家文化的最精妙之处，己所不欲，勿施于人。否则，迟早是要遭报应的。我家库房里有一个盛放杂物的旧箱子，是用那种没有涂油漆的薄木板钉的，做工粗糙，好多地方还露出指头宽的缝隙。因为是盛放杂物的箱子，我们视若无睹，谁也不在乎它的真实存在，大约只有老鼠会经常光顾它吧。冥冥之中，似乎是为了验证父亲所说的话，以及对我们的教诲，有一次闲来无事，我翻腾起这个箱子，无意中发现木板的那一面是有文字的，是工工整整、规规矩矩的毛笔字。也是处在好奇心强烈的年龄，我借助手电筒的光亮，将这些"养在深闺人未识"，许久不见天日的文字抄了下来，斗胆拿给父亲看。父亲也是一脸的惊奇，大概是时间过去太久了的缘故。父亲问我从哪里抄来的，我如实相告。毕竟时过境迁，父亲想了想，回忆了一阵子，然后缓慢地告诉我说，这就是祥泰隆当年做事的契约，是经商之道，是所有的贸易货栈必须挂在墙上、严格遵照执行的商业规则。所谓"奇文共欣赏"，我觉得很有必要抄写在这里，供尊敬的读者们一睹为快。

赊销预付，秋季结账。

热情待客，食宿免费。

培养学徒，好语当先。

丰年储备，歉年发售。

救灾利民，保护消费。

……

因此，父亲伸手接住三哥递过去的卖布钱时，那种发自内心的愧疚和忐忑不安可想而知，都在情理之中。其实，这卖布的主意是三哥想出来的，用现在的话说，与父亲没有一毛钱关系。母亲肯定是知道的，却没有明确地表示反对，采取了听之任之的态度，也没有告诉父亲。当然，母亲没有表示反对，也就意味着认可，同意三哥去做这样一件事情。三哥自信这样做不会承担什么风险，不就是一些过时了的棉布嘛。这些棉布也没有遭受风吹日晒雨淋啊什么的自然侵蚀，反而被母亲当作宝贝一样保存得完好如初。再说了，买这些布的牧民后来也没有找上门来索赔，说明这些布都好端端的，剪裁之后照样可以做衣服，可以穿戴，可以光鲜地在人们面前走来走去。

对父亲而言，买布和卖布这样一件让他先是满心喜欢、后是提心吊胆的事情，成为了一个深刻的教训。往后再买什么东西，父亲都要掂量一番，够用就行，不够了再买，决不囤积，有钱存在银行里或者攥在手里比什么都强。经过这样一次不大不小的事件，父亲的主见和果断虽然受到了一些打击，但并没有从根本上产生动摇。这令我深信，一个人骨子里或者血液里的东西，是很难改变的。正所谓生就的骨头长就的肉，即使有所变化，也是暂时的现象，就像休眠的动物和植物，蛰伏期一过，还要苏醒过来，向世界展示原本的状态。

4

买布、囤布、卖布，是第一件事。

关于这件事，到此结束。

5

再说第二件事。

正如这篇小说开头讲的，父亲那天很高兴的样子。

父亲那天很高兴的样子，指的就是父亲的主见和果断又呈现了出来。当然再不会是买布的事情，而是别的。至于买布引发的一系列事情，在这里可以算作一个长长的铺垫。准确地说，是买一台收音机。父亲是什么时候开始动这个心思的，家里的其他人一无所知，事前没有透露一点这样的想法。应该说，这是一个美好的打算和决定，与买布相比较，属于精神领域的投资和享受。有了一台收音机，就等于缩短了我们和外界的距离，拉近了我们和外界的关系。我们就能够准确无误地接收到来自北京的无线电波，尽管北京是那么的遥远，那么的遥不可及。我曾经在一张不大的地图上，将北京和我家用一条直线连接起来，然后根据地图下端标明的比例计算了一下，至少有一千三百公里。如果以公路里程计算，之间的距离则要翻上好几倍。当时给我的强烈感觉是，我这辈子都去不了北京。那么，包括我在内的牧民，就只能像一首歌里唱的那样：抬头望见北斗星，心中想念毛泽东。或者像另一首歌里唱的那样：远飞的大雁啊，请你快快飞，捎封信儿到北京。应该说，这后一首歌很抒情，很委婉，有诗意，意境好，旋律好（那时候，我根本不知道还有诗意之说）。问题是，如果站在我家的屋顶上，面对北京的方向唱这首歌，恐怕远飞的大雁永远都无法把信儿捎到北京。为什么呢？道理也很简单，大雁的迁徙路线是南北方向，而我家到北京的路线是西北方向。于是，我就不无沮丧地想，世间可有这种由西往北飞的大雁？结论是，没有。北京是什么地方？那是祖国的首都。首都是什么？有一个形象的比喻，首都是一个国家的心脏。如同人都必须有心脏一样，那么，北京就是祖国的心脏。尽管我可能这辈子都去不了北京，但是，只要有了一台收音机，就能够通过无线电波在几千里之外感受到祖国心脏的跳动，尤其能够及时地接收到伟大领袖的最高指示和最新指示。说到这里，我必须再次强调一下这篇小说的时代背景：上世纪七十年代。

父亲认准了的事情，是不会轻易改变的。这次决定买一台收音机也是这样。

"天高云淡，望断南飞雁。"毛主席他老人家这样描述过秋天的景象。单就这一句，我认为虽然具有豪迈气象，但更多的是一种苍凉或者忧郁的意境，也就是所谓的诗意吧。大西北的秋天肯定与南方的秋天截然不同，天是那么的高远，云是那么的淡定，地是那么的广阔，风是那么的坦荡，草是那么的疏朗。总之，一切都是那么的明明白白、一清二楚。秋天的脚步正在远去，大雁也已经南飞了，踪影全无，即便是望断了脖子，或者将自己的脖子抻得像长颈鹿那样，也是枉然。一个平常的早晨，父亲大脚盘腕地端坐在炕上，面前是那张矮腿的小炕桌，像一只听话的动物趴在那里，一声不吭。父亲和他的孙女分享完了早餐，桌子上是一只空了的描着两道蓝边的白瓷碗，碗沿上不经意地残留着一丝黄灿灿油汪汪的鸡蛋絮。秋天的尾巴冬天的头，漠野大地就已经冷风抖擞了。炉子里的柴火燃烧得正旺，几根红莎柴在炉火里劈啪作响，不断分泌出一种红色的液体以及芳香中略带苦涩麻辣的特殊气味。据说，红莎柴是一种非同一般的植物，可以被用来打卦占卜看风水。有经验的牧民能够从红莎柴茎秆燃烧时分泌出来的红色液体的多寡和不同流向，准确地判断出来年雨水的多少和草场的茂密程度。特别是在预测移牧的夏营地或者冬营盘的时候，牧民就选一根品相好的红莎柴拦腰切断，扔进燃烧的炉火里，然后根据红莎柴被切断的横截面流露出的汁液，打卦问卜。

红莎柴在炉火里毕毕剥剥地燃烧着。吃喝过后的父亲满面红光，脸上显然多了一丝往日少见的兴奋。很突然地，父亲说，我想来想去，总觉得屋里少了个啥。

包括母亲在内，我们都默不作声，相视无言，然后不明就里地在屋里四处逡巡，连犄角旮旯都不放过。少了啥？啥也没少。要说少了啥，少了几个姐姐和哥哥。尤其姐姐们，她们先后出嫁，离我们而去，去得很远，成为了别人的妻子和母亲，我们一年四季见不了几次面，而且每次都匆匆忙忙的。原本热热闹闹、红红火火的家，因为少了几个姐姐和哥哥，就显得空荡了，寂寥了。姐姐们陆续离开之后，我很想她们，和母亲一样，只是嘴上不说罢了。姐姐和哥哥不一样，姐姐的身上天生就有一种母性的东西，很柔软，很体贴，像水一样漫过我的心田，感觉很温暖，很滋润。哥哥就不同了，或可亲近，却是另外一种感觉。若干年后，我第一次读《红楼梦》，记住了其中不少故事和情节（包括细节，细节是情节的细化嘛），有的堪称经典，尤其是贾宝玉所言："女儿是水做的骨头，男人是泥做的骨头。我见了女儿，我便清爽；见了男子，便觉浊臭逼人。"当时不懂，觉得锦衣玉食的贾公子言过其实，无中生有，他是衣来伸手饭来张口的主儿，纯粹吃饱了撑的。过后再三思量，联想自己当时身处的寂寥境地，就有一点开悟了，贾公子这番言语，实在是高妙之论。正所谓世有天地，物有阴阳，人分男女。同样是骨头，水做的就成了女人，泥做的就成了男人，妙就妙在前者清爽，后者浊臭。当然不能按照贾公子之言，说我的几个哥哥就是浊臭之人，但我对他们的亲近程度，确实远远不如对几个姐姐。譬如三哥，我们两个年龄最近，相差无几，在家里相处的日子也最长，见不得，离不得，因此免不了一些口角，每隔一段时间，就要打一打闹一闹。每逢我们两个打闹，母亲虽然很生气，却只能袖手旁观，顶多是无可奈何地骂几句，诸如一口槽上拴不住两个骡子；如果闲得心慌，就抱块石头到井上洗去之类。大善大德的母亲，对她的几个儿女呵护有加，从未动过一根手指头。父亲则不然，脾气上来的时候能吓死人，凶神恶煞般，每每让我们战战兢兢，汗出如浆，或者战战兢兢，汗不敢出。我这样形容，许多读者肯定知道其中的典故。三国时，钟毓、钟会兄弟俩见魏文帝表达自己的心情时，就是战战兢兢、汗出如浆和战战兢兢、汗不敢出。这个典故之所以能够流传至今，至今仍在流传，在于这个典故隐喻的是钟毓、钟会兄弟俩面对权势时的智慧，从而保住了自己的身家性命。而我们兄弟们面对父亲的威仪时，只能是像个低能儿那样一言不发，又像老鼠见了猫似的，唯恐避之不及。其实，父亲并不经常动手打人，我从小到大也只挨过父亲的两次打。人们常说，天下老的偏心小的，也许有一定的道理。我在家里是老小，也就是俗话说的垫窝子、老疙瘩，家里人都宠着我，有什么好吃的都紧着我享受。正如亚里士多德所说，人是一种乐于享受的动物，而且这种乐于享受主要是饮食和性，即食欲和性欲。一来二去的，我就不知不觉地养成了一些坏毛病，主要是霸道，外加嘴馋。至于性欲，我那时还很小，身体属于萌发阶段，对男女关系完全两眼抹黑，屁事不懂。只知道饿，饿了就向母亲讨要吃的。我第一次挨打，是五岁刚刚记事的时候，我嫌弃清汤寡水的饭里没有肉，没有油，没有滋味，便把手里端着的饭碗连汤带水扔到了地上（我端的是一只木碗，碗没有被我摔碎。否则，后果更严重）。这是典型的大逆不道、犯上作乱、目中无人，还有关键的一条：糟蹋粮食。那时候，粮食多金贵啊。据说，全世界还有三分之二的劳动人民生活在水深火热之中，等待我们去解放他们呢。关于这一点，当时有一个非常时髦的口号：胸怀祖国，放眼世界。于是，就有一批又一批中国的医疗队员，饿着肚子勒紧裤腰带，带着毛主席他老人家的深情嘱托和全国人民的美好祝愿，去了遥远的坦桑尼亚和赞比亚等非洲国家，前赴后继，很有规模。歌曲是这样唱的：医疗队员到坦桑，远航万里送医忙，毛主席的教导记心上，救死扶伤走四方。后来我记事了，接触电影了，也开始很幼稚地思考一些问题。第一次在叫作《新闻简报》这种电影里看见非洲黑人时，我就觉得奇怪，非洲黑人怎么那么黑，黑得像煤炭一样，在阳光下闪闪发亮。让人羡慕和嫉妒的是他们的牙齿，他们的牙齿白得像新鲜的瓷器，就跟假的一样。我们是不是可以这样认为，但凡真的东西一旦太真了，就会变得比假的还假，这也许就是真假不分的真正原因吧。譬如说，美玉无瑕是不可能的，真正的玉是有瑕疵的，否则便值得怀疑，很有可能是假玉，和金无足赤、人无完人同属一理。我这样说，可能又扯远了，还是赶快退回来，退到我第一次挨打这件事情上来。子不教，父之过，于是，坐在旁边的父亲终于忍无可忍，顺手把我摁在炕上，在我的光屁股上给了一巴掌，稳、准、狠，那样一声脆生生的响，用如雷贯耳来形容并不为过。因为教训深刻，所以我都记忆犹新，想忘都忘不了。巴掌虽然打在屁股上，却印在了心里，这就是所谓的刻骨铭心吧。从那次以后，我再也没有扔过饭碗，而且每次都将饭碗拾掇得干干净净，不剩米粒。后来，每当提起这件事，几个哥哥姐姐就开玩笑说，说一千道一万，还是父亲的那一巴掌厉害，比什么都管用。后来，我也曾这样想过，也许就是父亲的这一巴掌，将我从懵懂中打醒，让我没有迷失做人的正确方向。

我第二次挨打，的确和三哥有关。具体是什么原因，究竟谁对谁错，我已经记不得了。我俩发生了争执。三哥个头高力气大，我斗不过，就耍懒地吊在三哥的脖子上不下来。三哥走到哪里，我就很无耻地吊到哪里，像他身上的一块肉。正在屋后的水井上打水饮羊的父亲看见了，扑通一声丢掉手里的帆布兜子，一阵风似的旋了过来，顺手操起搭在院墙上的一根驴肚带，在三哥和我的屁股上抽了几下。夏天，我们都穿得很薄，只是一层单衣，里面连个裤头都没有。驴肚带抽上去，那疼痛可想而知。抽完了，父亲放下驴肚带，气咻咻地对我们说，无理的三扁担，有理的扁担三,三碗豆腐，豆腐三碗。父亲说罢，背着手又回到井上打水饮羊去了，留给我们一个摇摇晃晃、渐行渐远的背影。父亲走了，我们却暂时忘了疼痛，莫名其妙地愣在那里不知所措。什么扁担，什么豆腐，啥意思嘛。打也就打了，骂也就骂了，老子教训儿子，天经地义的事情，还冷不丁地整出了什么扁担和什么豆腐，这是哪儿跟哪儿，有这么复杂吗？似乎这又是父亲给我和三哥出的一道严肃的考题，如果答不上来，今天晚上就没有我们的饭吃，是要饿肚子的。说到底，还是三哥脑子灵活，反应快，分析说这是父亲对我俩不偏不向、平等对待的意思。为什么呢？这也很好理解，手心手背都是肉，我俩都是父亲的亲生儿子嘛。接下来，我俩就忘了相互之间的争执和不愉快，开始认真地回忆自己的屁股上到底挨了几下驴肚带。三哥说他挨了三下，我想了想，自己也是挨了三下。这不就结了？都是三下。父亲真的是不偏不向啊。哈哈哈，我和三哥在一阵隐隐约约的屁股的疼痛中笑了起来，握手言欢，冰释前嫌。当时我们都习惯于夏天剃光头，习惯于不戴帽子。如果戴了帽子，我和三哥也许会像古人那样，弹冠相庆吧。

如今，当初那种火烧火燎的感觉似乎还在，如影随形。但更重要的是，自从那次以后，我和三哥真的没有再红过脸，更没有打过架，反倒相互谦让，好得就跟穿了一条裤子似的。当然，我们相处没有多少年，三哥就到大队部当了代销员，我也到那个盛产湖盐的小镇上中学去了，平时很少见面，除非逢年过节。兄弟们见个面都不容易，哪来的芥蒂。三哥尽管脑子好使，却不爱读书，只是初中毕业。脑子好使的人，也意味着这种人不愿意循规蹈矩，想法多，点子多，既有好点子也有馊点子，而且往往是馊点子多于好点子，用我们当地的俗话说，九九八十一弯肠子，眼睛一挤一个鬼。三哥小时候最大的馊点子是偷父亲的烟抽。因为这个，他小时候就曾经在背地里很严重地警告过我，不许把他抽烟的事情告诉父亲。三哥在我们兄弟们中最调皮，最不愿意干活，挨的打最多，也最早偷父亲的烟抽的。因此，父亲没有开封的每个烟盒里只有十八根烟，而不是二十根烟。三哥偷得非常巧妙，父亲是不会发现的，除非我如实相告。后来，我也是经不住诱感，便和三哥同流合污，一起干起了偷烟抽烟的勾当。于是，三哥和我，很早就加入了我国庞大的烟民行列，若论我们的烟龄，比工龄长得多。自从三哥当了代销员，便在父亲面前大明大白地抽起了烟，而且烟的档次也比父亲的高一些，父亲尽管脸上有不悦之色，却睁一只眼闭一只眼，不再表示反对。反对得了吗？三哥是代销员，守着成箱成条的各种香烟，怕是自己不抽都被熏出了烟瘾。当然，抽烟是一种恶习，害人害己，不宜提倡。问题是，三哥长年累月住在大队部，我们很少见面，屋里就更空荡了，更寂寥了……

沉默了一阵后，父亲突然说，收音机。

我们都愣了，一时没有反应过来，都不得要领地看着端坐在炕上的父亲。感觉父亲的话空穴来风一般，突兀得很。收音机多奢侈啊，只有大队部有那么一台，据说还是上面的公社配发的，主要是让大队的干部学习宣传毛泽东思想、斗私批修、及时收听最高指示和最新指示用的，平时收听京剧样板戏和革命歌曲也是可以的。对于收音机，绝大多数牧民几乎想都不敢想。严格地说，不是不敢想，想一想也是可以的，问题是想了也白想，就只能是想一想而已。一是这东西稀罕，二是这东西金贵，三是这东西还要贴钱，一年四季听下来，要耗费不少电池。电池从哪里来？自己掏钱买。那时候，一截五号电池大概要两毛钱，一斤面粉才一毛多点。即便是上好的绵羯羊肉，也才三毛多钱（城里人是凭票定量供应的）。牧区虽然不凭票供应，但也是一年才分一次肉食羊，羊钱要从牧民年底结算的工值里扣除，和羊毛出在羊身上，是一个道理。说白了，精神生活固然重要，如果天天饿着肚子听收音机，那就是一件要命的事情。在这个问题上，马克思主义讲得很透彻，经济基础决定上层建筑。牧民在这个问题上，似乎也是很懂得唯物论和辩证法，都不用撬开脑袋往里面灌输相关的理论。既然是这样，就不去想它了吧。白天，日出而作；晚上，日落而息。因此，多少年来，我们西北广大牧区的牧民过着几乎与外界隔绝的日子，很封闭。

那时，这里的牧民封闭到了什么程度，请读者容我再穿插一个真实的故事。

有意思的是，这个故事恰恰与收音机密切相关。这个与收音机密切相关的故事，简直就是那时的牧民封闭落后的一个强有力的佐证，而且有些残酷。当然，你认为是幽默也无不可，只是这种幽默有点冷，或者是黑色幽默。事情是这样的，家里的大人都出去了，在屋外劳作，父亲在井上打水饮羊，母亲在羊圈里拾掇羊粪。九月之初，季节已经进入秋天了，天不再热得那么邪乎。秋天的阳光不温不火，照在羊圈里，照在羊群上，照在屋墙上，总之是照在大地上，暖洋洋的。这样的阳光照在人的身上，是很容易招来瞌睡的。因此，昏昏欲睡是这个季节的常态。这家牧民就有收音机，很稀罕。砖头般大小，套一个黑色的套子，套子上拴一个可以调节长度的黑色带子，是那种便携式的收音机，出门时能够斜挎着背在身上，边走边听。这一天，他们十岁左右的儿子就赖在被窝里听收音机。儿子本来迷迷糊糊的，却越听越清醒，听着听着，就听到了一桩非同寻常的爆炸性新闻，犹如晴天霹雳，令人目瞪口呆。这条天大的新闻来自祖国的首都北京。于是，他们的儿子便在播音员那缓慢低沉悲痛的声音中，跌跌撞撞地冲出门，鞋也忘了穿，光着脚片子跑向旁边的羊圈，因为羊圈距离屋子更近一些。儿子跑进羊圈后，急于将这个爆炸性新闻传递给母亲，反倒出现了口吃的现象，说话就结巴了起来，眼睛瞪得溜圆，一副恐怖之相。正在捡拾羊粪的母亲，见儿子突然变得语无伦次，就担心他莫非大天白日里见了鬼。牧民人家相互之间住得远，地广人稀，据说有的地方地气特别硬，经常出现一些无法解释的怪异现象，比如闹鬼。哪家牧民不小心把屋子盖在这种地方，就会时不时地遇上鬼，弄得人心惶惶，白天尚可，夜里是断然不敢出门的，尤其是女人和孩子。据说这家牧民的地盘上就时不时地闹鬼，有时候白天都会神出鬼没的。所以，这位母亲面对儿子那一副惊恐万状的表情，便条件反射地想到了白日见鬼，而根本没有朝其他什么地方想，甚至可以是说打死她，她都想不到。于是，母亲停下手里的活，看了一眼白花花的太阳，又看了一眼儿子的光脚片子和躺在地上的影子，让自己先平静下来，然后温和地对儿子说，你不要害怕，光天化日的，再说了，还有妈在你身边。儿子莫名其妙地摇了摇头。母亲说，实在不行，我们现在就到井上去，去找你爹。你爹身上的杀气重，他啥都不怕，也不怕鬼。母亲这样一说，儿子还是一动不动，却一个劲儿地摇头，意思是母亲说得不对，不是闹什么鬼，而是另外一件事情，这件事情比闹鬼严重得多。母亲困惑不解，就安慰儿子说，你不要着急，慢慢说，一字一句地说。儿子这时候已经平静了下来，也不结巴了，在母亲的鼓励下，终于把那个爆炸性新闻很清晰地说了出来，毛主席死了。这一下，轮到母亲大天白日里突然见了鬼一样，目瞪口呆。母亲以为自己听错了，又问了一遍。儿子的回答准确无误。接下来，便是啪的一声，母亲扇了儿子一个耳光。贼娃子，光天化日的，你胡说八道个啥？儿子平白无故挨了母亲的一个耳光，感觉自己很委屈，这时候反倒什么也不怕了，就极力争辩，说是收音机里说的，他听了好几遍，听得清清楚楚的。母亲说咋可能呢？她出门的时候，收音机还好端端的。儿子说不相信他的话，就让母亲自己听去。母亲当然不相信，在她心里，毛主席就是个神仙，万岁万岁万万岁，以至万寿无疆，收音机里可是这样说的。再接下来，母亲丢下儿子，跑出羊圈，一头扎进屋里。果然，播音员正在用那缓

204

慢低沉悲痛的声音反复播送着那条爆炸性新闻。母亲依然不相信，认为是屋里闹鬼，让收音机出了毛病，开始胡说八道起来。情急之下，母亲将收音机举起来，摔了个粉碎……

父亲说出买收音机这句话，当时给我的感觉就是很不真实，信口说说而已。这让我对父亲暗下里心生不满，我甚至怀疑父亲突然被一个神秘的东西摄住了灵魂，然后灵魂出窍。

父亲生气了，提高声音说，难道你们都没有听明白吗？

我说，听明白了。

父亲说，啥？

我说，收音机。

最先响应的，当然也是我。

这样一来，父亲依然好端端地坐在炕上，而我开始灵魂出窍了，一个蹦子跳得老高，跳下炕，欢欣鼓舞地跑出去，围绕屋子跑了好几圈，直到满头大汗，同时觉得世界突然比往日明亮了，阳光格外充足地照射着空旷的大地。当我回到屋里，那原本有些冷清的屋子也顿时温暖了许多。

当然，此时此刻的父亲，也比任何时候都和蔼，都温暖，都亲切。

6

在买收音机这个问题上，我第一个投了赞成票。

像是我早就与父亲达成了默契，只不过现在才公布出来。至今我都这样认为，我们家能够拥有一台收音机，是我少年时代感觉最幸福的事情。道理也许再简单不过。地处沙漠、戈壁和草原混合地带的西北广大牧区，牧民居住得很分散，方圆几十里才有一户人家。我们家和老聂家住得算是最近的，来回走一趟也需要很长时间。牧民们一年四季只能看一场电影，还要等到大队部年末开社员大会的时候，请来公社的电影队。记得有一年开社员大会，公社的电影队临时改变行程去了别的地方，结果让我空喜欢了一场。起早贪黑地赶了去，却什么都没有看到。那是怎样的一种失落呢？就像被撕开胸腔掏了心窝子一样。正巧那天夜里还飘了一场雪，在踏雪返回的路途中，面对白茫茫的夜色，我边走边哭。

也许，读了这篇小说的读者，尤其是80后、90后的读者要问，你那时候看的都是些什么电影啊？至于这么难过吗？那么，就让我来告诉你们吧，无非是《地道战》《地雷战》《南征北战》《奇袭》《打击侵略者》什么的，而且一律是黑白片。这些电影看过多遍之后，其中的许多情节我都能够轻而易举地复述出来。即便如此，也是百看不厌。在那个精神生活和物质生活一样匮乏，以阶级斗争为纲，革命英雄主义为主流的时代，看电影绝对是我的精神饕餮大餐。

父亲买收音机的决定，却例外地遭到了母亲的质疑。

母亲说，拿啥买收音机呢？

就我们家当时的经济境况，这是一笔不小的开支。如果让母亲选择，还不如买布呢，听收音机是不能遮风挡雨的。母亲有母亲的顾虑，我们就不要责怪她了吧。更何况母亲的质疑是那么的弱不禁风，在父亲的果决下像一缕轻烟化得了无痕迹。父亲胸有成竹地说，不是已经把那些布给卖了吗？就用卖了布的钱买收音机。父亲是意思是，自从昧着自己的良心卖了那些布，他的心里总是不踏实，经常犯嘀咕。既然心里不踏实，经常犯嘀咕，还不如将那些钱再还回去，求个心理上的平衡。然后，父亲趁三哥回家的时候，将这样的意思表达了出来，同时将卖了布的那些钱原封不动地交到三哥手里。三哥说，买个啥样的收音机呢？父亲说，就用卖布的这些钱去买，啥样的都行，一分钱都不能给我剩下。见父亲一脸严肃的样子，三哥觉得有点小题大做，便开玩笑地说，钱不够了咋办？父亲一本正经地说，你先垫上，随后老子再还给你。三哥笑了，说，这不是个啥大不了的事情，爹你就放心吧。

为此，三哥开着大队部唯一的一辆手扶拖拉机，专门到几十里外的分销店进了一次货。按照父亲的交代，时间不长就把收音机买回了家。

接下来，容我花点笔墨，将我们家的这台收音机细致地描述一下。

台式，酱油色的木壳，纹理清晰可辨；和大队部的那台收音机样式差不多，只是体积略小；红灯牌，上海无线电三厂出品；半导体，一长两短三个波段，四只旋钮，装六节五号电池；前门脸的下半部分是有机玻璃制成的波段刻盘，刻着不同的数据；上半部分蒙着嵌了金丝和银丝的黑色缎面，在灯光的照射下闪闪烁烁，像夜空里的星星；透过黑色的缎面，圆形的喇叭口若隐若现，其中有一角镶着一块红底白字的字盘，刻写着毛主席他老人家那句人人耳熟能详的语录："提高警惕，保卫祖国。"收音机声音洪亮，几乎没有杂音，表明这台收音机质量上乘，不愧是上海货，也表明上海的工人阶级老大哥觉悟就是高，不偷工减料，不弄虚造假。这台收音机同样是在路途中经过千山万水，才来到了我们家的，缘分啊。

既然是缘分，就值得格外珍惜。

7

这台收音机，自然而然地成了我们家的宝贝，放在最显眼的位置，得到了精心呵护。

事实是，母亲也是接受了收音机的。只是母亲不像我和父亲那样，逮住什么都听，至于能不能一如既往地听下去，另当别论。母亲接受的节目比较单一，她不爱听雷打不动的全国各地新闻联播，也不爱听最高指示和最新指示。不是不爱听，而是很多内容听不懂，既然听不懂，勉强听了又有什么意思呢？白白浪费时间，还不如不听。在这一点上，我们是不应该也不会指责母亲的。相比正儿八经的新闻联播什么的，吹拉弹唱之类的节目很热闹。母亲就听歌曲，皱着眉头听那些铿锵有力却单调乏味的歌曲，譬如"无产阶级文化大革命，就是好，就是好呀就是好，就是好"。母亲听了，就嘀咕说，这像是过去老家的神婆子闭着眼睛一边抽风一边念经。当然，这样的话是千万不敢说给别人听的。后来，母亲就听京剧样板戏和歌剧，竟然记住了其中的一些唱词，我家的表叔数不清，人家的闺女有花戴，还有后来的洪湖水浪打浪什么的。听得遍数多了，母亲也跟着有情有调地唱上几句。有时候，母亲会在无意之间串词儿，将风马牛不相及的唱词掺杂在一起，听着倒也有趣，别具一番风味。我先是悄无声息地听，后来实在忍不住了，就放肆地大笑起来。听见了我的笑声后，母亲才回过神来，自己便也有些不好意思地笑了起来。

母亲听着收音机的时候，手上是不闲的，总得有活做才行，否则就是一种奢侈，这样的奢侈就是一种浪费，浪费是有罪的。母亲或者坐在靠窗的炕上缝补衣服，或者纳鞋底，或者一条腿搭在另一条弯回去的腿上挎着炕沿，用红柳杆儿和废牙膏皮熔化后自制的陀螺捻毛线。那陀螺在母亲的手里像风车一样旋转得十分欢势，洁白的羊绒就一丝一缕地拧上了劲，然后缠绕成线团，留待织毛衣毛裤用，包括我们冬天穿的袜子。牧民和城里人不一样，没有戴口罩的习惯，认为戴口罩是一种华而不实的矫情。牧民如果戴口罩，恐怕连口罩都要用这种自产的羊毛线编织了。我不知道母亲这一生中，有没有感到自己孤独和寂寞的时候，譬如后来我们个个离家而去，长久地不在身边。我想还是有的吧，或多或少，或长或短，母亲只是不愿意说出来罢了。这样一想，收音机的确是个再好不过的好东西，要不然母亲在儿女们个个离去之后，该怎样打发漫长而寂寥的时光。父亲是个沉默的人，平时很少说话，加上大部分时光在外面操劳，不可能经常和母亲有语言方面的交流。

母亲针对收音机也生发过一些感慨，说是就这么个只有枕头大小的木头匣子，里面竟然盛了那么多人，有男有女，有老有少，有说有唱，有打有斗，有哭有笑，热热闹闹、红红火火的，像藏着一群我们凡人看不见的精灵古怪。母亲这样一说，就又惹得我大笑不止（绝无嘲笑之意）。母亲没有上过一天学，不识几个字，但母亲用自己的思维方式和语言，朴素而至真地表达了对收音机的一种敬畏和亲近。时间一长，母亲实际上有些离不开收音机了，像是家里的一个活物，同样洋溢着生命的气息。还是那样的，母亲只听音乐，在想哼唱里面的词曲儿时，记住的也就那么几句。父亲呢，闲下来的工夫，倒是愿意听一听新闻什么的。不过，那时候的新闻千篇一律，而且火药味儿很浓，批批斗斗的事情不少，批《水浒传》，批孔孟之道，批师道尊严，似乎是什么都要拎出来批一批斗一斗。更像是那个时候，到处都是坏人，坏人也不叫坏人，一律称之为阶级敌人。不批一批斗一斗，这个世界是无法太平的。听了一些时日，父亲对收音机就不大感兴趣了，往往是吃了晚饭倒头就睡。在外面劳累了一天的父亲，惬意地躺在被窝里，很快打起了同样惬意的呼噜。那呼噜三长两短，其间稍事停顿，紧接着又两短三长地呼出声来，很有节奏感。收音机反倒被冷落了，如一个受了委屈的孩子，寂寞地坐在那张油漆剥落的小炕桌上，无奈地听着父亲的呼噜声。这种时候，母亲是不打开收音机的，不是不想，而是打开了也不怎么管用。屋子太小，父亲的呼噜声太大，两种完全不同的声音交织在一起，就像关公战秦琼，令人啼笑皆非。母亲于是不听收音机了，端坐在炕上，凭借一盏小煤油灯发出的昏黄光亮，伴随着父亲的呼噜声，一针一线地纳起了鞋底。鞋底就是将我们穿破了的衣服拆开来，裱成袼褙一层一层裁剪粘叠，然后用麻线密密麻麻地纳出来。这样的鞋底很耐磨，就其硬度而言，可以成为一种适手的武器，足以砍破恶狗的脑袋。我第一次穿皮鞋是十六岁考上大学那年秋天。穿惯了土布鞋，初次穿上皮鞋，连路都不会走了，脚下很不踏实，有一种虚空的感觉。这就是说，母亲用一针一线缝纳出来的土布鞋，像小小的舟船，让我平平稳稳地渡过了少年时代。

当然，还有我家那台收音机，也是功不可没。

从初中到高中毕业，每逢我假期回到家，母亲晚上不听收音机的规矩才会被打破。那时候假期作业很少，没有什么压力。每次带回家的几本小人书，也经不住反复翻阅和琢磨。无论白天还是晚上，我都要听收音机。不听不行，不听，就浑身不自在，抓耳挠腮，不知所终。在这个问题上，父亲是宽容的，并不横加干涉，有时候也会躺在被窝里，很认真地听上那么一阵子，时不时地发表一些与时世有关的看法，主要是对批判孔孟之道和师道尊严表示不满。天地君亲师，孔子是万世之表，孟子是亚圣，他们从古到今都是家喻户晓、妇孺皆知的圣人啊，怎么说批就批了呢？譬如"性相近，习相远"就是孔子的话，"人之初，性本善"是孟子的意思，这些话究竟错在了哪里？真是让人想不通。张铁生交白卷，黄帅给自己的老师贴大字报，不懂规矩，无理取闹，简直是笑话。师道尊严有什么不好？不让老师好好教书，不让学生好好念书，岂不是误人子弟？整天批批斗斗、打打杀杀的，革命事业的接班人也不是这么个培养法吧？更何况人在做天在看，头顶三尺有神明，他们这样胡搞，也不怕将来遭报应。父亲的这番话，我听了都害怕，身上不由自主地起鸡皮疙瘩。这些话要是传出去，被居心叵测的人听到了，再汇报给上面，后果可想而知，全家都要遭殃。但是，我又不敢制止父亲，这说明我是一个胆子很小的人。当然，事实证明是我多虑了，我的担心是多余的。父亲只是晚上躺在自家的炕上和自己的被窝里，给我说说而已，在外面守口如瓶。我同时也明白了，类似于打黄牛惊黑牛，父亲这是在刻意地敲打我。可我心里隐隐地不乐，觉得伤了自尊，就没有主动回应父亲。不过，我得承认，我在学校办墙报的时候，抄过大字报，却并非我所愿，是班主任老师安排的任务，说是我的毛笔字写得好。再就是，我那时正在争取加入光荣的共青团组织，不积极表现能行吗？办墙报抄大字报，就是一种在政治上思想上要求进步的，也是最积极的表现。后来，我如愿以偿，终于成为了一名光荣的共青团员。我像只鸵鸟一样将头撬进被子里，屁股露在外面，自娱自乐地兴奋了半晚上。我心里的一块石头也随之落了地。因为划分阶级成分的时候，我家是中农（牧），连下中农（牧）都不是，更不是贫农（牧），说明还是根不红苗不正。据说，中农（牧）的阶级立场有问题，摇摆不定，和城里的小资产阶级一样，不是依靠的力量，只是属于团结和争取的对象。这样的阶级，稍不注意自身的改造，就滑到反革命的阵营里去了。

接下来，父亲就对我说，收音机也不能白听，总得听出一些名堂才好。物极必反，大乱就要大治，只是一个时间的问题。然后，父亲才避虚就实，将矛头直不愣登地指向我，严厉地警告我，坚决不许我跟上疯子扬场。作为对父亲这种有伤我自尊的小小反抗和不满，我假装没有听懂父亲的意思，就大着胆子问，什么叫跟上疯子扬场？父亲当然非常不满我这种装疯卖傻的态度，就非常严肃地说，我给你从古到今、从上到下说了半天，还没听明白？我只好继续假装老老实实地坦白，没有听明白。父亲说，一个胎毛都没有褪干净的学生娃娃，就像趴在草窝里还没长出毛的大肚子黄嘴雀，知道个天高地厚、饭香屁臭？给老师贴的啥狗屁大字报，犯上作乱。别人怎么闹，让他们闹去，害人害己的事情咱们不能干。

再接下来，父亲就会重复他曾经对我们说过的那句很经典的话，只要你们好好念书，老子就是砸锅卖铁也愿意。

8

在我们所在的那个有五百多人口的牧业大队，应该说，父亲是一个有文化的牧民。

父亲小时候曾经在农村老家上过三年私塾。父亲写得一手好字，令我惊叹不已，是那种中规中矩、一丝不苟的蝇头小楷，而且有不少是繁体字，想必是临帖临出来的。至于是什么体，却不大好说，因为那时候我也是接触楷书不久，基本上是两眼抹黑。再说了，那时我们根本就没有什么真正的字帖可临，全都是经过改造的描红本，内容也是阶级斗争什么的，字里行间照例充斥着一股火药味。然而，直觉告诉我，父亲的楷书绝对不是一般的毛笔字，用一句古语评价，是大有

"可观之辞"。说出来读者也许不相信，我没有上过小学一年级，直接从小学二年级开始上。在家的时候闲来无事，就拿起哥哥扔下的小学课本，有当无地照着描画起来。父亲见此，便也有了兴趣，开始教我识字算算数。到了上学的年龄，父亲送我到牧业大队的民办学校读书。一年级教室的板凳还没有坐热，老师就让我去旁边的二年级教室，说是我把一年级的课本学超了，上二年级正合适。我至今还记得，我的第一个小学老师叫李发俊。和他的名字一样，的确是一个俊朗的小伙子，穿得干干净净的，脾气也好，很和蔼，会吹笛子，会画画，多才多艺，我觉得他天生就是一个当老师的人。让李老师去放羊，实在是大材小用、浪费人才。可惜，天不遂人愿，或者说人生无奈，十有八九不如意，李老师后来被一场旷日持久的羊角风（癫痫病）折磨得形销骨立，早早离开了人世。现在回想起来，都令人唏嘘。

　　父亲的记忆力也很好，熟知《三字经》《弟子规》以及《水浒传》《三国演义》《西游记》，那么多年过去了，偶尔讲那么几段，像是随手拈来，让我这个中学生汗颜。父亲还是学习毛主席著作的积极分子，将老三篇（《为人民服务》《愚公移山》《纪念白求恩》）背得滚瓜烂熟，多次受到大队和公社的奖励。因此，我们家有好几套各种版本的《毛泽东选集》，像经书一样供奉在我们家唯一的高脚桌最显眼的地方。其实，我们家还有一样书，书名叫《赤脚医生手册》，也很厚，字典似的，跟后来盛行的那种红色塑料封皮的《毛泽东选集》合订本差不多，内容却大相径庭。手册的扉页上印着毛主席语录："要斗私，批修。"字儿很大，也是红色的，非常醒目，似乎有警示的作用，狠斗私字一闪念嘛。为什么这样说呢？因为书里有计划生育的内容，虽然许多地方讲得含含混混、闪烁其词，却将男女生殖器画得清清楚楚（侧面的结构截图），让人面红耳赤、心惊肉跳，甚至心猿意马、匪夷所思。看来，也是不得已而为之吧，因为那时候我们国家已经开始实行计划生育了。既然是计划生育，就要宣传和普及节育的基本措施，譬如避孕套怎么使用，节育环怎么佩戴，避孕药怎么服用等。就宣传的效果而言，图示比文字来得更加直观和形象。我也才第一次从这本书里知道，男女做那样的事情，叫性交。这样的书，大约是不合适摆放在明处的，不能轻易示人。问题是，从上小学五年级开始，我私下里拥有了这本书。这本书正是我从我家库房那个粗糙简陋的用于盛放杂物的木头箱子里发现的，然后我把它转移出来，保存在家里人不可能想到的另一个地方，很私密的地方。即使是在家里，和我相处时间最长的三哥，都不知道我这个秘密的真实存在。毫不夸张地讲，我是一个早熟（早慧不敢当）的人，或许就与这本书有直接关系。我至今都这样认为，早熟是可耻的，是令人羞涩的惭愧的，甚至是有害的。还有一个相关的问题，这本书究竟从何而来，是谁带到我们家的，至今我都不得其解。我们家陆陆续续出过工人、教师、售货员、干部，甚至像我这样所谓的作家，就是没有出过医生，包括赤脚医生。这样一想，这本书的来历，确实有一些不可思议，甚至是鬼鬼祟祟了。于是，它的来历，始终是个谜。

话题又扯远了。既然说到了谜，那么就以话赶话，以谜说谜吧。

父亲还记下了不少谜语。父亲记下的谜语都很古老，可以说老得掉牙，与当时炙手可热的"无产阶级文化大革命"和"阶级斗争一抓就灵"毫不搭界、风马牛不相及，仔细琢磨，我觉得或许和《水浒传》《三国演义》里的内容沾边，谜面会出现道士啊和尚啊八卦啊，还有诸葛亮啊什么的，给人的感觉是，封建迷信的色彩挺浓的。也许，没这么复杂，是我多虑了。谜语就是谜语而已，哪会牵涉那些个意识形态方面的东西，琢磨这么多，岂不是无端地上纲上线？情况是这样的，父亲听收音机里那些争争斗斗、打打杀杀的新闻听烦了，一时半会儿又睡不着，就偶尔说出几个这样的谜语，用于消遣。父亲说出的谜语，既有趣，又令我担心。令我担心的原因不为别的，是怕回答不上来显得尴尬，蛮不好意思的。姐姐和哥哥们都不在家，家里就父母、大嫂她们娘儿俩和我，空荡荡的屋里唯我一个读书人。母亲和大嫂不识字，侄女儿尚小，脑盖毛刚够着炕沿，鼻涕醋水一大把。父亲的谜语，自然是给我出的。当然，我如果回答不出来，父亲也不会责怪我，无所谓的，消遣而已。往往是父亲出的谜语，我十有八九回答不出来，急得我猴子一样抓耳挠腮、面红耳赤，惹得母亲和大嫂她们嬉笑不已。我心知肚明，母亲的笑和大嫂的笑完全不一样。母亲的笑里含有怜惜、同情、替我着急和解围的成分；大嫂的笑则相反，有看我笑话的意思。尤其是大嫂的眼神怪怪的，内容很复杂。别看大嫂没文化不识字，却是个心思缜密的女人。我大哥尽管有文化，当装卸工之前做过多年的大队会计，账目没有出过任何差错，却对付不了大嫂。大嫂的一个眼色，让大哥费劲巴拉地琢磨好几天，还不一定能够让大嫂满意。父亲最看不上大哥的也是这一点，意思是大哥拿不住家里的事儿，迟早要受气。大哥结婚很早，也是我们几个兄弟姊妹中唯一没有走出家门参加工作的人，当了几年装卸工后，在父亲的干预下，回家放牧了，算是继承了父亲的衣钵。依我之见，大哥是一个绝顶聪明的人，只是时运不济罢了。大哥极好读书，记忆力也和父亲一样好，将多卷本的长篇小说《艳阳天》《金光大道》《沸腾的群山》《东方》《李自成》读得滚瓜烂熟。还有《十万个为什么》，也是大哥的必读之书。书读得多了，知识就多了，就有了一种资格，谈资，说起来一套一套的，令人叹服。每逢父亲给我出谜语的时候，我就会条件反射地想到大哥。我估计父亲出的谜语，是难不住大哥的，会被大哥轻而易举地破解。问题是每逢这种时候，大哥并不在家。最后，还是父亲自己将谜底说了出来。听了谜底，我才茅塞顿开，恍然大悟，也后悔不已，一副事后诸葛亮般的懊恼。每每这时，屋里的气氛还是很好的，有了难得的笑声。那么，话说到这儿了，就顺理成章地给亲爱的读者也出两则我父亲曾经考过我的古老的谜语吧。

第一则：
道士腰间两只眼，
和尚脚裹包头巾；
本是平常两个字，
难倒天下读书人。

第二则：
南阳诸葛亮，
稳坐军中帐；
摆起八卦阵，
单捉飞来将。

在这里，我不打算告诉读者谜底。我的意思是，让读者自己去猜吧。也算是留了个不大不小的悬念（想必聪明的读者早已经猜出来了）。我不知道小说能不能这样写，这样写合不合适，却这样写了。古人云，诗无达诂，文无定法。试一试呗。

父亲先农民，后牧民；先种田，后放牧。在西北广大的牧区，像我父亲这样的牧民真正不在少数。如前所述，父亲的经历其实并不复杂，也没有什么惊心动魄的故事可讲。年轻时候的父亲，为躲避一次命运的劫难，不得已地背井离乡，穿越浩瀚的腾格里沙漠，来到阿拉善大高原。先是给山西平遥人开办的祥泰隆商行做事，新中国成立后公私合营时，才改弦易辙，义无反顾地当起了牧人，和勤劳善良的母亲一道，含辛茹苦地养育我们这些儿女。父母给予的养育之恩，堪比山高水长，我们没齿不能相忘。

9

有道是，历史的车轮滚滚向前。

一眨眼，1978年的秋天来到了，也就是我十六岁那年秋天。我作为应届毕业生参加了恢复高考后的第一次全国统考，并且幸运地走进了大学校门，成为我们那个牧业大队有史以来第一个考出去的大学生（不包括被推荐上学的工农兵大学生）。尽管是一所北方的普通大学，却也是多么的不容易啊。毫不夸张地讲，这是我家的一件大事，按说庆贺一下也合情合理。但是，父亲却不喜形于色，很淡定，很低调，就跟没事儿似的，该干啥干啥。临走的前几天，父亲才将我叫到面前，递给我一块手表，以示奖励。令我大吃一惊的是，这是一款瑞士产的英纳格手表，标价二百六十元。这在当时价格不菲，堪称金贵。我很清楚，这笔钱是我们全家一年四季的全部劳动所得扣除穿衣吃饭费用之后的结余，却被父亲一次性地消费了，用来奖励我考上了大学。我尽管很清楚，也于心不忍，却不能拒绝。我说过的，父亲是一个有主见的人，做事很果断。父亲将手表递给我后，说了至今都让我铭记在心的一席话，能够考上大学，是你自己的本事。一定要好好学习，学问是自己的，白天不怕人来借，晚上不怕人来偷。家里的事情你就别操心了，也轮不到你操心。往后的路还得你自己走，你走吧，能走多远，走多远。如此近距离地看着渐渐老迈的父亲，我竟然无言以对、手足无措。我背过身去，沉默地走出屋子，顺着屋后用草泥砌的土台阶，慢慢地爬上屋顶。

坐在屋顶上向远方眺望，是我从小就养成的一个习惯。家里人后来对我的这个习惯也习惯了，见怪不怪。在他们眼里，坐在屋顶上的我大概和一只栖息的鸟雀差不多。据此，我还写过一篇五千字的散文，题目就叫《屋顶上的渴望》。当然，这已经是我大学毕业、工作多年以后的事儿了。在这篇散文里，我写了这样一段话：

正午的时候，我喜欢坐在屋顶上。

这时候，太阳当顶，四周一片寂静，连一只鸟雀都很难看见。灼白的阳光下，甚至没有一粒飘浮的尘埃，空气洁净无比。洁净使得大地被幽玄和神秘笼罩着。那时候尚不知道什么是肃然，可我是真切地肃然着，也隐忍着，生怕一不小心会惊动了什么，然后深嗅着阳光渗入草地后那种被挤榨出来的香气，那是一种醇酒般的芬芳。当然，我指的是夏天或者秋天，冬天是另一种情形。这样的芬芳不能闻得太久，否则会被醉倒。后来，我也才终于明白了，坐在屋顶上的我，其实是有渴望的。人毕竟不是鸟雀。正如帕斯卡所说的那样，人是有思想的芦苇。

我在屋顶上坐了很久，周围真的是寂静无声，仿佛空气都凝固了。蓝天白云之下，草滩、湖道、戈壁、沙漠，它们相拥着，交织着，层层叠叠，铺展而去，去向辽远的天边。大漠苍苍，原野茫茫。我向东南方向望去，那里横亘着南北走向的贺兰山。据说南宋抗金名将岳飞所著气壮山河的《满江红》里"踏破贺兰山缺"的贺兰山，指的就是这座山。我即将求学读书的那所大学，就在贺兰山的东边，九曲十八弯的黄河从那里缓缓经过，自流灌溉着万顷良田，自古就有塞上江南的美誉，"稻花香里说丰年，听取蛙声一片"。这时，父亲也走出了屋子，像往常那样向着屋后的水井而去。真是岁月不饶人啊，看着父亲摇摇晃晃的背影，我再也忍不住地流泪。事后，我才知道，这块手表是父亲委托在城里工作的二姐买的，据说还走了商店的后门。父亲事先没有告诉我，大概也是想给我一个惊喜。毕竟，他最小的儿子终于考上了大学。那年，官方公布的数字是，参加高考的考生是六百万，高考录取比例百分之四。想一想，这是一支多么庞大和壮观的队伍，用千军万马过独木小桥来形容，一点都不为过，能够顺利通过的人是极少数，绝大多数人都掉进了水里，被呛得一把鼻涕一把泪。金榜题名的，被誉为天之骄子；名落松山的，被戏称为大学漏儿。

入学之后，我才知道，全班四十三名同学中，我竟然是年龄最小的，年龄最大的同学叫王玉华，三十四岁，比我大了整整十八岁，说句不中听的话，都可以当我父亲了。该同学来自农村，吃粉笔灰的民办教师一个，人很朴实，因为传统观念作祟，非要一个肚脐眼儿以下带把的儿子不可，否则将来连个接收户口薄的人都没有，岂不是断子绝孙。就公然违反计划生育的基本国策，心甘情愿接受惩罚，连着生了四个女儿之后，终于如愿以偿。因此，他上大学的时候，已经是四女一男五个孩子的父亲了，能够考上大学，也算是"老骥伏枥，志在千里"。就有同学调侃说，世上无难事，只要肯登攀，他应该再接再厉，咬紧牙关再生一个女儿。五朵金花，多喜兴啊，尽善尽美。那时候，包括《五朵金花》在内的一批老电影被解禁，观众看得如痴如醉，电影院里场场人满为患，甚至一票难求。也许是他的家庭负担太重，人

219

便格外显老，胡子拉碴，不修边幅，穿着又邋遢，走路常常倒背着手，身子前倾，像个五十岁的老头子。不久，同学们几乎人人都有了属于自己的绰号。王玉华同学的绰号是老机器。还有一个同学，因为说话声音很粗，并且伴随着一种胸腔共鸣般的嗡嗡声，就被毫不吝啬地赠送了一个具有音乐特点的绰号：大提琴。无论老机器，还是大提琴，既形象又贴切，几乎没有什么可挑剔的。用现在的话说，简直是太有才了。我始终不清楚这些个近乎完美的绰号到底是谁琢磨出来的，也许是集体智慧的结晶。三个臭皮匠顶个诸葛亮，更何况是一帮经历了过五关斩六将般的高考，被严格筛选出来的所谓天之骄子，起个绰号什么的，还不是小菜一碟。更有趣的是，每逢上课，坐在一个教室里的同学们老的老，小的小，显得不成体统，很滑稽的样子，实在不像高等院校传道释疑解惑的大雅之堂，倒像是农村的村民们在开会。这种情形，连讲课的老师都忍不住要笑场，有时候正讲着课，看着眼前这帮所谓的弟子们竟然是如此的参差不齐，有的老气横秋，有的乳臭未干，这样同窗四载，"恰同学少年"是大大的不恰当的，老师就暂时停下讲课，笑了起来，笑罢了，再接着往下讲。当然，课堂上的气氛还是很好的，老师和学生都心知肚明，台上台下，异口同声，因为感同身受，也就一团和气了。那时候，有一个同样很时髦的词：理解万岁。

　　无论怎么样，理解就好……

10

如今，父母早已经成了亡故之人。

三年前，因为父母所在的那个坟场要开发成建筑石材工业园，我们不得不遵照有关部门的指令，让父母离开他们沉睡了二十多年的地方。我们将父母的骨殖重新入殓，然后把两具崭新的柏木棺椁抬上一辆皮卡，沿着新铺的柏油公路行驶一百多公里，埋进巴彦浩特镇南边的红山公墓。我们兄弟们分摊出资，花了一大笔钱，青砖，白瓷，红瓦，为父母修建了一座还算不错的新墓园，占地将近两百平方米。如果真的有什么天堂，什么灵魂，我相信父母就在天堂里，而不是在墓园里。阴阳两隔，只是我们无法得见罢了。"桃花源里可耕田"，我担心天堂里没有草原和羊群，没有耕地和庄稼。因为父母既是农民，又是牧民，他们是永远闲不住的人。一旦闲下来，他们会感到寂寞。自从上世纪九十年代初有了呼叫机开始，我就不再戴手表了。父亲当年送我的那块英纳格手表，被我用一块红布包裹起来，置于书柜上方一个隐秘的角落。伏案写作之余，有时候心血来潮，把手表拿出来上几圈发条。原本沉睡的手表突然被激活，立刻响起那种铮铮作响的钢音，声音丝毫不弱于三十多年前。于是，我有些凝滞的记忆也被激活了，开始回忆许多往事，一次次地感慨，乃至唏嘘不已。那么，那台曾经伴我度过少年时代的半导体收音机呢？还在。在哪里？在我大哥那里。自从有了风力发电机和直流电视机后，大哥也不再听收音机了。我相信大哥会将那台收音机保存得很好，如果装上六节五号电池，兴许依然能够发出当初那样洪亮的声音，只是时过境迁……

唉，不说了，就到此为止吧。